스마일맨

스마일맨

김나영 소설집

도화

 사람들은 내게 웃음이 많은 편이라고 한다. 어느 날 실없이 웃다가 문득 이런 생각이 들었다. 내가 왜 웃고 있지? 이게 이렇게나 웃을만한 일인가? 그러다가 이내 생각을 바꾸었다. 웃을만한 일에 웃는 게 아니라, 웃어서 웃을만한 일이 되는 거라고. 우리는 다들 그렇게 살고 있지 않을까? 슬프다고, 또는 견디기 힘들다고 울고만 있을 순 없으니까. 우리는 힘들어도 웃는 것을 잊지 않으며, 그렇게 묵묵히 주어진 삶을 살아낼 뿐이다. 그런 사람들의 이야기를 써보고 싶다는 생각이 들었다. 그때는 특히나 웃을 일보다는 울고 싶은 일이 더 많을 때이기도 했다. 매일 밤 퉁퉁 부은 몸으로 핸드폰을 충전기에 꽂듯 투석기에 몸을 연결했다. 밤새 돌아가는 투석기 소리는 다음날 하루를 견디게 해주는 생명줄이었다. 그 와중에 글을 쓰겠다고 붙잡고 있었으니, 지금 생각해 보면 참 무모한 도전이었던 것 같다. 힘든 하루의 보상처럼 무작정 시작한 것이기에 글솜씨 따위는 생각조차 하지 않았다. 오래간만에 그 당시 쓴 글을 읽어보았다. 부끄러워서 끝까지 읽지도 못하고 덮고 말았다. 그만큼 형편없었으니까. 그런 실력으로 시작해 첫 소설집을 낼 수 있게 된 것만으로도 내게는 기적이 일어난 것이나 다름이 없다. 그리고 지금까지도 혼자 간직한 수줍은 취미 정도로만 남았을 끄적임이, 정수남 선생님의 가르침 덕분에 소설이라는 기적으로 탄생할 수 있었다. 욕심도 자신감도 없어서 접은 날개 속 꿈을 펼칠 생각조차 하지 않던 나를 끝까지 붙들어 주신 것에 깊이 감사드린다.

소설을 배우고 쓴다는 것은 나에게 단순한 글쓰기의 영역이 아니었다. 소설이란 놈은 고집이 세서, 내게 끊임없이 세상을 똑바로 보라고 요구하는 것 같았다. 그래야만 소설가가 될 수 있다고……. 그래서일까? 나는 아직도 나 자신을 소설가라고 소개하지 못한다. 소설가라는 이름이 가진 책임감과 무게가 버겁고, 과연 내가 그렇게 불릴 수 있을 만큼의 자격을 갖추고 있는지 자신할 수 없기 때문이다. 그렇다고 소설을 놓으라고 한다면 그것 또한 할 수 없다고 말할 것이다. 그만큼 소설이 내 인생에서 너무 많은 비중을 차지하게 되었으니까. 그렇다고 나는 애초에 천부적인 재능 같은 것을 가지고 태어난 것도 아니다. 스스로 아둔하지 않다고 여길 만큼의 머리만 갖고 있을 뿐이다. 그런 내가 할 수 있는 것이라고는 끊임없이 쓰는 것뿐이었다. 끊임없는 글쓰기의 결과가 나 자신에게 부끄럽지 않고, 읽는 이의 마음 한 자락이라도 움직이게 할 수 있는 소설로 탄생할 수 있다면 그것보다 더 바랄 것은 없을 것이다.

끝으로 내게는 평생을 노력해도 갚지 못하는 큰 빚이 있다. 삼년 전 뇌사자의 신장을 이식받은 것이 그것이다. 공여에 동의해준 고인의 가족과 삶의 일부를 내게 남겨주고 떠난 고인에게 부끄럽지 않도록 지금처럼 웃음을 잃지 않으면서도 치열하게 글을 쓰는 사람으로 살고 싶다.

차례

작가의 말

껍데기

보석을 감정하는 일은 매우 까다롭다. 보석 감별용 현미경을 뚫어지게 쳐다보고 있으면, 눈은 지근거리고 빈번하게 두통이 찾아온다. 하지만 진짜 보석을 증명할 수 있다는 것은 꽤 매력적인 일이다. 그 수많은 보석 중의 가장 최고는 고귀함의 상징인 다이아몬드이다. 다이아몬드는 현존하는 보석 가운데 최고가이면서, 진품임을 증명받기 위해 가장 많이 의뢰하는 보석이라고 할 수 있다. 그렇게 내 손을 거치면 이억 원이 넘는 8캐럿짜리 진품 다이아몬드가 될 수도 있고, 이천 원짜리 큐빅이 될 수도 있는 것이다.

지금 내 앞에는 나의 감정을 기다리는 다이아몬드가 있다. 나는 젬클로스로 살살 닦은 후 중량계에 올려놓는다. 중량 체크를 끝낸 뒤 현미경으로 품질을 평가한다. 내가 주로 보는 것은 현미경을 확대한 후 내포물의 유무를 알아보는 것이다. 다이아몬드

형성 시 주로 질소가 불순물로 들어가는데, 이것은 다이아몬드가 여러 가지 색깔을 띠게 되는 원인이라고 할 수 있다. 나는 캘리퍼스로 다이아몬드의 크기를 측정하고, 자외선 형광등으로 컬러를 확인한다. 육안으로는 비슷해 보여도 자외선 형광등에 비춰보면 스트롱블루부터 넌블루까지 다양한 컬러를 가진다는 것을 알 수 있다. 그런 섬세한 과정을 거쳐 감정서를 작성하게 되면, 그 다이아몬드는 비로소 가치를 인정받게 된다.

나는 마지막으로 감정서에 내 이름과 사인을 넣는다. 다이아몬드를 감정서와 함께 케이스에 넣기 전 살며시 들어 입을 맞춘다. 다이아몬드를 마주하는 나만의 방식이다. 차갑다. 플라스틱 조각처럼 미적지근한 큐빅과는 비교할 수 없는 도도한 차가움이 있다. 그저 자신만의 색을 발할 뿐, 주위의 어떤 색도 통과시키지 않는다. 그것은 수많은 이미테이션이 존재하지만, 세상의 어느 것도 다이아몬드를 흉내 낼 수 없는 이유이다.

늘쩍지근한 비가 연신 내리는 날이었다. 가게 앞 거리에는 비에 젖어 찢어진 조각신문들이 나뒹굴고 있었다. 나는 집게와 쓰레기봉투를 들고 거리로 나갔다. 얼핏 보아도 자극적인 타이틀로 도배가 된 가짜 신문들이다. 태극기 부대라고 일컫는 그들이 뿌려댄 것이다. 그들은 지나는 젊은이들을 붙잡고 설교를 하기도 애원을 하기도 하며 몇 시간 버스를 타고 오는 것도 마다하지 않으며 출근 도장을 찍었다. 작년 겨울 촛불의 열기가 서울 시내를 휘젓고 다닐 때부터였다. 그들의 대척점에서 태극기를 들고 거리로 나왔던 사람들. 마지막 촛불 집회도 끝이 난 지 몇 달이 지났지만, 저들은 믿지 않았다. 지금까지도 여전히 격렬히 저항하고 또 거부하고 있다.

질기게도 바닥에 딱 달라붙어 있던 종잇조각을 집게로 일일이 떼어 내느라 엄지와 검지가 욱신거렸다. 땀을 닦으며 하늘을 올려다봤다. 누런 황사가 뒤덮여 흙탕물 속에 들어와 있는 것 같다. 나는 갑자기 숨도 쉬면 안 될 것 같은 불쾌한 기분이 들어 서둘러 가게로 들어왔다. 그사이 내 핸드폰에 낯선 번호가 찍혀 있었다. 나는 주문한 택배가 있나 잠시 생각하다 전화를 걸어보았다. 뜻밖에도 십여 년 만에 걸려온 현주의 전화였다. 내 번호를 어떻게 알았을까? 그녀는 내가 강원도에 있을 때 옆집에 살았으며, 대학을 다니며 함께 자취하기도 했던 둘도 없는 친구였다. 우리는 오랜 공백이 느껴지지 않을 만큼 반갑게 이야기를 나누었고, 만날 약속을 하고 전화를 끊었다. 새삼 그 시절의 현주가 떠올랐다. 현주는 슬픈 영화라도 볼라치면 커다란 눈에 진주알만 한 눈물을 쏟아내며 울어 나를 당황하게 만들기도 했었고, 길을 걸어갈 때면 몇십 장씩 되는 전단을 거절하지 못하고 죄다 받는 친구였다. 윗잇몸이 환히 들여다보일 정도로 웃는 모습이 매력적이었고, 찰랑거리는 단발머리는 트레이드 마크였다.

현주와의 추억을 떠올리다 나도 모르게 피식 웃었다. 그때였
다.

"무슨 좋은 일 있어? 그렇게 웃으면 나 설레잖아."

사장이었다. 양손에 커피를 든 채 콧노래를 흥얼거리며 들어
오고 있었다. 나는 새삼 웃음기를 걷어내고 어두운 얼굴로 사장
을 쳐다봤다. 사장은 내 표정은 아랑곳하지 않는 듯 웃음을 흘리
며 말했다.

"여기, 커피."

나는 마지못해 커피를 받아들었다. 달달한 커피에 출렁이지 않
으려 애를 쓰며 말했다.

"내 얘기 생각해봤어요?"

"즐거운 커피타임을 망치면 안 되니까 복잡한 얘기는, 나중에
하자고."

나는 더 말하지 못했다. 커피가 목을 타고 내려오며 내 속의
말들을 집어삼켰다. 어차피 기대하지도 않았다. 감정할 보석들
을 들고 내실로 향하다 뒤를 돌아 커피를 쥔 채 소파에 앉아 있는
사장을 보았다. 그는 자연스럽게 흘러내린 머리칼을 쓸어 올리며
콧노래를 불렀다. 그리고 커피를 한 모금 마셨는데, 그의 입가에
짙은 보조개가 드러났다. 나는 홀린 듯 그에게 고정된 시선을 거
두며 서둘러 내실로 들어갔다.

흙냄새 섞인 비가 지저분하게 내리고 있는 오후였다. 유리문이 딸랑거리는 소리가 들렸다. 뒤이어 날씨만큼 우중충한 얼굴의 한 중년 여자가 들어왔다. 그녀는 주섬주섬 가방 깊숙한 곳에서 다이아몬드 반지 하나를 꺼내 진열대 위에 놓았다. 그동안의 경력으로 미루어 볼 때 반지를 받아드는 순간 가짜임을 직감했지만, 내색하지 않고 현미경 위에 올려놓았다. 예상대로 몇만 원의 값어치도 안 되는 큐빅 반지였다. 나는 중년 여자의 눈치를 살피며 괜히 다이아몬드에 대한 필요 없는 설명을 나열한 뒤, 반지가 큐빅임을 알렸다. 그러자 중년 여자는 벌겋게 상기된 얼굴로 소리를 지르기 시작했다. 누가 봐도 진짜인 걸 왜 아니라고 하냐며, 그럴 리가 없다고 살펴보라며 다그쳤다. 나는 괜히 반지를 잘 닦은 후 돋보기를 갖다 대고 다시 한번 살펴보는 시늉을 했고, 또 큐빅임을 확인시켜줬다. 그러자 여자는 소파에 털썩 주저앉으면서 욕설을 내뱉기 시작했다. 딱히 나를 향한 것은 아니었다. 대상조차 알 수 없는 욕을 끊임없이 쏟아낼 뿐이었다. 나는 태연하게 먼지떨이를 들고 보석들에 묻은 먼지를 털어내며 여자의 욕이 끝날 때까지 기다렸다. 얼마쯤 지났을까? 잠시 내실에 다녀온 사이 유리 진열장 위에 반지를 올려둔 채 여자는 보이지 않았다. 그녀를 찾으러 급히 거리로 나갔지만 찾을 수 없었고, 중년 여자의 또래로 보이는 한 무리의 사람들이 태극기를 흔들며 지나가고 있었다. 혹시나 그들 틈에 있을까 하는 마음에 한참을 쳐다보다 이내 포기하고 가게로 돌아왔다. 나는 손님이 다시 올 것을 생각해 반지를 서랍 속에 넣어두려다 가만히 들어보았다. 얼마나 오랫동안 손가락에 끼워져 있었는지 반질반질하게 닳은 반지는 큐빅이라는 것만 빼고는 아름답게 컷팅되어 있었다. 내가 착각한 것인가 생각이 들 정도로 반지는 현란하게 반짝였다. 물컵 안에 떨어뜨려 보았다. 다이아몬드와 큐빅을 구분하는 쉬운 방법이기 때문이었다. 아니나 다를까? 좀 전까지 날 유혹했던 그 빛은 어느새 사그라지고 보잘것없는 조각만이 물속에 잠겨 있었다.

그 여자에게 이 반지는 어떤 의미였을까? 사랑의 징표였을까? 어쨌든 여자는 감쪽같이 속으며 살았을 것이다. 몇 년을, 아니 몇십 년을 자신이 믿고 있었던 무엇인가가 실은 가짜였다는 것을 알았을 때의 기분은 어땠을까? 차라리 영원히 모르는 게 나을지도 모른다. 엄마처럼⋯⋯.

엄마는 작년 이맘때 돌아가셨다. 끼니를 거르기 일쑤였던 엄마가 잦은 복통으로 병원을 들락거릴 때까지만 해도 대수롭지 않게 생각했는데, 난데없이 위암 판정을 받았다. 온몸을 장악한 암세포에 의사는 수술조차 포기했고, 발병한 지 일 년 만에 돌아가셨다. 엄마의 임종 날이었다. 불 꺼진 숯탄과 같은 얼굴에 관절 인형처럼 비쩍 마른 몸으로 병상에 누워있던 엄마는, 내가 다가가도 쌕쌕이는 쉰 소리를 간신히 내며 초점 없는 눈을 껌뻑거릴 뿐이었다. 그러다 마지막 힘이라도 내보려는 듯 뼈만 남은 손을 간신히 움직여 손가락에 끼워진 반지를 빼서 내게 건넸다. 그리고는 굳어있는 입을 겨우 벌리고선 '나 잘 산 거지? 맞지?'라고 되묻다 눈물 한 방울을 또르르 떨어뜨리며 눈을 감았다. 그 순간 EKG 모니터에서 엄마의 심장박동이 멈추는 소리가 요란하게 들렸고, 나는 털썩 바닥에 주저앉았다. 아버지는 누군가와 전화를 하고 있었는데, 모니터의 기계음에 놀라 전화를 끊었다. 그렇게 엄마는 첫사랑 아버지가 보는 앞에서 외동딸의 손을 잡은 채 세상을 마감했다.

엄마는 강원도 산골에서 태어났다. 산골에 살기에 지나치게 영민했던 엄마는 소를 팔아 대학에 보내주겠다는 약속을 받아둔 채 여고 시절의 마지막 여름을 보내고 있었다. 여름의 끝자락에 태풍이 온 동네를 휩쓸었고, 집이며 소까지 통째로 날려버렸다. 실의에 빠져 망연자실해 있을 때 서울의 대학에서 자원봉사를 나온 아버지를 만났다. 엄마는 대학의 꿈 대신 나를 가진 채 아버지를 따라 상경했다. 그때부터 엄마는 대학 2학년생이었던 아버지를 대신해 가장이 되었다. 엄마는 시장통 떡집에서 일을 시작했다. 남산만 한 배를 겨우겨우 지탱하며 새벽 4시면 어김없이 일어나 쌀을 씻었다. 나는 태어나자마자 강원도 외가로 보내졌고, 엄마는 악착같이 돈을 벌었다. 자신은 하루에 세 끼가 아까워 두 끼를 먹었고, 벼룩시장에서 가져온 옷으로 평생을 입었다. 시장통 사람들에게 사채를 빌려주며 그 돈으로 재산을 늘렸는데, 어찌나 독하게 돈을 받으러 다녔는지 사람들 모두 고개를 내젓곤 했다고 한다. 하지만 아버지에게만은 달랐다. 밥상에 같은 찌개나 국을 두 번 올린 적이 없었고, 구겨진 와이셔츠를 입히거나 먼지 앉은 구두를 신겨 보낸 적도 없었다. 아버지의 성공은 곧 엄마의 꿈이었다. 다행히 엄마의 바람은 순조롭게 이루어졌다. 훤칠한 키에 짙은 눈썹을 한 미남형의 아버지는 수려한 언변까지 갖추고 있었다. 그 덕분에 간간이 TV에 출연하며 명성을 얻었고, 대기업들로부터 연구비 지원을 독차지하며 승승장구하는 학교의 간판 교수가 되었다. 아버지의 성공은 평생을 고생한 엄마의 희생 덕분이었지만, 엄마는 자신을 강원도 시골에서 벗어나 교수의 아내로 만들어준 것이 남편의 덕이라고 생각했다. 그런 엄마가 한 번도 손에서 빼놓지 않은 것이 있었는데, 그게 바로 아버지가 선물한 다이아몬드 반지였다. 그날은 아버지가 정교수로 임명된 날이자 결혼한 지 이십 년째 되는 날이었다. 아버지는 그동안 자신을 위해 헌신한 선물이라며 엄마의 손에 직접 다이아몬드 반지를 끼워주었다. 엄마는 늘 말버릇처럼 내게 반지를 물려준다고 말했고, 그렇게 생의 끝자락에 마지막 남은 힘을 짜내 반지를 준 것이었다. 나는 엄마가 보는 앞에서는 반지를 손에 꼈지만, 의사가 엄마의 사망 선고를 하자마자 손가락에서 반지를 뺐다. 아버지는 그런 내 모습을 못 본 척 시치미를 떼고 서 있었다.

다이아몬드가 가짜라는 것을 안 것은 대략 십 년 전이었다. 엄마가 벗어둔 다이아몬드 반지를 시험 삼아 테스터기에 대보았다가 그저 잘 가공된 큐빅이라는 사실을 알게 되었다. 어떤 방법을 사용해도 가짜라는 사실은 한결같았다. 그때부터 나는 아버지의 비밀들을 하나씩 보기 시작했다. 굳건하게 믿고 있었던 진실이 깨지는 순간, 그동안 내 눈에 보이지 않았던 광경들이 눈에 들어오기 시작한 것이다.

마지막 예물 손님도 나가고 가게는 한산했다. 사장이 내 엉덩이를 슬쩍 건드리며 말했다.

"오늘 일찍 문 닫고 드라이브나 갈래? 메타세콰이아가 늘어선 멋진 길을, 발견했거든. 자기가 보면, 좋아할 것 같아서."

나는 사장의 손을 탁, 치며 신경질적으로 말했다.

"전 아직 아무 대답도 듣지 못했어요. 이런 관계가 싫다고 분명히 말했잖아요."

그래도 사장은 물러서지 않았다. 사탕을 달라고 졸라대는 어린아이처럼 비굴하게 내 손을 붙잡았다.

"아니, 우리 지은이 없으면, 못산다는 거 몰라? 난들 어떻겠냐고. 사랑 없이 살을 맞대고 살아가는 결혼생활, 죽을 맛이라니까. 그 여자하고는 진짜 사랑을 해본 적도 없어. 내 진짜 사랑은 자기밖에 없어, 정말이야. 지은인 나하고 헤어져도 살 수 있어? 우리가 같이 보냈던, 그 시간 잊을 수 있어? 난 못해. 내 심장이 이렇게 뛰는데, 어떻게 너랑 헤어질 수 있겠어?"

"그러면 이혼하세요."

"그건 또 다른 문제지. 내가 그동안 쌓아놓은 게 얼만데. 난 너한테 더 바라지 않아. 그냥 지금처럼, 지내면 안 될까? 이렇게 사랑하는데, 아내가 있다는 것만으로 헤어져야 하는 건, 너무 가혹해."

"당신의 그 대답이 더 가혹하네요. 하여튼 오늘은 친구 만나기로 했어요."

나를 붙잡는 사장의 손을 놓으며 서둘러 가게를 나오다 그를 처음 만난 날을 떠올렸다. 면접을 보러 왔던 나는 새치머리를 살짝 쓸어 올리며 커피를 권하던 그의 모습에 반해버렸다. 그는 고용주라고 하기엔 지나치게 상냥하고 다정했다. 요리를 좋아하는 그는 아침을 먹지 않고 출근하는 나를 위해 샌드위치를 만들어오거나, 과일을 갈아 만든 주스를 내밀곤 했다. 나는 그의 손에 끼워진 반지가 늘 마음에 걸렸고, 그와 상관없이 자꾸만 기울어가는 내 마음에 괴로워하기 시작했다. 그즈음 그가 먼저 고백했고, 나는 고백을 받아들이지 않을 수 없었다. 그렇게 관계는 깊어갔다. 그러던 어느 날이었다. 우연히 친구와 들른 이탈리안 레스토랑에서 그를 목격했다. 그의 옆에는 그의 반달 눈을 꼭 닮은 예쁜 딸아이가 있었고, 맞은편엔 단정하지만 세련된 아내가 갈색 웨이브 머리를 늘어뜨리고 앉아 있었다. 그는 입에 들어갈 만한 크기로 잘게 자른 피자 조각을 딸아이에게 먹여주었다. 그 와중에 아내의 입가에 묻은 소스 자국을 냅킨으로 직접 닦아주는 것도 잊지 않았다. 아내는 딸아이를 먹여주느라 한 입도 먹지 못한 남편을 위해 포크로 스파게티를 돌돌 말아 남편의 입에 넣어주었다. 그러자 그는 부드러운 손길로 아내의 긴 머리칼을 어깨 뒤로 넘겨주었다. 더없이 행복한 가정의 모습이었다. 순간 나는 둔기로 머리를 얻어맞은 것 같았다. 그 순간 외면하고 있던 어떤 진실을 깨달아버렸다.

나는 보석상에서 겨우 한 블록 떨어져 있는 자그마한 카페로 향했다. 나를 배려해 현주가 고른 장소였다. 십여 년 만에 만난 현주는 고수하던 짧은 머리 스타일이 아닌, 긴 머리를 말아 올린 것을 제외하곤 변함이 없었다. 현주의 옆에는 현주를 꼭 닮은 다섯 살 또래의 여자아이가 앉아 있었다. 한갓진 카페가 지루한지 발도 닿지 않는 의자에 걸터앉아 조막만 한 손을 턱에 괴고는 까딱까딱 발을 앞뒤로 흔들고 있었다. 현주는 내가 나타나자마자 벌떡 일어나 내 손을 와락 잡았다.

"정말 보고 싶었어. 잘 지내지?"

"그러게, 가끔 소식이라도 좀 주지."

"그게, 애 낳고 살다 보니 연락도 못 했네. 미안해."

현주는 사랑스러운 눈빛으로 아이를 내게 소개해주었다. 아이는 수줍은 듯 발그레해진 얼굴을 엄마의 가슴속에 파묻었다. 나를 슬쩍슬쩍 쳐다보는 게 갓 따온 여린 복숭아 같았다.

우리는 아이가 카페를 돌아다니는 것도 모른 채 한참이나 안부를 묻기에 바빴고, 현주가 불의의 사고로 남편을 잃고 힘들었다는 사실도 알게 되었다. 그때였다. 현주가 무슨 말을 꺼내지 못하고 주저하는 모습이 보였다.

"괜찮아, 뭐야? 하고 싶은 말 있으면 해."

남편도 없이 홀로 가정을 꾸리는 것이 힘이 들어서 나를 찾아온 것일까? 돈이라도 빌려달라면 빌려줄 수 있을 것 같았다. 하지만 현주가 꺼낸 말은 뜻밖이었다.

"실은 믿지 않을지 모르지만, 종말이 곧 다가와. 계시록에 다 쓰여 있어. 지독한 가뭄과 쓰나미, 테러 조직의 출현까지 모두 예정되어 있던 거야. 남편의 죽음은 신께서 나를 각성할 수 있도록 깨우쳐주신 것이었어."

"그게 무슨 소리야?"

"내가 신의 존재를 믿게 되니까, 내가 사랑하는 사람들이 떠오르더라. 그중의 하나가 바로 너였어. 신은 이미 수많은 악마를 보내 인간을 시험하고 있어. 그 시험의 끝에 종말이 오는 거지. 그러니까 종말이 오기 전에 구원받아야 해. 우리 목사님의 설교를 한 번만 들어보면 너도 세상의 진실을 보는 눈이 생길 거야."

나는 불쾌한 표정을 숨길 수 없었다. 화가 나서 자리에서 벌떡 일어났다. 현주는 말을 조금만 더 들어보라며 내 손을 잡아끌었다. 우리가 옥신각신하자, 아이는 지레 겁을 먹고 울음을 터뜨렸다. 나는 아이가 놀랄까 봐 다시 마음을 가다듬고 자리에 앉았다. 그러나 그 이후로는 벽을 마주한 것 같았다. 현주는 내 반응 따위는 상관없는 듯 이야기를 할수록 감정이 고조되어 흐느끼기 시작했다.

"정말이야. 난 정말 너를 위해서 찾아온 거야. 구원받지 못하는 네가 너무 가여워서. 나를 따라 내가 다니는 모임에 딱 한 번만 가보지 않을래?"

나는 씨알도 먹히지 않는 소리 하지 말라고 딱 끊어 말했다. 현주는 매몰찬 내 태도에 적잖이 놀란 것 같았다. 그렇다고 구구절절 현주에게 말하고 싶진 않았다. 엄마가 이단에 빠져 병원비도 아끼며 모은 돈을 모두 그곳에 쏟아부었다는 사실을, 그 바람에 마지막 치료의 기회조차 놓쳐버렸다는 것을…….

현주는 내가 카페 문을 나설 때까지 내 팔을 잡으며 울먹였다. 나는 현주의 손을 뿌리치며 거리로 나왔다. 괜히 만났다 싶었다. 태극기를 든 한 무리의 사람들이 지나가고 있었다. 나는 사람들에 떠밀려 그들 틈에 섞여들었다. 멀리서 아이의 울음소리와 무슨 말인가를 외치는 현주의 목소리가 들렸다. 하지만 펄럭이는 크고 작은 태극기와 '대한민국', '정의' 같은 단어들의 외침 속에 묻혀 더는 들리지 않았다.

　나를 붙잡던 현주의 잔상이 머릿속에서 지워지지 않았다. 현주는 그 시절 내가 실연으로 슬퍼할 때 함께 손을 붙잡고 울어준 것처럼 진심으로 나를 걱정하는 눈빛이었다. 나를 속여 등쳐먹을 요량으로 온 것이라면 차라리 나았을 것을……

　아침부터 추적추적 비가 내렸다. 밤새 악몽에 시달린 것만 같았다. 몸은 잔뜩 두들겨 맞은 듯 욱신거렸다. 무거운 몸을 이끌고 가게로 향했다. 가게에는 사장이 술 냄새를 풍긴 채 소파에 누워있었다. 나는 못마땅해하면서도 냉장고 안의 숙취해소 음료를 꺼내 그에게 건넸다. 사장은 감격한 듯 어린아이처럼 생긋거리며 내 허리를 껴안았다.

　"어제 너무 속상해서 한잔했어. 사랑해."

　사장의 손은 무척 따뜻했고, 나는 허리에 두른 사장의 손을 빼지 못했다. 사장이 가족과 함께 있던 그 모습을 목격한 이후 몇 번이고 헤어질 결심을 했다. 하지만 사장의 끊임없는 구애를 거절하지 못했다. 이성과 상관없이 들끓는 내 마음을 식힐 방법을 찾지 못했다. 그렇게 시간이 자꾸 흘렀다. 나는 드디어 사장에게 결별을 선언하며 사직서를 냈다. 사장은 내가 이곳을 그만두지 않는다는 조건을 내걸며 우리의 이별에 동의했다. 분명 이별에 동의했는데, 사장은 아직도 나를 향해 사랑한다고 속삭이고 있다.

황사비로 얼룩덜룩해진 종로의 도로는 토요일에도 불구하고 한적했다. 그마저 드문드문 들르던 신혼부부도 보이지 않자, 사장은 속이 쓰리다며 늦은 점심이나 먹으러 가자고 했다. 우리는 인근 한식당에서 주문한 된장찌개를 기다리고 있었다. 그때였다. 갑자기 시끌벅적해지더니 한 무리의 노인들이 가게에 들어오는 것이었다. 예고 없던 비를 고스란히 맞은 듯 옷이 몸에 착 달라붙어 있었다. 노인들은 자리에 앉자마자 비에 맞지 않게 겨드랑이에 끼워놓은 태극기들을 탁자 위에 올려놓았다. 그중 여린 체구의 한 할머니가 훌쩍거리기 시작했다. 그러자 옆 할머니가 손을 맞잡으며 함께 울기 시작했다. 그들의 머리 위 텔레비전에서는 수갑 찬 손이 고스란히 드러난 전 대통령이 교도관의 손에 이끌려 법원으로 들어가고 있었다.

"저 노인네들, 돈 받고 시위하던 노인네들 아니야? 이젠 돈 줄 사람도 없을 텐데, 아직도 저러고 돌아다니나?"

사장은 노인들을 향해 힐긋거리며 소리를 낮추며 말했다.

"돈 받고 시위하는 사람들 같아 보이진 않아요, 저기 봐요. 서럽게 울잖아요."

사장은 된장찌개 국물을 한번 마시고는 혀를 끌끌 차며 말했다.

"노인네들은 도무지 말이 안 통한다니까, 세상 돌아가는 걸 몰라도 너무 모른단 말이야."

"진실을 모르는 게 아니라 부정하고 외면하고 싶은 거겠죠. 진실을 인정해버리면 지금까지 그 진실을 믿고 살았던 자신의 삶이 통째로 바보가 되는 거니까……."

그들은 그렇게 한참이나 감정을 주체할 수 없다는 듯 울먹이다 일어나 추적추적 비 내리는 거리로 다시 나갔다. 태극기가 비에 젖을까 봐 품에 꼭 안고서…….

퇴근 시간이 한 시간도 채 남지 않았다. 문득 달력을 보니 오늘이 아버지의 생신이었다. 내 축하를 그다지 반가워하지 않겠지만, 자식의 의무마저 저버리고 싶지 않아 퇴근하는 길에 본가로 향했다. 엄마가 돌아가시고 석 달 만의 방문이었다. 우리 가게에서 가장 인기가 많은 18k 넥타이핀을 하나 사서 직접 포장을 했다. 케이크를 들고 가는 건 낯간지러운 일인 것 같아 아버지가 좋아하는 참외 한 봉지를 샀다. 1층 로비에서 호출 버튼을 눌렀다. 현관문 앞에 도착했을 때였다. 배달음식이라도 기다리고 있었는지, 초인종을 누르기도 전에 벌컥 문이 열렸다. 열린 문으로 고개를 내민 것은 남산만 한 배를 한 그녀였다. 그녀는 아버지의 조교였다. 거실 중앙에는 초가 꽂힌 생일케이크가 놓여있었고, 테이블 가득 배달음식들이 세팅되어 있었다. 나는 깜짝 놀랐다.

"이게 뭐 하는 짓이에요? 엄마 돌아가신 지 겨우 석 달이라고요."

　나도 모르게 참외 봉지를 확 집어 던졌다. 검은 비닐 밖으로 빠져나간 참외가 탕탕탕, 계단을 두드리며 아래로 떨어졌다. 참외는 계단 바닥에서 퍽 소리를 내며 갈라져 구역질하듯 씨앗들을 토해냈다. 꼭꼭 숨겨져 있던 아버지의 치부가 와락 쏟아지는 듯 역겨웠다.

　나는 아버지가 잡은 손을 뿌리치고 엘리베이터 문 닫힘 버튼을 거칠게 눌러댔다. 엄마의 마지막 모습이 자꾸만 떠올랐다. 거동조차 힘들게 되어 병원에 입원하는 전날까지 엄마는 아버지의 밥상을 차리고 와이셔츠를 다렸다. 자신이 차려준 밥을 먹고 새하얀 와이셔츠를 입고 출근한 남편이 조교와 사랑놀음을 하는 줄도 모른 채…….

　조교라는 여자는 엄마의 장례식장에 아버지와 함께 나타났다. 아버지는 아무렇지도 않은 듯 주위 사람들에게 조교라고 소개했는데, 그녀는 마치 자신이 해야 할 일인 듯 일손을 도왔다. 그러니까 그녀는 뱃속에 아버지의 아이를 가진 채 엄마의 장례식장을 헤집고 다닌 것이다. 감히.

　내가 대학을 갓 졸업했을 무렵, 아버지가 있는 대학에 편입한 후배에게서 연락을 받았다. 그로부터 아버지에 관한 소문을 들었다. 나이가 들면서 고매한 인격자로 소문난 아버지가 실은 위선자일 것이라는 것은 어느 정도 짐작하고 있었다. 하지만 아버지는 내가 생각하는 것보다 더 추악한 사람임을 확인할 수 있었다. 대학에 대자보가 붙었는데, 아버지가 조교와 사귀는 사이라는 내용이었다. 그녀는 아버지의 초대로 우리 집에서 함께 밥을 먹은 적이 있었다. 그날 그녀는 백화점 마네킹에 입혀놓은 옷을 그대로 입은 듯 깔끔하고 세련된 유명 브랜드의 연분홍빛 원피스를 입고 있었다. 빨간 립스틱이 도드라지도록 환하게 웃으며 들어온 그녀는 알록달록하게 네일아트를 한 손을 내밀며 엄마에게 악수를 청했다. 엄마는 얼떨결에 악수했지만, 갈라진 마른 논처럼 쭈글쭈글한 자신의 손을 붉은 양념이 여기저기 묻은 앞치마 주머니에 얼른 찔러 넣었다. 그 순간 엄마의 얼굴이 잠시 붉어지는 게 보였지만 나는 애써 모른 척했다. 그녀는 엄마에게 사모님이라며 살갑게 불렀고, 내 취향은 전혀 고려하지 않은 고가의 원피스를 내게 선물했다. 그녀의 그런 모습이 가식적이라고 느꼈지만, 아버지와 그런 사이일 줄은 생각지도 못했다. 하지만 내가 알지 못했던 아버지의 이면은 그것만이 아니었다. 아버지는 이전에도 수차례 제자와 추문을 일으켰으며, 연구비를 횡령하고 제자의 논문을 가로챘다. 매스컴에 몇 번 나온 이후로는 더욱 안하무인 격으로 행동한다고 했다. 어릴 땐 단지 무뚝뚝하고 바빠서 딸과 많이 놀아주지 못하는 그저 그런 아버지 중의 하나일 것으로 생각했지만, 길거리 노점상 큐빅 반지보다도 못한 싸구려였다. 그런 싸구려를 값비싼 다이아몬드처럼 아끼고, 희생하고, 또 감사하며 생을 마감했던 것이다. 엄마는…….

아버지의 아파트에서 뛰쳐나오는데 핸드폰이 계속 울렸다. 아버지일 것이라 생각하고 받지 않았다. 그런데도 벨소리는 멈출 생각을 하지 않는 듯 울려댔다. 아버지의 변명이라도 들어볼 요량으로 통화버튼을 눌렀는데, 아버지가 아니라 현주였다.

"지난번에 너무 갑자기 그런 말을 해서 무척 당황했지? 너도 알잖아? 나, 친구라곤 너밖에 없는 거. 그래서 포기 못 하겠어. 악마가 널 구원받지 못하게 막고 있는데, 그걸 뻔히 알면서 가만히 있을 수 없잖아. 우리 목사님 한 번만이라도 만나봐 줘, 응?"

나는 대꾸도 하지 않은 채 종료 버튼을 눌렀다. 화가 머리끝까지 치밀어 올랐다. 당장 누구라도 만나서 풀지 않으면 폭발할 것 같았다. 핸드폰 연락처를 검색하다 결국 사장에게 전화를 걸었다.

"나 술 좀 사줘요."

"어? 어? 알았어, 알았어. 어디야? 지금 당장 갈게. 누가 부르는데. 당연히 가야지."

전화를 끊었다. 진짜 사랑이 아닌 줄 알면서도 나는 또 사장을 불러내고 있었다. 아니, 가짜라도 좋았다. 이 가짜에게라도 위로받고 싶었다.

오래간만에 보석상에 결혼을 앞둔 예비부부가 찾아왔다. 앳된 얼굴의 여자는 또각또각 경쾌한 구두 굽 소리를 내며 신난 듯 보석상을 헤집고 다녔다. 여자의 옆에서 지친 기색이 역력한 남자에게 믹스커피 한 잔을 건네려는 순간이었다. 유리문에 매달아 놓은 풍경이 요란하게 딸랑거렸다.

"아가씨, 내 반지 어떻게 했어요? 그거 팔아버린 거 아니지요? 그럼 내가 가만있지 않을 거예요."

"팔다니요, 제가 잘 보관하고 있어요. 그거 가지러 오셨어요?"

"그럼요, 그게 어떤 반지인데……. 내가 남편에게 다 물어봤어요. 여기 감정서 한번 보세요. 이거 진짜 맞지요? 가짜라고 했을 때 어쩐지 이상하다고 생각했다니까. 실력도 형편없으면서 무슨 감정을 한다고, 빨리 줘요. 내 다이아몬드반지!"

"그 감정서 잠깐만 봐도 될까요?"

"아니, 필요 없어요. 반지나 빨리 줘요."

중년 여자는 어떤 말도 더 들으려고 하지 않았다. 내가 아무리 가짜라고 이야기해도 절대 믿지 않을 눈치였다. 나는 아무 말 없이 반지를 돌려주었다. 중년 여자는 반지를 받아들고 돌아가려다 눈이 마주친 남자에게 말했다.

"거기 총각. 이거 한 번 봐봐요. 이렇게 반짝이는 다이아몬드가 가짜라고? 말이 되냐고, 말이."

어쩔 줄 몰라 하는 남자를 막아서며 내가 말했다.

"그럼 다시 검사해 볼 테니 애꿎은 손님은 놔두시죠."

"아니, 됐어. 뭘 믿고 내 다이아몬드 반지를 또 맡겨요? 됐어,
됐어."

중년 여자는 행여나 다시 검사라도 하자고 할까 봐 두려워서인
지 곧장 유리문 밖으로 사라졌다. 나는 남자에게 죄송하다고 인
사를 했다. 그는 개의치 않은 듯 고개를 끄덕였다. 그러는 사이,
예비 신부는 진열장 한가운데서 빛나고 있는 3캐럿 다이아몬드에
시선을 뺏기고 있었다.

"보여드릴까요?"

"네. 한 번만 보여주세요."

떨떠름한 표정의 남자는 안중에도 없는 듯 여자는 과한 표정
을 지으며 자신의 손가락에 꼭 들어맞는다며 손뼉을 쳤다. 하지
만 반지 케이스에 적혀 있는 가격을 보고 사색이 된 남자가 반지
를 빼라며 눈짓을 했다. 내가 슬쩍 다른 반지를 꺼내며 말했다.

"이거랑 디자인이 정말 비슷한 큐빅 반지가 있는데 한번 보실
래요? 커팅이 참 세련된 상품이거든요."

남자는 끄덕이며 동의했다. 그러나 여자는 싫다는 듯 손사래
를 치며 말했다.

"아니요, 괜찮아요. 어차피 다이아몬드가 아니잖아요. 내가 속
아서 다이아몬드인 줄 알고 샀다면 모를까, 가짜인 걸 뻔히 알면
서 뭣 하러 사요?"

그렇게 예비부부는 결국 저렴한 3부짜리 다이아몬드 반지를

사 갔다. 감정서가 있는지 꼼꼼히 확인하면서…….

예비부부가 나간 후, 사장이 뜬금없이 말했다.

"지난번 자기 엄마 가짜 다이아몬드 반지는 어떻게 됐어?"

"네?"

"자기 어머님이 돌아가시기 얼마 전, 마침 자기가 휴가 중일 때 다이아몬드 반지를 들고 가게로 찾아오셨어."

"엄마가 가게에 오셨다고요?"

"그래, 다이아몬드를 감정해달라고 하더군. 병색이 짙은 어머니가 행여나 진짜로 믿고 있던 반지가 가짜로 밝혀지면 충격을 받으실까 봐 주저했더니, 알고 있다고 하시더군."

"엄마가 가짜라는 걸 알고 있었다고요?"

"그래. 알고 계셨어, 이미."

"그랬군요, 알고 계실 것이라곤 전혀 생각지도 못했는데……."

엄마는 분명 말했다. 숨이 언제 끊어질지 모르는 경각을 다투는 그 순간에, 자신은 잘살았다고 하며, 심지어 다이아몬드 반지를 내게 물려주겠다고 했다. 빌어먹을 남자를 만나서 속고 살았다고, 그동안 고생한 거 되돌려 놓으라고 저주를 퍼붓는 대신에……. 어떤 마음이었을까? 과연 죽음의 기로에서 거짓말을 할 사람이 있을까?

인류의 역사를 돌이켜보면 금을 만들어내는 연금술만큼이나 다이아몬드를 만들어내려는 많은 시도가 있었다. 금강석이라고도 불리는 천연다이아몬드는 탄소 원자로만 구성되어 있는데. 원자 배열 방식에 따라 다이아몬드가 된다. 반면 큐빅이라고 불리는 인조 다이아몬드는 원 명칭이 큐빅 지르코니아로 그 성분이 산화지르코늄으로 이루어져 있다. 둘은 육안으로는 쉽게 구별할 수 없지만, 그 탄생은 전혀 다른 성분에서 비롯되었다. 물론 값어치 또한 비교할 수 없을 정도로 차이가 크다. 연금술로 금을 만들어내는 것이 애초에 불가능한 것처럼, 큐빅은 영원히 다이아몬드가 될 수 없는 것이다.

텔레비전에서는 전 대통령의 재판이 열리고 있었다. 카메라는 꾸벅꾸벅 졸고 있는 전 대통령의 얼굴을 한참이나 비추고 있었다. 이윽고 카메라가 움직이고 방청석에 자리한 한 무리의 사람들 모습이 화면에 나타났다. 그들은 마치 박해받는 순교자를 향해 절규하듯 '대통령님 사랑합니다, 대통령님 힘내세요'라며 외쳐댔다. 이번 재판은 여섯 번째 열리는 것이었다. 처음에 재판을 보기 위해 추첨까지 하며 방청하던 일반인의 관심은 어느새 시들해졌는데, 저들은 기를 쓰고 재판에 나와 목청껏 외치고 있다. 사장이 얼굴을 찡그리며 채널을 돌렸다. 뉴스가 나오고 있었다.

ㅡ서울의 한 주부가 세 살짜리 아들을 몽둥이로 수십 차례 때린 혐의로 강서경찰서에 입건되었습니다. 이웃의 신고로 출동한 경

찰은 피투성이로 쓰러져 있는 세 살짜리 아이를 발견하고 곧 인근 병원으로 이송했다고 합니다. 이웃에 따르면 아이의 엄마가 최근 한 사이비 종교에 심취해 있었다고 알려져 있었습니다. 이 여자는 자신의 행동이 아이의 몸속에 깃든 악마를 떼어 내기 위해 한 행동이었다고 주장하고 있으며, 폭력에 함께 가담한 모 교회의 목사도 추가 입건하여 조사할 예정이라고 합니다.

멘트가 끝나자, 수갑을 찬 채 경찰의 손에 이끌려 가는 여자의 모습이 화면에 들어왔다. 엄마라고 부르기에 지나치게 앳된 여자는 주변의 소음 때문에 잘 들리지 않았지만 끌려가는 와중에도 연신 뭐라고 외치고 있었다. 나는 리모컨 볼륨을 최대한으로 올렸다.

"제가 우리 아이를 얼마나 사랑하는 줄 아십니까? 그런 제가 왜 이유도 없이 아이를 때립니까? 억울합니다. 정말 억울합니다. 아들의 몸속에 악마가 있었다고요. 제가 이 눈으로 똑똑히 봤단 말입니다. 억울합니다. 정말 악마가 있었다고요, 악마가."

밤새 꿈에 시달렸다. 꿈속에서 나는 어느 사이비 교회의 예배당에 앉아 있었다. 목사로 보이는 사람은 쉿소리를 섞어가며 신도들을 향해 고함인지 설교인지를 끊임없이 내뱉고 있었고, 나는 사람들 틈에 섞여 이유도 모른 채 울부짖고 있었다. 나는 그게 꿈이라는 것을 분명히 알고 있었다. 하지만 억지로 깨어나면 다시 꿈속의 예배당으로, 깨어나면 다시 예배당으로 자꾸만 자꾸만 되돌아갔다. 그렇게 몇 번을 되풀이하다 잠에서 깼다. 온몸이 식은 땀으로 젖어 있었고, 장거리 경주라도 한 듯 욱신거렸다. 하지만 웬일인지 정신은 비 갠 하늘처럼 더 또렷하고 명쾌해졌다. 서랍에 넣어두었던 사직서를 가방에 챙겨 가게로 향했다.

가게에 들어가자마자 문을 활짝 열고 환기를 시켰다. 바닥 물청소를 하고 유리 세정제로 진열장을 반질반질하게 닦았다. 어제 감정 의뢰가 들어왔던 보석 몇 개를 감정하고 있는데, 사장이 커피 두 잔을 들고 출근했다. 내가 좋아하는 브랜드의 캐러멜 마키아토였다. 달달한 커피를 좋아하는 내 취향을 고려한 것이었다. 나는 기분 좋게 커피를 마셨다. 그리고는 마침내 밀린 숙제를 끝내듯 사장에게 사직서를 내밀었다. 사장은 너무 놀란 듯 입을 떡 벌린 채 아무 말도 하지 못했다. 나는 사장의 대답을 기다릴 필요도 없이 가방을 챙겨 들고 밖으로 나왔다. 가게를 나오는 내 뒤에서 사장의 고함이 들렸다.

"사랑해, 사랑한다고. 자긴 나 없이 살 수 있어?" 나는 뒤돌아보지 않았다. 이 순간만큼은 좀 무례해도 상관없을 것 같았다. 걸음이 점점 빨라졌다.

하늘을 올려다보았다. 오래도록 이어질 것 같았던 황사를 모조리 걷어낸 듯 거짓말같이 깨끗했다. 투명한 하늘을 통과한 햇볕이 내 눈 속으로 내리꽂혔다. 나는 눈을 찌푸리면서도, 이 느낌이

나쁘지 않았다. 바쁜 발걸음을 재촉하는 사람들 틈에서 콧노래를
부르며 걸었다. 그리고 혼잣말을 중얼거렸다.

'큐빅은 절대 다이아몬드가 될 수 없어.'

다리, 위의 사람들

1

　강 색이 노을로 붉어질 즈음이면 어김없이 다리는 자동차들로 북적인다. 차들은 간격을 넓혔다 좁히기를 반복하면서 끊임없이 다리를 오가고, 성질 급한 운전자의 경적은 사람들의 인상을 찌푸리게 한다. 그리고 다리를 오가는 차들이 줄어들 즈음 하늘은 완전히 어둠으로 뒤덮인다. 그때의 다리는 새로운 모습으로 변모한다. 가로등 불빛이 강물에 은은하게 퍼지며 강과 다리는 우주를 펼쳐 놓은 듯 혼연일체가 되어 반짝인다. 그 아름다움을 놓치지 않겠다는 듯 다리 아래 산책로에는 강변의 모습을 구경하러 나온 사람들로 북적인다. 그들은 젊은 연인일 수도 있고, 결혼의 단꿈에 취한 신혼부부일 수도 있으며, 오래간만에 만난 친구들일 수도 있다. 그들은 하나같이 만족스러운 하루를 끝낸 듯한 행복한 표정을 한 채 여유 있는 담소를 주고받으며 느긋하게 강변을 따라 걷는다. 그리고 그마저도 끊긴 밤이 되면 또 다른 세상이 펼쳐진다. 오직 가로등 불빛과 소리 없이 흐르는 강물의 고요함만이 남아있는 그때의 강물은 이전과는 비교도 할 수 없는 분위기를 풍긴다. 살아 있는 모든 것들을 집어삼킬 것처럼 어둡고 음침하다. 마침 적막을 깬 사이렌 소리가 가까워진다. 뒤이어 불빛을 반짝이며 경찰차 한 대가 다급하게 다리 위를 달려간다.

현은 편의점 유리문 밖으로 보이는 다리를 멍하니 올려다보았다. 멀리서 들리는 사이렌 소리가 자장가라도 되는 듯, 순간 정신이 아득해지며 저도 모르게 스르르 눈이 감겼다. 까마득한 어둠 속으로 빠져드는 순간이었다. 딸랑이는 풍경소리에 놀라 눈을 떴다. 현은 충혈된 눈을 비비며 손님을 맞았다. 손님은 50대 후반 정도로 보이는 중년 남자였다. 그는 건설사 로고가 적힌 남색의 낡은 점퍼를 입었는데, 저승사자처럼 검고 바짝 마른 얼굴이 을씨년스러울 정도였다. 현은 청테이프로 붙인 안경을 쓰고, 슬리퍼를 신고 있는 그의 걸음걸이가 위태롭다고 느꼈다. 그는 편의점을 둘러보지도 않고 냉장고에서 소주 한 병을 챙겼다. 곧장 계산대로 다가오는가 싶더니, 애완견 먹이 코너 앞에서 시선을 멈추었다. 잠시 생각을 하듯 정지되어 있던 손님은 하얀 강아지 그림이 있는 캔을 하나 집어 들고서 계산대로 다가왔다. 그의 행동을 주시하던 현은 계산대 밑에 넣어둔 영어 단어장을 떨어뜨렸지만, 손님은 눈길도 주지 않았다. 초점 없는 시선으로 값을 치르고는 들어올 때와 똑같이 위태로운 발걸음으로 사라졌다. 잠시 열렸던 문 사이로 서늘한 바람이 훅, 밀려 들어왔다. 한겨울도 아닌데 발끝까지 소름이 퍼졌다. 이 순간 현은 문득 자신이 어둠을 피해 편의점에 숨은 도망자 같다는 생각을 하며, 진열대의 물건을 정리하기 시작했다. 가장 먼저 하는 것은 유통기한을 확인하는 것이다. 날짜가 지난 것은 따로 모아두고, 유통기한이 얼마 남지 않은 것들은 제일 잘 보이는 곳에 배치했다. 진열대에는 온갖 산해진미가 모두 갖춰져 있었다. 바비큐 요리부터 비빔밥, 떡볶이, 족발, 스테이크 등…… 지나치게 완벽하지만, 숨을 쉬지 않는 음식들. 현은 편의점 음식에 손대지 않았다. 주인은 그런 현을 정직하다고 여기겠지만, 현의 생각은 달랐다. 생명력을 잃고 진열대 위에서 박제되어있는 그것들이 영 내키지 않았다. 글루탄산나트륨, 소르빈산, 아질산나트륨, 아스파탐……. 포장지에 적힌 이름도 생소한 것들을 읽어 내려가다 보면 현도 그것들처럼 이 모습으로 영원히 박제될 것만 같은 마음이 들었다. 그때 또 밖에서 사이렌 소리가 들렸다. 경찰차가 다리 위를 빠르게 지나가고 있었다. 또 누군가가 강물에 뛰어든 모양이었다. 다리는 그런 사람들의 종착지였다. 현도 다리 위에 올라선 적이 있었다. 다리는 편의점에서 보던 모습과는 달랐다. 철제 난간은 차가웠으며, 가로등 밑은 어두웠고, 강물은 블랙홀처럼 아득했다. 반면, 다리 위에서 보는 세상은 눈부셨다. 하늘까지 잠식해버린 고층건물과 한강을 조망하는 고급 아파트들은 보석을 박아놓은 듯 반짝반짝 빛났다. 그 모습에 정신이 팔리자 자신의 어둠이 더 아득하게 느껴졌다. 그리고 영원히 이 어둠 속을 벗어나지 못할 것 같은 공포감에 사로잡히기 시작했다. 현의 마음을 아는 듯 강물은 춤을 추며 손짓을 했다. 별거 아니라고, 사는 것보다 낫다고. 현은 난간에 올라갔다. 고개를 아래로 떨어뜨리고 멍하니 강물을 응시했다. 저도 모르게 스르르 눈을 감는 순간, 안경이 강물 속으로 툭 떨어졌다. 강물은 안경 하나쯤 아무것도 아닌 듯 집어삼킨 채 시치미를 뚝 뗐다. 안경은 처음부터 존재하지도 않았던 것처럼 자취도 없이 사라졌고, 현은 그제야 정신을 차렸다. 다리가 후들거려 바닥에 털썩 주저앉았다. 어느새 등줄기에는 식은땀이 흥건했다.

현은 서랍 속에서 안경을 꺼냈다. 소매를 당겨 안경을 닦았다. 새로 산 안경인데, 그새 뿌옇게 먼지가 끼어 있었다. 고개를 가로 저으며 그때의 기억을 떨쳐내려고 했다. 계산대 아래에서 영어 단어장을 집어 들었지만, 글자들은 흐려지는 초점과 함께 강물처럼 출렁거리고 있었다. 자꾸만 정신이 흐려졌다. 얼마쯤 지났을까, 주위가 환해지기 시작했다. 구름을 뚫고 들어오는 햇살이 새로운 하루가 시작되었음을 알려주고 있었다. 하지만 그의 얼굴에 새로운 하루에 대한 기대 따위 없었다. 그저 어젯밤부터 시작된 아르바이트가 끝났다는 생각뿐이었다. 잠시 뒤 떠오르는 햇살을 등진 채 손님이 들어왔다. 깔끔한 정장을 차려입고, 반질거리는 구두를 신은 사람이었다. 그의 구둣발 소리가 경쾌했다. 현은 벌겋게 충혈된 눈으로 그 모습을 부러운 듯 지켜보고 있었다.

2

명국은 편의점에서 산 소주 한 병을 거실 바닥에 내려놓았다. 김이 서린 안경 탓에 앞이 잘 보이지 않았다. 명국은 소매를 잡아당겨 안경을 닦았다. 그제야 안경알이 선명해지고, 명국의 꽁무니에 대고 꼬리를 살랑거리는 강아지의 모습이 또렷이 보이기 시작했다. 밤잠이 없는 명국을 닮아서인지, 강아지도 잠들 생각이 없는 듯했다. 방금 사 온 캔 햄을 꺼냈다. 강아지는 킁킁거리며 캔에 코를 박고 먹기 시작했다. 현은 문득 생동감 넘치는 강아지의 몸짓이 그의 집과 어울리지 않는다고 생각했다.

가족사진 하나 걸려 있지 않은 거실 벽에는 이미 멈추어버린 시계만 덩그러니 걸려있었다. 오래된 커튼은 담배 냄새로 찌들어 있고, 재떨이에는 담배꽁초가 콩나물시루처럼 박혀 있었다. 명국이 담배를 하나 꺼내 물었다. 그의 곁에서 강아지가 제 꼬리를 물겠다고 뱅글뱅글 돌고 있었다. 그 모습에 넋이 나가 있는 사이에 담뱃재가 툭, 거실 바닥으로 떨어졌다. 명국은 뜨거운 줄도 모르고 담뱃재를 손가락으로 집어 재떨이에 넣었다. 다시 안경을 고처 쓰고, 거실 장판이 무사한지 살폈다.

그는 아파트에 당첨되었던 날을 떠올렸다. 막노동하다 옷도 갈아입지 못하고 계약서를 쓰러 갔다. 난생처음 안경까지 끼고서 계약서를 찬찬히 읽어 내려갔다. 도무지 무슨 말인지 몰랐지만 뿌듯했다. 그렇게 계약서의 마지막 줄까지 다 읽고 나서야 힘껏 도장을 찍었다. 어찌나 힘을 주었는지 종이에는 도장 모양의 홈이 생길 정도였다.

명국은 막노동을 하며 전국 팔도를 누볐다. 여관방이 집이었다. 현장 사무소 김 소장은 말은 어눌해도 부지런했던 명국을 늘 데리고 다녔는데, 집이라도 장만해야 가족이 생길 것이라며 아파트를 권했다. 한글이나 겨우 읽고 쓸 줄 알았던 명국은 그 덕에 생전 처음 아파트에 청약이라는 것을 했고, 아파트를 갖게 되었다. 그로부터 20년이 지났다. 가족은 생기지 않았지만, 아파트는 여전히 명국의 가장 큰 보물이다. 지금까지 그의 아파트에 함께 살았던 것은 지금 명국의 곁을 지키고 있는 강아지뿐이었다. 명국은 소주잔을 비우다 말고 갑자기 배를 움켜쥐었다. 이마에 식은땀이 송골송골 맺혔다. 얼굴이 잔뜩 일그러졌다. 더듬거리며 테이블 아래 약봉지를 찾았다. 그리고는 소주와 함께 약을 털어 넣었다. 잠시 뒤 명국은 그 자리에서 잠이 들었고, 강아지가 잠든 명국의 품을 향해 비집고 들어왔다.

얼마쯤 지났을까? 커튼 사이로 아침 햇살이 들어왔다. 명국은 눈을 뜨자마자 자신의 얼굴을 만지며 체온을 느꼈다. 그는 아침마다 그렇게 살아 있다는 것을 확인하곤 했다. 명국의 인기척에 강아지도 눈을 떴다.

"일어났어? 나 죽을까 봐 달라붙어 잤던 거야?"

명국의 말에 강아지는 알아듣기라도 하는 듯 고개를 갸우뚱거렸다.

"내일 아침 당장 못 일어날 수도 있어. 언제 죽을지 모른다고. 내 곁에 있어 봐야 송장 구경이나 하게 될 거야."

명국은 허공으로 시선을 돌리며 말을 이었다.

"그거 알아? 죽음을 기다리는 것은 죽음을 선택하는 것보다 훨씬 비참해. 하지만 죽음을 선택할 수 있는 용기조차 내겐 없어."

명국은 죽음을 기다리는 것만으로 하루를 보내는 짓은 더 이상 하고 싶지 않아 다리로 향했던 적이 있었다. 그 다리는 '자살예방 상담전화 1393'이라고 적힌 스티커가 곳곳에 붙어있는 곳이었다. 그만큼 그 번호를 필요로 하는 사람이 많다는 의미였으며, 실제로 그곳에서 죽음을 선택한 사람들도 많이 있었다. 이미 실행에 옮긴 그들처럼 철제 난간 위에 다리를 내디뎠다. 그 순간 기다렸다는 듯 시커먼 강물이 일렁였다. 뒤이어 차가운 공기가 훅, 그의 몸을 휘감았다. 순간 악마라도 조우한 듯한 공포감을 느꼈다. 명국은 결국 다리를 내려오고야 말았다. 그날 이후 아무것도 선택할 수 없는 자신에게 무력감을 느꼈다. 아무거나 먹고 아무 데서나 잠을 잤다. 그러다가 한 달 전쯤이었다. 술에 취해 길바닥에 쓰러졌다. 늦가을이라 죽을 정도는 아니었지만, 찬 바닥의 냉기에 꼼짝할 수 없었다. 만약 이대로 죽으면 최소한 누군가에 의해 발견이라도 될 테니, 그것도 괜찮겠다고 생각했다. 그때였다. 뜨겁고 축축한 느낌이 들었다. 헝클어진 털 뭉치를 덕지덕지 매단 개 한 마리가 그의 품에 파고들어 그의 뺨을 핥고 있었다. 명국은 개 한 마리 때문에 죽는 것에 실패한 것을 아쉬워하며 비틀비틀 일어났다. 천천히 걸음을 옮기는데 개가 따라왔다. 사람들은 그가 지나가기만 하면 슬금슬금 피하는데, 말도 통하지 않는 개 한 마리가 기를 쓰고 그를 쫓아오는 것이었다. 쓰레기를 집어 던지고 소리를 지르며 위협을 해 봤지만, 개는 아랑곳하지 않았다. 밀어내도 끄떡하지 않았다. 결국엔 아파트 현관 앞까지 따라왔다. 닫힌 현관문 바깥에서 들리는 끙끙대는 소리가 거슬렸다. 어쩔 수 없이 현관문을 열어주었다. 강아지는 기다렸다는 듯이 꼬리를 살랑이며 거실로 들어왔다. 거실이 순식간에 시커먼 강아지 발자국으로 난장판이 되었다. 더 더럽혀지기 전에 씻겨서 내쫓아야겠다고 생각했다. 생전 잘 쓰지도 않던 욕조에 물을 받았다. 강아지는 얌전히 그의 손에 몸을 맡겼다. 그렇게 한참 동안 검은 땟국물을 쏟아낸 후에야 말끔한 강아지로 바뀌었다. 빗겨지지 않을 정도로 뭉친 털은 가위로 대충 잘라냈다. 털에 가려졌던 강아지의 몸이 드러나자 앙상한 뼈가 도드라졌다. 볼썽사나울 정도로 말라비틀어진 모습이었다. 다시 길가에 내놓았을 때, 양심의 가책을 느끼고 싶지는 않았다. 급한 대로 참치캔을 따서 내밀자 쿱쿱, 요란한 소리를 내며 먹었다. 명국은 그 모습을 보며 자신을 떠올렸다. 매일 공사장의 먼지를 뒤집어쓴 채 거실이 더럽혀질까 봐 까치발로 들어와 검은 물을 흘리며 씻었다. 그리고 손잡이가 하나 달린 냄비에 끓인 라면을 들고 와서 거실 바닥에 앉아서 먹었다. 텔레비전은 기꺼이 그의 동무가 되어주었다. 조금 외롭긴 했지만, 피곤한 몸을 누일 수 있는 보금자리가 있다는 사실이 감격스러웠다. 게걸스럽게 코를 박고 먹고 있는 저놈도 그랬을 것이다. 몸서리치도록 보금자리가 그리웠을 것이다. 씻어도 씻어도 끝도 없이 흘러나온 때 구정물만큼 고단한 길 위의 삶을 살았을 것이다. 오죽하면 죽음의 냄새 가득한 자신을 쫓아왔을까? 명국은 끝내 강아지를 내쫓지 못했다.

명국은 가만히 강아지의 배 위에 손을 올렸다. 따뜻한 온기를 내뿜으며 콩콩거리며 바쁘게 뛰는 심장 소리가 신기했다. 벗어둔 안경을 더듬거리며 찾아 쓰고, 그 모습을 한동안 지켜보던 명국의 얼굴에 미소가 번졌다.

3

편의점 아르바이트를 끝낸 현은 퀭한 눈을 껌뻑이며 힘없이 고시원 방으로 들어섰다. 고시원 방안은 365일 빛이 들어올 틈

46

이 없는 밤의 연속이다. 창문이 있는 방은 월 3만 원을 더 내야 했다. 현에게 창문이 있는 방은 사치였다. 현은 어쩌면 지옥이 이렇지 않을까 상상한 적이 있었다. 가로세로 다섯 평의 깜깜하고 습한 방에 갇혀 끝이 없는 나날을 보내는 것이다. 밤과 낮도 분간할 수 없이…….

스위치를 켰다. 쾨쾨한 냄새가 콧속으로 훅 빨려 들어왔다. 그저께 널어둔 빨래는 아직도 축축했다. 책상에 앉으려다 허기를 참을 수 없어 밖으로 나갔다. 공동냉장고에 넣어둔 순대를 꺼냈다. 그 순간 냉장고에서 김치 냄새가 훅 올라왔다. 누군가의 가족이 보냈을 김치통이 보였다. 현은 저도 모르게 꿀꺽 침을 삼키다, 반찬통을 열고 하나를 집어 입에 넣었다. 소리가 나지 않게 최대한 입을 모으고 오물거리다 삼켰다. 시큼한 맛 때문인지, 금새 입안에 침이 고였다. 하나 더 집어 먹으려다 인기척에 뚜껑을 닫았다. 그리고는 딱딱하게 굳은 순대를 전자레인지에 넣어 데운 후, 방으로 들어왔다. 책상에 앉아 하나씩 집어 먹으며 오랫동안 맛을 음미했다.

현은 어머니, 그리고 산송장과 다름없는 아버지와 살았다. 포장마차를 하던 어머니가 집에 돌아올 때까지 현은 종일 아버지와 함께 지냈다. 어머니가 아무리 맛있는 소시지 반찬을 해 놓고 가더라도 현은 손도 대지 않았다. 온종일 누워있는 아버지의 몸에서는 항상 지린내가 났고, 기저귀에 대변이라도 본 날이면 종일 대변 냄새를 맡아야 했다. 좁은 방 안에서 그 냄새를 피할 방법은 없었고, 그 냄새는 모든 식욕을 잃게 했다. 새벽에야 돌아온 어머니는 팔다 남은 순대를 그에게 주었다. 희한하게도 그는 김이 모락모락 나는 순대를 보면 허기가 느껴졌고, 다른 냄새 따윈 잊어버렸다.

도망하다시피 그 집을 떠난 건 대학에 진학한 후였다. 한동안 연락이 없던 어머니에게서 전화가 왔다.

"아버지가 돌아가셨어."

현은 아무 느낌이 없었다. 산송장이 그저 송장이 된 것뿐이었다. 하지만, 아버지의 주검을 확인한 순간 알 수 없는 감정이 들끓었다. 그리고 알 수 있었다. 아버지가 스스로 죽음을 선택했다는 것을……. 어머니의 말에 의하면, 아주 오랫동안 물조차 넘기지 않으며 먹기를 거부했다고 했다. 안타까운 마음에 미음이라도 떠먹이려고 하면 괴성에 가까운 소리를 내며 입을 다물었다는 것이다. 눈물이 그렁그렁 맺힌 눈으로…….

현은 처참하게 말라가며 삶을 거부했을 아버지를 떠올렸다. 동시에 몇 해 전 순대 공장에서의 기억도 함께 되살아났다. 대학 입학 전 어머니를 돕기 위해 함께 갔던 순대 공장에는 좀 전까지만해도 숨을 쉬고 움직였을, 핏기 가득한 돼지의 부산물들이 여기저기 쌓여있었다. 인부들은 부산물들을 자르고 분류하기에 바빴다. 그중에 따로 모아놓은 창자를 기계에 끼웠다. 그러면 한껏 입을 벌린 창자 속으로 벌건 피가 섞인 각종 재료가 질서 있게 들어 갔고, 축 늘어져 있던 창자가 금세 올록볼록 부풀어 올랐다. 그때 였다. 노란 장화를 신은 건장한 체구의 남자가 순대가 가득 든 바 구니를 들고 핏물 사이를 걸어 현과 그의 어머니에게로 왔다. 노 란 장화는 어머니를 보며 음흉하게 웃었다. 그러자 어머니가 웃 음을 지으며 바구니를 받아들었다. 순간 현은 가슴 깊은 곳에서 부터 무엇인가 왈칵 올라오는 것을 느꼈다. 혈기 왕성한 그 남자 의 땀 냄새를 맡자, 공장에 널브러진 돼지의 부산물처럼 썩어가 고 있을 아버지의 몸뚱이가 떠올랐다.

현은 누워있는 아버지밖에 본 적이 없지만, 어머니는 가끔 건 장했던 아버지에 관해 이야기해 주었다. 과거 어머니와 아버지가 연애하던 시절, 순댓국집은 단골 데이트 장소였다고 했다. 아버 지는 땀을 뻘뻘 흘리며 순댓국에 벌건 깍두기 국물을 붓고, 뜨거 운 줄도 모르고 먹더라고 했다. 그 시절 아버지는 분명 먹성이 좋 았을 테고, 활어처럼 펄떡펄떡 뛰고 있었을 것이다. 분명 물조차 넘기고 싶지 않게 될 줄은 몰랐을 것이다.

현은 안경의 먼지를 닦으며 노트를 꺼냈다. 학자금 대출 80만 원, 고시원 방값 15만 원. 편의점 아르바이트, 주말 야간 택배. 그 리고 임상 실험……. 일찌감치 발신이 정지된 핸드폰을 보며 한 숨을 쉬었다.

현은 옷걸이에 걸려있는 옷을 만져 보았다. 아직 소매가 축축했지만, 그냥 입을 수밖에 없었다. 그리고는 어느 병원에서 시행하는 임상시험에 참가하기 위해 일어섰다.

4

경찰서 지구대 벤치에는 앨비스가 앉아 있었다. 그의 번쩍이는 조끼에는 엘비스 프레슬리라는 흘림글씨가 한글로 크게 쓰여 있다. 안경을 낀 그는 멋스러운 구레나룻에 빳빳하게 세운 머리를 하고 있었다. 그는 지난밤 다리에서 뛰어내리겠다고 소동을 벌이다가 사람들의 신고로 경찰서에 끌려왔다. 앨비스는 밤새도록 사기꾼을 잡아달라고 애원했다. 울며 매달리다가 다시 뛰어내리겠다고 협박하기를 반복하며 잠시도 가만히 있지 않았다. 하지만 그의 하소연에 귀 기울이는 사람은 아무도 없었다. 다만, 화려한 외모와 성우처럼 굵직한 목소리가 인해 지구대를 찾는 사람들의 시선을 잠깐 끌게 할 뿐이다. 앨비스는 밤새 잠 한숨 자지 않았다. 날이 밝았고, 텔레비전에서는 아침 뉴스가 나오고 있었다.

「다음은 4, 5조 원에 이르는 사기행각을 벌이고 2011년 중국에서 죽은 것으로 알려진 조희팔의 최측근이 잡혔다는 소식입니다. 이로써 조희팔 죽음에 대한 의문점과 다단계 사건에 대한 수사가 급물살을 탈 것으로 보입니다.」

"저 새끼 살아 있다잖아. 아마도 잘 먹고 잘살고 있을걸. 저런 놈한테 속아서 전 재산 날린 놈만 병신 되는 거야. 열심히 살면 뭐해? 나도 진즉에 저 새끼처럼 사기나 쳐서 돈이나 원 없이 만져 볼걸……."

조금 전까지만 해도 코를 골며 자고 있던 취객은 어느새 텔레비전을 가리키며 욕을 하고 있었다. 그 옆 벤치에는 취객을 쳐다보는 앨비스가 있었다. 앨비스의 눈빛은 지난밤 경찰의 바짓가랑이를 붙잡고 애원하던 모습과 확연히 달라져 있었다. 밤사이 다른 사람이 되기라도 한 것처럼……

경찰서 문이 열리고, 박카스라는 이름이 박힌 빤짝이 조끼를 입은 앨비스의 친구가 그를 데리러 왔다. 앨비스는 체념한 듯 친구를 따라 일어섰다. 친구는 바닥에 떨어진 앨비스의 안경을 챙기며 말했다.

"그만 잊어. 찾기 힘들다잖아."

"그래, 더이상 찾지 않을 거야. 이렇게 살지도 않을 거고. 나도 내가 받은 만큼 모두에게 돌려줄 거야."

안경을 바닥에 집어 던진 앨비스는, 발로 질근질근 밟았다. 안경은 금세 앨비스의 발밑에서 산산조각이 났다.

앨비스는 한 달 전 일을 떠올렸다. 선배 웨이터에게 손님을 뺏기고, 부킹이 마음에 들지 않는다며 손님에게 무릎을 걷어차인 날이었다. VIP홀에 안주를 들고 들어가는데, 손님들의 대화가 들렸다.

"받겠다는 사람이 이렇게 많은데, 기증하겠다는 사람 중에 O형이 없어. 어디서 구할 수 없어?"

"그러게, 자그마치 일억인데 말이야."

"사장님, 그게 무슨 무슨 소리입니까? 저도 좀 알려주세요. 네?"

앨비스는 비굴한 표정으로 직접 술까지 따라주면서 물었다. 그들은 장기밀매를 하는 브로커들이었다. 그들의 대화를 들으며 앨비스는 여자친구를 떠올렸다. 그는 그녀에게 나이트클럽에 그만 다니라고, 자신이 책임지겠다고 말했다. 하지만 웨이터 형 집에 얹혀사는 주제에 제 앞가림이나 하라는 말만 들을 뿐이었다.

그녀는 매일 나이트클럽에 출근하다시피 했다. 그녀가 마시는 술은 모두 공짜였다. 그녀는 그 대가로 스테이지에서 춤을 추었다. 일명 바람잡이인 셈이었다. 그러다 돈이 있다 싶은 남자를 만나면 술에 취한 척 안겼고, 그러면 남자는 그녀를 껴안고 밖으로 나갔다. 그런 날은 밤새도록 핸드폰이 꺼져 있는 날이었다. 다른 웨이터들은 그 여자를 좋아하는 앨비스에게 정신 좀 차리라고 말했다. 하지만 그것은 마음대로 할 수 있는 것이 아니었다. 앨비스가 그녀를 마음에 두기 시작한 것은 아버지에게 맞아서 생겼다는 그녀의 흉터 자국을 본 이후부터였다. 연민인지 동질감인지 알 수 없는 감정이 생겼다. 어쩌면 그것은 아버지에게 맞은 이후로 집을 나가 연락이 끊긴 여동생을 떠올리게 했기 때문인지도 몰랐다. 어쩌면 여동생도 그녀처럼 모르는 남자들에게 몸을 내어주며 죽은 것보다 못한 삶을 살고 있지는 않을까?

앨비스는 태어나서 처음으로 느껴본 그런 마음을 사랑이라고 여겼다. 하지만, 앨비스에게 큰돈이 생기지 않는 한 영원히 그녀를 가질 수 없음을 너무도 잘 알고 있었다. 악마에게 영혼이라도 팔고 싶었다. 영혼을 팔 수 없다면, 몸뚱이라도 괜찮겠다 싶었다. 안경을 벗었다. 안경은 눈이 나빠 늘 찡그리고 다니던 그에게 그녀가 사 준 것이었다. 전에 없는 수줍은 모습으로 안경을 닦아 앨비스에게 씌워주던 모습이 생각났다. 앨비스는 단숨에 결정했다. 브로커는 앨비스에게 검사비 명목으로 삼백만 원을 요구했다. 다음 날 웨이터 형의 돈을 몰래 훔쳐 집을 나왔다. 그 돈을 브로커에게 입금한 날, 브로커들은 연락을 끊었다.

5

현은 병원 의자에 앉아 얼굴을 찡그린 채 왼팔을 주무르고 있었다. 이번 주사는 제법 아팠다. 동수가 현의 곁으로 다가왔다. 동수는 인터넷 카페를 통해 알게 된 사이였고, 그에게 이 아르바이트를 소개해 준 사람이기도 했다.

"다음 주에 또 오라지? 난 이걸로 끝이다."

현은 팔을 문지르다 말고 그를 빤히 쳐다보았다.

"정말?"

"그래, 이깟 푼돈 벌자고 몸 학대하느니, 한 방에 큰돈 벌어 보려고."

"무슨?"

동수는 의미심장한 웃음을 지으며, 알고 싶으면 조용한 곳으로 따라오라고 했다. 현이 동수를 통해 들은 얘기는 영화에서나 보던 장기 매매에 관한 것이었다. 간은 1억. 큰돈을 가질 수 있는 기회였다. 동수는 이미 결심을 굳힌 듯했다. 간은 떼어내도 다시 회복될 테니까, 이참에 잠도 마음껏 자보고 맛있는 것도 사 먹으면서 원 없이 푹 쉴 것이라고 했다. 현은 마치 정육점에서 고기를 썰 듯 아무렇지 않게 간을 뚝 떼어 팔겠다는 동수의 말에 적잖이 충격을 받았다. 현은 그러면 안 된다고 중얼거리면서도 저도 모르게 손을 가슴팍 위에 올리고 있었다.

고시원으로 돌아온 현은 한 시간째 고시원 화장실 한 칸을 차지하고 나가지 못했다. 변기를 붙잡고 계속 구역질을 했다. 이번에 맞은 주사는 속이 좀 메슥거리기는 하겠지만, 시간이 지나면 괜찮아질 거라고 했다. 하지만 몇 시간이 지나도 도통 나아지질 않았다. 현은 설마 그 시간이란 게 24시간이나 36시간을 말하는 것은 아닌지 두려웠다. 그 순간 갑자기 현의 눈에서 눈물이 나기 시작했다. 아무리 입술을 깨물어도 눈물은 통제가 되지 않았다. 게다가 입에서는 시큼한 위액까지 쏟아졌다. 지칠 때까지 구역질을 반복하던 현은 변기통을 끌어안고 쓰러져 잠이 들었다.

현은 휴대폰 알람소리에 비틀거리며 일어났다. 아침이 된 것이다. 어젯밤 어떻게 제 방으로 돌아왔는지 기억조차 나지 않았다. 현은 입던 옷 그대로 야구모자만 눌러 쓴 채 편의점으로 출근했다. 정신이 없어 안경을 쓰는 것도 잊었다. 현은 갑자기 치밀어 오르는 화를 억누를 수 없었다. 가슴 깊은 곳에서 끓고 있던 용암이 한 번에 폭발해 버리는 것 같았다. 앞은 잘 보이지 않고, 속은 뒤틀리고 쓰리며, 잠이 모자라 정신까지 몽롱했다. 계산대 앞에서 고작 몇 푼 아껴보겠다고 지갑을 뒤적이며 할인카드를 찾는 손님도 짜증이 났다. 오늘따라 바코드 찍는 소리도 거슬렸다. 쓰레기통을 옆에 두고 먹은 라면을 그대로 올려놓고 간 학생에게는 버럭 소리를 질렀다. 기껏해야 시급 팔천 원을 받기 위해 잠도 자지 않고 일하는 자신의 처지가 서글펐다. 하지만 그의 세상은 결코 나아질 기미가 보이지 않았다. 그야말로 지옥이었다. 영원히 벗어날 수 없는⋯⋯. 감정을 꾹꾹 누르며 편의점을 지키던 현은 아침 해가 떠오른 것을 보자 단안을 내렸다. 동수에게 전화했다. 받지 않았다. 동수가 정보를 얻었다는 인터넷 카페에 가입했다. 그리고는 동수와 마찬가지로 기증하고 싶다는 글을 쓰기 시작했다.

브로커에게서 전화가 온 것은 얼마 지나지 않아서였다. 그는 자신의 소개로 이미 많은 사람이 기증을 했다고 으스댔다. 그 돈으로 자그마한 가게도 마련한 것을 보았다고 했다. 브로커는 성우처럼 목소리가 좋았다. 낮고 굵직한 그의 목소리는 이상하게 믿음이 갔다.

며칠 지나지 않아 수혜자를 구했다며 다시 브로커에게서 전화가 왔다. 편의점을 그만두고 돈을 받았다. 이번 달 치 대출금도 내지 않을 작정이었다. 그를 위해 어머니가 가입해 놓은 보험을 해약하고, 쌈짓돈까지 털어 브로커에게 삼백만 원을 보냈다.

6

명국은 안경 너머로 보이는 컴퓨터 화면에 시선을 고정하고 있었다. 자신에게 온 쪽지를 읽고 또 읽었다. 그것은 자신이 가입했던 간경화 환자들의 모임 카페에서 온 쪽지였다.

─말기 간경화 환자에게는 간이식밖에 방법이 없습니다. 제가 도와 드릴 수 있을 것 같은데요?

죽기로 작정한 명국이었지만 흔들렸다. 그것은 다름 아닌 명국의 곁에서 안아 달라고 졸라대는 강아지 때문이었다. 명국이 강아지를 쳐다보았다. 강아지는 허리춤이 접힐 정도로 씰룩이며 꼬리를 흔들어댔다. 명국은 그 모습에 자신도 모르게 헤벌쭉 웃고 말았다.

명국은 답장을 보냈다. '방법을 알고 싶습니다. 연락 부탁드립니다.' 전화번호를 남기고 서너 시간쯤 후에 그에게서 전화가 왔다. 브로커라고 하는 그는, 젊은 듯 느껴졌지만 흔치 않은 낮고 굵은 목소리를 갖고 있었다. 그의 목소리는 나약해진 명국의 마음에 깊숙이 파고들었다. 전화기 너머의 그와 나눈 대화는 그가 아주 프로페셔널한 사람이라고 느끼도록 만들기에 충분했다. 알지 못하는 장기 기증에 관한 절차와 검증 과정 등을 아주 상세하게 설명해 주었다. 이해하지 못하는 것 같으면 싫은 내색도 없이 차근차근 되풀이해 주었다. 특히 그가 기증을 기다리다 돌아가신 아버지가 생각난다는 말을 할 때는 없는 자식이 생긴듯한 마음마저 들었다. 결론은 이랬다. 이러저러한 이유로 우리나라에서는 돈을 받고 장기를 파는 행위가 발각되기 쉬워서 중국에 가서 이식을 받아야 한다는 것이었다. 명국도 텔레비전을 통해 중국에서는 장기 매매가 흔히 이뤄진다는 사실을 알고 있던 터였다. 다만 브로커는 병원을 선정하고 기증자를 구하는 등 모든 절차를 중국에서 진행해야 하므로 금액은 미리 지불해야 한다고 했다. 자신의 아버지와 같은 어려움을 겪는 사람을 도와주고 싶은 마음에서 하는 것뿐이니, 마음에 내키지 않으면 하지 않아도 된다는 말도 덧붙였다. 어떻게 사람이 목숨을 담보로 사기를 치느냐는 말을 할 때는 목소리에서 비장함마저 느껴졌다. 명국이 머뭇거리자, 브로커는 결심이 서면 전화해 달라는 말을 남기며 전화를 끊었다. 명국은 죽음을 늦출 수 있는 마지막 기회를 날려버리는 것은 아닐까 안절부절못했다. 며칠 뒤 브로커에게서 전화가 다시 걸려 왔을 때는 명국이 이미 마음을 굳힌 뒤였다. 그는 건강한 몸으로 강아지를 데리고 공원을 산책하는 상상을 했다. 몇 년 만이라도 건강하게 한번 살아보고 싶었다.

명국은 보육원에서 자랐다. 맷집이 좋게 생겼다는 이유로 시도 때도 없이 형들에게 맞았다. 하도 맞아서 시력까지 나빠졌다. 견디다 못해 도망 나왔고, 이후로는 막노동을 하며 살았다. 명국이 유일하게 믿었던 사람은 김 소장이었다. 명국이 철근 기술자로 일할 수 있도록 기술을 가르쳐 준 것도 그였다. 그는 늘 명국에게 말했다.

'사람 함부로 믿는 거 아니다.'

세상을 똑바로 보고 살라며 안경까지 맞춰주던 김 소장도 건설경기가 안 좋아지자 명국을 비롯한 몇몇 사람들의 월급을 떼먹고 잠적해버렸다. 그 이후로 명국은 친구도 사귀지 않았고, 여자도 만나지 않았다. 애초에 가족의 따뜻함 따윈 경험해본 적이 없어서 바라지도 않았다. 그런데, 자기가 없으면 굶어 죽을지도 모르는 작은 강아지 한 마리 때문에 묘한 감정이 소용돌이쳤다. 평생 다른 사람을 믿지 않았으니, 마지막으로 한 번쯤은 믿어 봐도 괜찮겠다 싶었다. 중국에 가서 수술을 받으려면 당분간 강아지를 돌봐줄 사람이 필요했다. 며칠 고심하던 그는 봉투에 현금을 두둑이 넣어 경비원에게 다가갔다. 하루에 한 번씩 물과 먹이를 챙겨달라고 부탁했다. 점퍼 안주머니에서 주섬주섬 봉투를 꺼내 경비원에게 쥐여 주었다. 그는 두둑한 돈에 적잖이 놀란 듯했다. 난생처음 여권까지 만들었다. 마지막으로 사는 집을 담보로 은행에서 돈을 빌려 브로커에게 송금했다. 이로써 모든 준비가 끝났다.

7

앨비스는 이전의 모습을 모두 버렸다. 머리 염색을 새로 했으며, 안경을 바꿨다. 새로 산 안경은 눈이 잘 보이지 않게 선팅이 된 선글라스였다. 그리고는 간이식을 기다리는 중년의 남자와, 간이라도 팔고자 했던 젊은 구직자를 속였다. 앨비스는 자신의 목소리가 요긴하게 쓰일 줄은 생각도 못 했다. 웨이터 주제에 쓸데없이 목소리를 간다며, 타박을 받기 일쑤 아니었던가? 하지만, 피해자들에게 그의 목소리는 신뢰감을 주기에 충분했고, 그들은 아무 의심 없이 순순히 돈을 보냈다. 돈을 챙긴 그는 가장 먼저 그녀를 찾았다. 하루라도 빨리 그녀를 지옥에서 데려와야 한다는 생각밖에 없었다. 그녀가 이사했다는 오피스텔 벨을 누르자 한 사내가 문을 열고 나왔다. 머리가 하얗게 센 중년의 사내 뒤로 놀란 눈을 한 그녀가 서 있었다. 그녀는 레이스가 달린 앞치마를 입고, 한 손에는 국자를 쥐고 있었다. 앨비스는 기억하지 못했지만, 그는 앨비스를 알아봤다. 아마도 나이트클럽에 들르던 손님인 모양이었다. 사내는 앨비스를 집 안으로 들어오라고 했고,

그들은 거실에 마주 앉았다. 웨딩사진만 걸려있지 않을 뿐 방안은 신혼집 분위기였다. 거실 곳곳에 향초가 켜져 있었고, 보글보글 찌개 끓는 소리가 났다. 자신이 그곳에서 무슨 이야기를 했는지 앨비스는 기억나지 않았다. 하지만, 돌아오는 내내 사내의 곁에서 웃음 띤 얼굴로 몸을 꼬며 앉아 있던 그녀의 모습만큼은 또렷이 기억났다.

현은 며칠째 고시원 방 안에서 나오지 않았다. 핸드폰에만 시선을 고정한 채 꼼짝하지 않았다. 하지만 기다리는 전화는 오지 않고 은행의 독촉 전화만 끊임없이 울려댔다. 안경을 꺼내 쓰고 핸드폰을 다시 살폈다. 하지만 끝내 브로커의 전화는 오지 않았고, 어머니로부터 전화가 왔다. 전화기 너머 어머니는 평소와 다르게 전화를 끊으려 하지 않았다. 하려고 하는 일은 잘 되어 가는지, 아픈 데는 없는지, 묻고 또 묻기를 반복했다. 현은 결국 바쁘다는 말로 얼버무리며 먼저 전화를 끊었다. 하지만 핸드폰을 손에서 놓지는 못했다. 어쩌면 다시 전화해 주기를, 무슨 일이 있는지 한 번만 더 물어보기를 바랐는지도 몰랐다. 물론 다시 한번 물어봐 주었다고 하더라도 차마 솔직하게 털어놓을 수는 없었을 것이다. 다만 다시 전화가 온다면 순대가 먹고 싶다고 말하고 싶었다. 마지막으로.

공항까지 나간 명국은 중국행 비행기 출국장 앞에서 그를 기다렸다. 아무리 기다려도 연락은 오지 않았다. 몇 번이고 전화를 걸어 보았지만, 없는 번호라는 안내음성만 반복해서 들을 뿐이었다. 그에 대해 아는 것이라고는 굵고 낮은 목소리뿐, 그의 얼굴을 모른다는 것과 목소리로 그를 찾는 것은 불가능하다는 사실을 공항에서 밤을 새우고 난 뒤에서야 알았다. 언제나 그랬듯 명국에게 희망 따위는 가질 수 없는 신기루였음을 다시금 깨닫게 될 뿐이었다.

얼마쯤 지났을까? 미친 듯이 공항을 헤매다가 종일 굶었을 강아지가 떠올랐다. 정신없이 집으로 달려갔다. 아파트 단지에 들어섰을 때 길 건너편에서 낯익은 강아지 한 마리가 달려오고 있었다. 명국의 얼굴에 화색이 돌았다. 강아지는 뭉친 털을 휘저으며 앞뒤 볼 것도 없이 그를 향해 돌진했다. 그의 걸음도 덩달아 빨라졌다. 그가 신호등 앞에 막 다다랐을 때였다. 그를 향해 달려오던 강아지가 '퍽' 소리와 함께 하늘을 날다가 둔탁한 소리를 내며 바닥으로 떨어졌다. 뒤이어 자동차 한 대가 강아지가 떨어진 자리 위를 전속력으로 지나갔다. 납작하게 되어버린 강아지는 살점과 내장들을 모두 토해냈다. 그 모습을 본 명국이 휘청거리며 바닥에 주저앉았다. 눈물을 흘리는 방법도 잊은 듯, 멍하니 앉아 연신 안경을 꼈다 벗었다 반복할 뿐이었다. 길바닥에는 좀 전까지 뜨거웠을 붉은 피들이 흥건하게 고인 채 차갑게 식어가고 있었다.

8

간추린 뉴스를 말씀드리겠습니다. 어젯밤 한강에서 50대 남자로 보이는 사체가 발견되었다는 소식입니다. 부검 결과 그는 평소 간경화를 앓고 있었던 김 모 씨였으며, 지병을 비관해 자살한 것으로 보인다고 합니다.

다음 뉴스입니다. 인터넷 카페를 운영하며 장기 매매를 알선해온 20대 이모 씨가 경찰에 잡혔다는 소식입니다. 그는 신장, 간 등을 5천만 원에서 많게는 1억에 판매한다며 수혜자와 기증자를 모집했으며, 실제 이식은 이뤄지지 않았고, 선금을 받고 잠적하는 수법을 사용하였습니다. 피의자 이모 씨는 경찰 조사과정에서 자신도 이와 같은 방법으로 사기를 당했다고 진술한 것으로 드러나 더욱 충격을 주고 있습니다.

현은 손님이 계산을 기다리고 있는 것도 잊은 채 뉴스에 시선을 뺏기고 있었다. 손님이 그를 부르며 계산을 재촉했다. 그는 소주 한 병을 계산대에 내려놓았는데, 손님의 눈빛이 유독 어둡다는 생각이 들었다. 때마침 다리 위에서는 사이렌 소리를 울리며 경찰차가 지나가자, 그날이 떠올랐다.

그날 밤 다리 위에는 두 사람이 있었다. 그 중 한 명은 현이었다. 두 사람은 바닥에 시선을 둔 채 무심코 걷다가 서로의 어깨를 부딪쳤다. 중년 남자의 안경이 바닥에 떨어졌다. 하지만 중년 남자는 넋이 나간 사람처럼 그냥 지나쳐갔다. 현은 멀어져 가는 남자의 뒷모습을 응시했다. 문득 가로등 아래 드리워진 그 사람의 그림자가 지나치게 어둡다는 생각이 들었다. 현이 그가 떨어뜨린 안경을 주우려고 허리를 숙였을 때였다. 정적을 깨는 묵직한 물소리가 들렸다.

'풍덩'

놀란 현이 소리가 난 쪽으로 뛰어갔다. 남자는 보이지 않았다. 난간에 올라 강물을 내려다보았다. 현은 강물 사이로 빨려 들어간 그의 실루엣을 찾으려고 노력했다. 하지만 강물은 그를 삼키고도 아무 일도 일어나지 않은 듯 뻔뻔하게 현을 향해 다시 손짓했다. 순간 공포를 느낀 현은 빨리 이곳을 벗어나지 않으면 안 될 것 같은 마음이 들었다. 자신도 모르게 뛰어내릴 것만 같은 두려움에 몸서리를 치며 무작정 도망쳤다.

현은 곧장 기차역으로 향했다. 새벽 첫차를 타고 고향 집에 도착한 현은 꼬박 12시간을 잔 후에야 깨어났다. 현의 옆에는 밥상이 차려져 있었다. 일도 나가지 않고 현의 곁을 지킨 어머니는 현을 위해 순대를 찌고, 그가 일어나길 기다렸다. 현은 끝도 없이 밀려드는 허기에 허겁지겁 입에 순대를 넣었다. 어머니는 그를 보며 체할지도 모르니 천천히 먹으라고 말했다. 그는 눈물을 흘리고 있는 줄도 모른 채 정신없이 먹어댔다.

밤이 깊어지면, 한강은 사람의 흔적을 찾아보기가 힘들다. 간간이 지나가는 자동차 소리만이 정적을 깨뜨릴 뿐이다. 한강 다리는 화려하지만, 빛을 등진 다리 아래는 더 어둡고 깊다. 그리고 다리 아래를 흐르는 강물은 무서운 비밀을 감추고도 아무것도 모른 척 음험하게 흐르고 있다. 마침 고요함을 깨뜨리며 다리 위를 가르는 사이렌 소리가 또 들리지만, 이내 정적 속에 사라질 것이다. 그렇게 강물은 찰나의 소리만을 남길 뿐, 언제 그랬냐는 듯 시치미를 뗀다. 누군가의 절망을, 고통을, 꿀꺽 삼키고도 아무렇지 않은 듯……

딸꾹질

"태어났을 때 난 정말 내가 남자인 줄 알았다니까. 엄마가 너무 좋아하셔서……."

내 말은 취기 오른 동료들 사이에서 고기 타는 연기와 함께 사라졌다. 전생의 기억을 슬그머니 끄집어냈지만 주목하는 사람은 아무도 없었다. 내 말을 이상하다고 여길 정도로 정신이 또렷한 사람이 없어서일까? 아니면 취한 사람의 주정쯤으로 치부한 것일까?

사관학교 동기생들과는 실로 오랜만의 만남이었다. 그래서인지 쓸잘머리 없는 농담을 주고받는 것조차 신이 난 듯 웃음이 끊이지 않았다. 이 중에 여자는 나 하나뿐이지만 이들 사이에서 나는 한 명의 동기일 뿐이었다. 굳이 내 행동을 의식하지 않아도 되었고, 그들도 나를 별쭝스럽게 여기지 않았다. 오히려 동기 중 한 명은 나를 향해 독종이라는 학창시절 별명을 부르며 어깨를 툭툭 치고 놀리기까지 했다. 나는 짓궂은 동기에게 헤드록을 걸었다. 동기는 내 입에 생마늘이 잔뜩 들어간 상추쌈을 마구잡이로 쑤셔 넣으며 낄낄거렸다. 그때였다. 대화는 자연스레 진급과 관련된 이야기로 흘러갔다. 동기 한 명이 나를 보며 우리 중에 여군 장성 한 명 배출되는 거 아니냐고 설레발을 떨었다. 질긴 쥐포 조각을 씹고 있는데 갑자기 딸꾹질이 터져 나왔다. 부담을 주니까 그런 거라며 곁에 앉은 동기가 물을 건넸지만, 한 번 터진 딸꾹질은 쉽 사리 멈추지 않았다.

"소저의 생각에는 이 구절에 그 표현은 어울리지 않는 듯합니 다."

"그런가? 옥봉 자네가 그렇게 생각한다면 그런 게지. 그렇다면 어떤 말로 고치면 좋을 것 같은가?"

선비들은 모두 그녀의 입에서 어떤 말이 나올지 기대에 찬 눈 빛으로 쳐다봤다. 그녀는 그들의 기대에 부응하고자 어울릴만한 시어를 찾기 위해 고심했다. 그들은 그녀의 한 마디 한 마디를 놓 치지 않으려 애썼고, 그녀가 말할 때마다 탄성을 지르거나 고개 를 끄덕거렸다.

옥봉은 어릴 적부터 수를 놓기보단 시를 짓는 것을 좋아했다. 동백꽃을 수놓기보다는 붉은 동백꽃에 어울리는 시어를 찾기 위해 고심했다. 그렇게 지은 시들을 모아 무명으로 선보이기 시작했다. 시가 알려지고 난 후에야 조심스레 자신의 존재를 밝혔다. 다행히 옥봉의 시를 읽은 사람들은 그녀의 신분이 서녀라는 것을 개의치 않았다. 그녀는 틈만 나면 선비들과 어울려 시를 읊조리며 시심을 나누었다. 나이가 차 갔지만, 혼인에는 뜻이 없었다. 평생 이들과 시를 논하는 것만으로도 행복할 것으로 생각했다.

꽃잎이 바람을 타고 사방으로 비행하던 어느 봄날이었다. 그녀는 정자에 우두커니 앉아 날리는 벚꽃을 쳐다보고 있었다. 벚꽃잎을 잡으려 손바닥을 내밀었으나 꽃잎은 약을 올리듯 자꾸만 손바닥을 비켜 갔다. 그녀는 나머지 한 손을 마저 내밀었다. 그리고는 숨을 쉬는 것도 멈춘 채 벚꽃잎이 떨어지길 기다렸다. 그녀의 마음을 눈치챈 건지 꽃잎 하나가 손바닥에 살포시 내려앉았다. 그녀가 해사하게 웃었다. 그때였다. 인기척이 들렸다. 누군가 그녀를 쳐다보고 있었다. 그녀가 고개를 돌리자 그와 눈이 마주쳤다. 그가 그녀를 향해 부드러운 입매에 반달을 그리며 웃기 시작했다. 그의 뽀얀 얼굴에 어울리는 하얀 꽃잎이 그의 갓 차양에 다소곳이 내려앉았다. 순간 그녀의 얼굴이 동백꽃보다 붉어졌다. 그녀에게 옮은 듯 그의 얼굴도 조금씩 달아올랐다. 꽃잎은 둘 사이를 휘저으며 군무를 추어댔다.

사관학교 시절의 에피소드는 꼬리에 꼬리를 물고 끝도 없이 이어졌다. 그 시절 추억에 빠져 있느라 가방 속의 핸드폰을 확인하는 것도 잊고 있었다. 옆자리에 앉은 동기가 내 핸드폰의 진동 소리를 알려줬다. 부재중 전화가 십여 통 넘게 와 있었다. 도우미 아주머니였다. 벌써 퇴근했어야 할 시간이었다. 급한 마음에 서둘러 전화를 했다.

"아버님은 아직도 안 오셨어요. 더는 기다릴 수가 없는데······."

언짢은 기색이 역력했다.

"죄송합니다. 지금 바로 들어갈게요."

남편은 오늘도 약속을 잊은 모양이었다. 급하게 택시를 잡아타고 집으로 향했다. 아이는 방에서 잠이 들었고, 도우미 아주머니가 팔짱을 낀 채 소파에 홀로 앉아 있었다. 죄송하다며 고개를 숙이는 나에게 도우미 아주머니가 소파에서 일어나며 퉁명스럽게 말했다. 딸아이가 떠먹여 주는 밥을 전부 뱉어내며 고집을 부려서 애를 먹었다고 했다. 나는 배를 곯으며 잠이 들었을 딸아이가 애틋하면서도, 도우미 아주머니가 그만둔다고 할까 봐 겁이 났다. 죄라도 지은 사람처럼 도우미 아주머니가 탄 엘리베이터의 문이 닫힐 때까지 배웅했다. 그녀의 뒷모습이 유독 냉랭하게 느껴졌다.

인기척에 깬 딸아이가 잠투정을 했다. 더운 모양이었다. 창문을 조금 열어 환기를 시켰다. 딸아이는 갓난아기 때부터 유난할 정도로 고집이 셌다. 분유는 절대 입에도 대지 않았고, 밥을 먹기 시작해서는 싫은 음식이 나오면 모조리 뱉어냈다. 춥거나 더워도, 취향에 맞지 않아도, 말도 잘 못 하는 아기 때부터 고분고분하게 넘어가는 경우가 없었다. 손짓 발짓을 사용해서라도 제 의사 표현을 꼭 하려고 했다. 시어머니는 그런 딸아이를 가리켜 누구를 닮아 저렇게 유별나냐며 혀끝을 차곤 했다. 나는 군복차림으로 아이부터 안아 올렸다. 딸아이를 품에 안고 거실을 서성이며 자장가를 불러 주었다. 그러자 딸아이의 칭얼거림이 잦아들기 시작했고, 어느새 내 어깨에 뺨을 대고 잠이 들었다. 아이에게서 풍기는 살내음이 나를 행복하게 했다. 그러나 그것도 잠시일 뿐, 서둘러 주방으로 향했다. 행여나 다시 깨지는 않을까 아이의 방 쪽으로 귀를 쫑긋 세운 채 그릇이 부딪치지 않게 조심조심 설거지를 끝냈다. 어느새 시계는 12시가 다 되어가고 있었지만, 남편은 전화조차 받지 않았다.

잠든 아이를 바라보며 팔을 베고 모로 누웠다. 눈꺼풀이 느리게 감겼다 떠지기를 반복하고 있었다. 얼마나 지났을까? 현관문이 열리는 소리가 났다. 남편이었다. 그는 뭐가 즐거운지 콧노래를 부르며 거실을 가로질러 아이가 잠든 방으로 들어왔다. 그리고 불콰해진 얼굴로 딸아이의 뺨에 뽀뽀 세례를 퍼부었다. 뒤척이는 딸아이가 깰까 봐 안절부절못하는 내 마음 따윈 안중에도 없는 듯했다. 나는 허겁지겁 남편의 손을 끌고 거실로 나왔다.

"오늘 일찍 들어와서 애 보기로 한 거 잊었어?"

"퇴근하고 테니스 한 게임 치고 나니까 목이 말라서 맥주 한 잔만 하고 온다는 게 그만……. 미안해. 그런데 나, 꿀물."

남편은 내 허리를 안으며 해맑게 웃었다. 미안하다고 말하면 그만인, 딱 그만큼의 미안함만 가지면 충분하다는 듯이…….

꿀물을 들고 방으로 들어섰을 때 남편은 이미 코를 골며 잠들어 있었다. 몸을 이루는 모든 기관이 잠 하나에만 몰두하면 그만이라는 듯 나른하게 늘어진 채 들숨과 날숨이 편안하게 오가고 있었다. 나는 꿈에서조차 언제든 출발할 준비가 된 육상선수처럼 항상 긴장되어 있는데, 어쩜 저리도 편하게 잘 수 있을까? 그 나른한 표정에 화가 끓어올랐다. 그런데 더 화가 나는 건 남편을 향해 고정되어있는 내 눈이었다. 내 눈은 도톰하고 적당히 작은 코, 남자에게는 어울리지 않는 긴 속눈썹, 검게 그을린 피부, 불규칙하게 달싹이는 입술을 쳐다보고 있었다. 그리고 어느새 나의 의지와 상관없이 오른손이 남편의 볼에 닿아 있는 것을 깨달았다.

"소저, 선비님을 사모하는 듯합니다."

"이미 눈치채고 있었네, 나만 보면 붉어지는 자네 얼굴을 보면 어찌 모를 수 있겠느냐?"

그가 농을 하며 짓궂게 그녀를 쳐다봤다. 그러자 그녀가 얼굴을 확 돌리며 말했다.

"그럼 속내를 감추지 못하는 여인네라서 싫다고 하실 건가요?"

"아니, 그래서 더 곱네. 눈을 감는 순간도 아까울 만큼 계속 보고 싶어."

그가 그녀를 지그시 쳐다보았다. 그의 눈빛에 얼굴이 터질 듯 달아오른 그녀가 고개를 숙였다. 그가 고개를 들어보라며 그녀의 턱에 살며시 손을 가져다 댔다. 그의 손이 닿자마자 그녀는 온몸에 솜털이 솟는 것 같았다. 생소한 느낌에 자기도 모르게 뒷걸음질을 쳤다. 달아나려는 그녀보다 더 큰 발걸음으로 그가 그녀 앞에 바짝 다가섰다. 그녀의 뺨에 입을 맞춘 후, 긴 팔을 벌려 그녀를 꼭 껴안았다. 그의 품에 안긴 그녀의 귀에는 터질 듯 뛰어대는 그의 심장 소리만 들렸다.

그녀는 그와 떨어져 있는 몇 시간이 영겁의 시간처럼 길게 느껴졌다. 그의 마음 또한 그녀와 별반 다르지 않았다. 당장이라도 그녀를 보쌈해 그의 방안에 데려다 놓고 눈을 뜨는 순간부터 눈을 감을 때까지 그녀만 보고 싶었다. 그들에게 혼인은 당연한 선택이었다. 서녀인 그녀가 첩이 되어야 한다는 사실도, 그런 첩을 두는 그가 못마땅한 종친들의 시선도, 그들의 사랑을 막을 수가 없었다. 혼인하면서 그는 그녀에게 한 가지를 요구했다. 그것은 그녀가 앞으로 시를 짓지 않겠다고 약속하는 것이었다. 그것은 그들의 혼인을 못마땅하게 여기는 가문의 시선을 잠재우려는 방편이었다. 그는 자신과 혼인하기 위해 그깟 시를 포기하는 것쯤이야 쉽게 할 수 있는 일이 아니냐고 했다. 그녀에게 시는 그깟 것이 아니라 자신을 숨 쉬게 하는 심장과도 같은 것이라고 말하고 싶었지만, 그녀는 말하지 못했다. 그때였다. 숨이 컥, 막히는 느낌이 들더니 예고 없이 딸꾹질이 터져 나왔다. 껵, 껵, 껵……. 불편하고 끈질긴 딸꾹질은 멈출 줄을 몰랐다.

시를 버리고 그를 택한 그녀의 마음속 공허함은 생각보다 깊었다. 그 공허함을 채워 줘야 할 그는 부모의 기대와 가문의 시선과 아들을 낳아야 하는 본처와 그녀 사이에서 갈팡질팡했다. 그를 둘러싼 많은 것들이 그녀와의 거리를 점점 넓혀갔다. 그녀가 할 수 있는 것이라고는 툇마루에 앉아 하염없이 그를 기다리는 것밖에 없었다. 그녀는 밤새 문을 열어둔 채 잠드는 날이 많았다. 행여나 문이라도 닫아두면 뒷마당으로 오는 그의 기척을 알아채지 못할까 봐, 그래서 단정하지 못한 자신의 모습을 그에게 고스란히 보일까 걱정이 되기 때문이었다. 오랜 기다림 끝에 찾아온 그는 눈발 같은 사람이어서 손에 잡히지도 오래 머물지도 않았다. 깊은 밤 찾아와 짧은 운우지정을 나누고 나면 미련 없이 자리를 털고 일어났다. 그녀는 시를 쓰지 못하는 공허함과 채워지지 못하는 사랑에 대한 갈증이 겹겹이 쌓여 갔고, 자꾸만 자신이 하찮은 존재로 여겨졌다. 그런 날이 계속될수록 그에 대한 원망과 분노가 쌓일 만도 했지만, 그를 연모하는 마음은 그를 향한 원망조차 허락하지 않았다.

출근하자마자 대대장이 회의를 소집했다. 그는 딱히 의논할 일이 없는 날에도 굳이 모두를 불러놓고 자신의 존재감을 각인시키곤 했다. 훈련계획과 관련된 간단한 브리핑이 끝난 후, 이야기는 며칠 전 옆 부대에서 일어났던 성희롱 사건으로 흘렀다. 그는 가해자가 훌륭하고 모범적이며 장관상까지 받은 사람이라는 사실을 주지시키는데 이야기의 대부분을 할애했다. 문장 틈틈이 '본의 아니게'나 '실수'라는 표현을 끼워 넣는 것도 잊지 않았다. 그리고 긴 설명 끝에 군대 내에 여성이 있는 것 자체가 분란의 원인이라는 말을 했다. 그는 아차 싶은 표정으로 나를 흘깃 쳐다봤지만 이내 고개를 돌렸다. 회의가 끝나고 대대장이 나를 따로 불렀다.

"이 소령, 아까 회의 시간에 한 말 때문에 언짢은 건 아니지?"

"조금 불편하긴 했습니다. 다음에는 조심해주셨으면 합니다."

"뭐 그런 의도는 아니었지만, 어쨌든 아, 알겠네. 그나저나 최대위는 잘 있지? 요즘 바빠서 얼굴을 통 못 봤어."

남편의 3년 선배이자 학창시절부터 가깝게 지냈던 대대장은 나와 껄끄러운 얘기가 오갈 것 같으면 슬그머니 남편을 소환하곤 했다. 남편과 자주 통화를 나누는 것도, 그 통화의 내용이 대부분 나에 관한 이야기라는 사실도 나는 이미 잘 알고 있었다. 대대장은 농담을 핑계로 내가 아니라 남편과 함께 근무했어야만 한다는 말을 수시로 했다. 그럴 때면 나도 당신 같은 사람을 상관으로 모시고 싶지 않은 건 마찬가지라는 말이 목구멍까지 차오르곤 했다.

지금의 부대로 전출 오기 전, 남편과 나는 같은 대대에서 근무했다. 그런데 소령 진급 심사가 얼마 남지 않자 남편과 내가 졸지에 경쟁하는 처지가 되어버렸다. 의도치 않게 우리 둘은 사람들에게 비교 대상이 되었다. 심지어 그들은 결혼 전 해외 파병의 경험이 있던 내가 진급 가능성이 크다는 말을 남편에게 노골적으로 하기도 했다. 나는 힘들어하는 남편을 보다 못해 부대를 옮기는 쪽을 택했다. 이듬해 나는 운이 좋게도 진급을 했지만, 내가 제일 싫어하는 지금의 대대장을 만나게 된 것이다.

대대장실을 나오는 나에게 그가 던지듯 말을 건넸다.

"여하튼 이 소령, 욕심 좀 그만 부리고 애나 잘 키워. 엄마가 집에 있어야 애가 잘 크는 법이야."

못 들은 척 대대장실을 나왔지만 불쾌한 기분은 쉽게 가시질 않았다. 서너 걸음을 내딛는데 갑자기 딸꾹질이 또 튀어 나왔다. 숨을 참아도, 손으로 막아도, 딸꾹질은 고집스럽게 멈출 생각을 안 했다.

모처럼 맞는 여유 있는 주말 아침이었다. 남편은 옷자락을 끌며 놀아 달라고 조르는 딸아이를 유모차에 태워 산책하러 나갔다. 지난주까지 이어졌던 훈련으로 몸 구석구석이 쑤셨다. 여자라고 얕보기라도 할까 봐 기어이 모든 훈련에 직접 참여한 탓도 컸다. 아니, 사실은 무거운 군장을 메고 땀에 흠뻑 젖은 채 사병들을 이끌며 달리는 그 순간의 쾌감을 느끼고 싶었던 까닭도 있었다. 조금만 더 누워 있고 싶었지만, 가득 쌓여 있을 빨랫감 생각이 나서 신음을 뱉으며 일어났다. 세탁기가 돌아가는 사이 커피를 내려 마시려는 찰나였다. 갑자기 인터폰이 울렸다. 인터폰 화면 속에 시어머니와 시누이가 얼굴을 내밀었다.

"며늘아, 나 왔다."

당황한 것도 잠시, 황급히 현관문을 열어주고 남편에게 전화했다. 시어머니의 방문은 남편도 전혀 모르는 눈치였다. 허겁지겁 거실에 놓여있던 딸아이의 장난감을 정리하고 시어머니를 맞이했다. 시누이와 함께 열무김치를 담았는데, 열무김치를 좋아하는 남편이 생각나서 가지고 왔다는 게 방문의 이유였다. 시어머니는 현관에 서서 손으로는 김치통을 나에게 내밀며, 눈으로는 현관에 어지럽게 놓여있는 신발들을 쳐다봤다.

"현관이 지저분하면 복이 달아나는 법이다."

나는 김치통을 부엌에 가져다 놓자마자 허둥지둥 신발을 정리했다. 그러는 사이 시누이는 거실 테이블에 놓여있던 커피잔을 쳐다보았다.

"팔자 좋네. 혼자서 느긋하게 커피도 마시고……. 우리는 새벽부터 청과시장에 들러 열무 사다가 김치 담그느라 쉬지도 못했어.”

나는 몇 모금도 마시지 못한 커피를 슬그머니 주방으로 치우고 과일을 내오겠다며 부엌으로 향했다. 그때였다. 남편이 딸아이를 데리고 집으로 들어왔다.

“피곤할 텐데 다인이랑 놀아주다가 들어오는 거야? 우리 올케는 좋겠다. 다정한 남편을 둔 덕분에 혼자 커피 마실 시간도 다 있고…….”

사과를 깎다가 등 뒤에서 들려오는 소리에 나도 모르게 손에 힘이 들어갔다. 순간, 칼끝이 엄지손가락을 스쳤다. 피가 맺혔다. 손가락을 눌러 지압을 하며 서랍 속 밴드를 찾았다.

시누이가 딸아이와 놀아주려고 소꿉놀이 장난감을 내밀었다. 그러나 딸아이는 입을 앙다문 채 고개를 저었다. 다른 장난감을 내밀어도 마찬가지였다. 딸아이는 기어코 직접 소파 밑에 손을 넣어 작은 공을 꺼냈다. 민망해진 시누이가 어쩜 하자는 대로 하는 게 없냐며 혼잣말을 했다.

“근데, 다인이가 기침을 좀 하는 것 같은데?”

“편도선염 때문에 고생 좀 했어. 지금은 거의 다 나았는데, 기침이 아직 남아 있네.”

“그럼 그렇게 아픈 애를 어린이집에 맡기고 출근한 거야? 엄마가 얼마나 모질면…….”

혀를 차며 말을 하는 시누이를 향해 남편이 뭐라고 변명하려는 것 같았지만, 말할 틈도 없이 시어머니의 말이 이어졌다.

"어쨌든 이번에는 니가 진급을 해야 할 텐데⋯⋯."

"또 그 소리예요. 제가 알아서 한다고요."

"안에서 내조를 잘해야 남편이 밖에서 잘 나가는 법이야."

밴드를 붙인 사이로 피가 번졌다. 손가락을 눌러도 자꾸만 새어 나왔다. 결국, 밴드를 떼어내고 새 밴드를 붙었다. 남편과 시어머니의 대화에 시누이가 끼어들었다.

"엄마, 우리 시조카는 명문대 가정과 나온 와이프를 얻었는데, 어찌나 내조를 잘하는지 기어이 지 남편을 교수로 만들었다니까요. 들기론 발바닥이 닳도록 학장 댁을 찾아다녔다고 하더라고요."

시누이는 다른 사람 이야기를 끌어와 자신이 하고 싶은 말을 하는 데 탁월한 능력이 있는 사람이었다. 쇼핑 중독으로 남편에게 이혼을 당할 위기까지 갔던 그녀는 남편의 무관심으로 심한 우울증이 생겨 자살 시도까지 하게 된 어느 불쌍한 주부의 이야기를 끌어와 동정심을 얻기도 했다. 나는 오른쪽 손가락에 덕지덕지 밴드를 붙인 채 사과가 담긴 접시를 거실 테이블 위에 올려놓았다. 접시는 혼수로 사 온 그릇 세트에 들어있던 것인데, 하얀색에 보라색 꽃이 드문드문 박혀 있는 사기 접시였다. 시누이가 그 접시를 보자마자 재미있는 것을 보기라도 한 것처럼 웃기 시작했다. 그리고는 드디어 자신의 역할을 찾은 듯 입을 열기 시작했다.

말의 요지는 유행이 한참 지난 접시와 소품이라곤 찾아볼 수 없는 단조로운 집의 인테리어, 그리고 무미건조한 나의 패션에 대한 핀잔이었다. 딸아이의 잠투정이 아니었다면 언제까지 이어질지 몰랐다. 나는 딸아이를 안고서 잠이 들 때까지 거실을 서성였다. 시누이의 시선이 이번엔 바닥에 놓여있던 장난감에 닿았다. 아이에게 저런 장난감보다는 창의력을 키울 수 있는 올바른 유아용 교구를 사야 하고, 이왕이면 환경호르몬이 검출되지 않는 원목으로 된 교구가 좋다고 했다. 다양한 주제로 끝없이 늘어놓던 이야기는 결국 내가 무능력한 아내이자 자기밖에 모르는 엄마라는 사실을 주지시키기 위한 수식어였다. 어머니는 딸의 말에 연신 고개를 끄덕이며 가여운 아들을 연민의 눈빛으로 쳐다보다가 혼잣말을 했다.

"어떻게 키운 아들인데……."

시아버지는 장교였다. 병사로 시작해 장교가 되었고, 계단을 오르듯 쉬지 않고 올라 대령까지 달았다. 하지만 출신의 한계 때문인지 끝내 장군은 되지 못했고, 자신이 못다 이룬 꿈을 이뤄주길 바라는 마음에 아들을 사관학교에 보냈다. 시아버지는 제대 후에도 아들의 군 생활에 도움이 되기 위해 현역 군 장성들과의 친분을 쌓으려고 각종 동문회며 사모임까지 열성적으로 쫓아다녔다. 어릴 적부터 아버지를 비롯한 모든 가족으로부터 집안의 기둥이라는 말을, 남편은 숨 쉬듯 들으며 자랐다. 그리고 지금껏 살아오며 자신에게 주어지는 모든 선택에 아들이라는 무게를 고려하지 않은 적이 없었다고 했다. 그 말을 할 때 남편의 표정은 유난히 지쳐 보였다.

시누이가 빨리 집에 가봐야 한다며 시어머니를 재촉했다. 시어머니는 나와 남편을 번갈아 보며 한숨만 쉬다가 열무김치를 밖에 두고 익혀 먹으라는 말을 하며 자리에서 일어났다. 그러나 현관을 나가기 직전, 어김없이 또 '그까짓 군인 그만두고 내조나 잘하지'라고 말했다. 문 닫힌 현관을 바라보고 있는데, 갑자기 가슴이 답답해졌다. 이미 식어버렸다고 여겼던 까만 숯이 다시 벌겋게 타오르는 것만 같았다. 눈치도 없이 밴드를 붙인 손가락 끝에서 다시 피가 번져 나오기 시작했다. 때마침 딸아이가 잠에서 깨어 울기 시작했다.

"애 울어."

남편이 핸드폰에 시선을 고정한 채 내게 말했다. 그 순간, 눌러놓았던 감정이 달아오른 기름에 물을 뿌린 듯 폭발했다.

"애가 울면 꼭 내가 가야 해? 왜 다 내 몫이고, 내 탓이야?"

남편이 탁, 하고 바닥에 핸드폰을 내려놓았다.

"난 뭐 편한 줄 알아? 잘난 아내 둔 남편 노릇은 뭐 쉬운 줄 아냐고. 게다가 사람들이 떠들어대는 소리. 당신은 아무렇지 않은지 모르지만, 난 아냐!"

남편은 핸드폰을 손에 쥔 채 그대로 밖으로 나가버렸다.

그녀의 아기는 딸이었다. 딸이 태어난 곳은 그녀가 지내던 햇볕도 잘 들어오지 않는 음침한 별채였다. 오랜 진통 가운데 누구의 환영도 받지 못한 채 힘겹게 태어난 그녀의 아기는 몇 시각도 지나지 않아 울음소리조차 내지 못한 채 싸늘하게 식어갔다. 오지 않는 그를 하염없이 기다릴 수밖에 없는 날들에 대한 원망이, 여자로 살아간다는 것에 대한 허망함이, 그녀의 뱃속 아이에게 고스란히 전달되었음이 분명했다. 아이를 잃은 날 찾아온 그녀의 시어머니는 정실이었다면 소박맞을 텐데 소실인 게 얼마나 다행이냐는 말을 했고, 여인네가 쓸데없이 글이나 쓴다고 젠체하더니 애도 제대로 못 낳는다며 혀를 차고 그녀의 방을 나갔다. 그녀는 같은 여자로서 어찌 그리 매정할 수 있냐는 말이 목구멍까지 올라왔지만, 꾹 참았다. 그날 밤 그녀는 아이의 배냇저고리를 껴안고 울다가 어쩌면 자신과 같은 신세로 태어나는 게 더한 고통이 아니었을까 하는 생각을 했다. 그러자 그녀의 눈에서 쉼 없이 흐르던 눈물이 거짓말같이 멈췄다. 그즈음 과거시험으로는 벼슬에 오르기 힘들다는 것을 알게 된 그는 여기저기 세도가들을 만나러 다니느라 정신이 없었다. 그녀가 거처하는 곳에는 더욱 발길이 뜸해졌다. 결국, 그녀는 그가 찾아오지 않을까 하는 기대감을 거두었다. 방문도 더는 열어두지 않았다. 싸늘하게 식어가던 딸아이처럼 그녀도 점점 죽어갔다. 숨을 쉬는 것도, 웃거나 우는 것도,

심지어 살아있는 모든 활동을 그녀는 잊어갔다. 그러던 어느 날이었다. 처녀 적에 그녀의 집 살림을 봐주던 나주댁이 급히 그녀를 찾아왔다. 나주댁은 신랑이 소를 훔쳤다는 누명을 썼는데, 관청에 억울함을 호소하고 싶어도 글을 몰라 속수무책이라고 하소연했다. 그리고 그녀에게 신랑의 억울함을 밝힐 수 있는 글을 써달라고 애걸했다. 그녀는 혼인하기 전에 글을 쓰지 않기로 약조했다는 말을 하지 못했다. 다른 이를 찾아가 보라고 수차례 말했지만 결국 나주댁의 부탁을 들어줄 수밖에 없었다. 글을 써줄 이가 아무도 없다는 것을 잘 알고 있기 때문이었다. 그런데 신기한일이었다. 오래간만에 붓을 든 그녀는 죽어가던 심장이 다시 살아나는 것을 느꼈다. 가슴이 벅차고 머리가 맑아졌다. 붓을 쥔 손은 거침없이 종이를 채워갔다. 까마득하게 잊은 것 같았던 설렘과 희열을 다시 느꼈다.

며칠이 지난 어느 날이었다. 오래간만에 그가 찾아왔다. 버선발로 툇마루를 내려온 그녀는 잔뜩 찡그린 그의 얼굴을 보자 얼어붙고 말았다.

"나와 약조하지 않았느냐? 그 약조를 어찌 이리 쉽게 깬 것이냐?"

"잠시만, 잠시만 제 말을 들어주시어요."

그는 그녀의 말을 들을 생각이 없었다.

"양반 가문 자제들과 노닥거리며 시나 짓는 자네를 첩으로 들인다고 해서 얼마나 많은 사람의 입방아에 오르내렸는지 아느냐? 그래도 자네를 연모하는 까닭에 참고 넘겼는데, 자네는 기어코 그 약조조차 지키지 못하다니……. 내게 이제 그런 아내는 필요 없네."

그는 얼음장처럼 차갑게 뒤돌아섰다. 그녀는 그의 등에 매달리며 잘못했다고, 한 번만 용서해달라고 빌었다. 그러나 그는 매몰차게 그녀를 떼어냈다. 멀어져가는 그의 등을 바라보던 그녀의 입에서 갑자기 딸꾹질이 튀어나왔다. 그녀는 곧 숨이라도 넘어갈 듯 꺽꺽댔다.

나는 남편을 기다리기 위해 잠든 아이를 들추어 업고 밖으로 나갔다. 밤 기온이 제법 차가웠다. 아이의 머리 위에 담요를 덮으며 외투 하나 걸치지 않고 나간 남편을 생각했다. 쌔근거리는 딸아이의 따뜻한 숨이 등에 오롯이 전해졌다. 딸아이는 웃을 때 반달처럼 휘는 눈이 남편을 꼭 빼닮았다. 남편의 아이를 낳는다면 저 눈만큼은 똑 닮았으면 싶었는데, 바람대로 웃는 모습이 너무 예쁜 딸아이를 낳았다. 남편은 지금 어디에 있을까? 아무리 전화를 해 봐도 신호음만 이어질 뿐이었다. 집을 나서는 남편의 표정은 너무 지쳐 보였다. 아니 지긋지긋해 보였다. 이번 생에서조차 나는 사랑하는 사람을 잃어야 할까? 먼 옛날 그에게 쫓겨난 이후의 기억이 유독 어제 일어난 일처럼 생생했다. 그렇게 돌아선 서

방님은 다시는 나를 찾지 않았다. 아니 지나는 길에라도 마주치길 바랐지만 어쩐 일인지 그림자의 흔적도 보여주지 않았다. 나는 먹지도 자지도 않고 글을 썼다. 그를 향한 그리움의 병증은 깊어 글을 쓰고 또 쓰는 것밖에는 다스릴 방법이 없었다. 수십, 수백 번씩 그의 집을 찾아가기도 했다. 그의 얼굴과 체취와 목소리와 손의 감촉과 눈을 찡긋거리는 버릇까지 기억해내려 애썼다. 그것으로도 채워지지 않을 때는 그를 향한 마음을 뱉어내듯 또 글을 썼다.

> 근래 안부가 궁금하니, 어떠신지요?
> 달빛이 비치는 창가에는 저의 한이 많습니다.
> 만약 꿈속의 넋이 자취를 남긴다면
> 그대 문 앞의 돌길이 반쯤은 모래가 되었을 테지요.

남편에게 열통이 넘는 전화를 걸었지만, 여전히 받지 않았다. 속이 탔다. 낮에 있었던 일을 아무리 곱씹어 봐도 화가 나야 할 사람은 분명 나였다. 그런데 그런 감정은 어느새 흔적도 없이 사라지고 그를 향한 걱정만이 남았다. 바깥바람이 차서 아이를 업고 오래 있다가는 아이가 감기에 걸릴지도 몰랐다. 무턱대고 기다리고 있는 내 꼴이 한심했다. 하지만 두 다리는 현관에 매여 있는 것처럼 그 자리를 벗어나지 못하고 있었다. 때마침 훅, 찬 바람이 불었다. 순간 이 밤이 꼭 그날과 닮은 느낌이 들었다. 그날은 부대체육대회가 있었다. 늦게까지 중대장의 관사 앞마당에서 회식을 했는데, 나는 본부소대장인 까닭에 사람들이 먹을 음식을 마련하느라 정신이 없었다. 소대원들을 데리고 불을 피우고 고기를 굽고 술이나 안주가 떨어지지 않도록 계속 신경을 썼다. 빈 술병이 늘어날수록 취한 사람들도 하나둘 자리를 떠났다. 고기 한 점 제대로 먹지 못한 나는 테이블 위의 땅콩을 주워 먹으며 빈 병들을 정리하고 있었다. 그런데 한 접시의 구운 고기를 조용히 내 앞에 내밀며 그가 다가왔다. 나를 억지로 자리에 앉히고는 자신이 나를 대신해서 빈 병을 정리했다. 나는 그 덕분에 늦은 식사를 할 수 있었다. 그날은 야외테이블에 노란 가루가 쌓일 정도로 꽃가루가 유독 심하게 날리는 날이었다. 콧물이 자꾸만 흘러내렸다. 연거푸 훌쩍이다 창피함에 고개를 숙인 나에게 그가 휴지를 건넸다. 나는 휴지로 코를 닦으며 그를 올려다보았다. 얇은 입술, 긴 속눈썹을 깜빡이며 웃는 눈, 멋쩍은 듯 짧은 머리를 긁적이는 그의 긴 손가락이 눈에 들어왔다. 집에 돌아와서도 그의 모습이 자꾸 떠오르는 데다 심장까지 들썩이는 바람에 밤새 잠이 오지 않았다.

우리는 남들보다 조금 더 가까운 동료로 시작했다. 일상적인 대화를 나누다 힘든 일이 있을 때면 하소연을 하기도 하고, 못된 상사를 안주 삼아 술을 주고받기도 했다. 그러다 차츰 자주 보고 싶어졌고, 만나면 헤어지기 싫어졌다. 집에 돌아가서는 밤새 통화를 하느라 뜨거워진 핸드폰을 손에 쥐고 잠이 든 적도 많았다.

그렇게 우리는 보통 연인들처럼 아주 평범한 연애를 시작했다. 누구에게 자랑할 만큼 거창하지도, 불꽃처럼 열렬하지도 않은. 그런데도 어느새 그와 함께하지 않는 삶은 상상도 할 수 없게 되었다. 그러던 어느 날이었다. 그날은 우리가 처음 이야기를 나누었던 그 날 밤처럼 조금 두꺼운 카디건을 걸쳐야 할 만큼 적당히 쌀쌀했고, 벚나무에 꽃봉오리가 맺히기 시작했다. 한창 진지 공사를 하는 시기라 눈코 뜰 새 없이 바빠 피곤함을 어깨에 덕지덕지 얹은 채 밤늦게 퇴근했다. 집 앞에 다다랐을 때, 그가 불퉁한 얼굴로 나를 기다리고 있었다. 왜 이렇게 늦었냐며, 자주 만나지 못하니까 못 살 것 같다고, 그러니까 당장 결혼하자고 했다. 나는 이미 알고 있었다. 그가 없는 내 삶은 상상할 수 없다는 것을…….

'날씨가 제법 쌀쌀해요. 빨리 들어와요.'

'여보, 밖에 있지 말고 집에 들어와서 얘기해요.'

'전화는 왜 안 받아요?'

'도대체 어디에 있는 거예요. 전화 좀 받아요.'

'걱정되니까 전화라도 받아요, 제발.'

'여보, 제가 잘못했어요. 그러니까 제발 들어와요.'

답장 없는 문자만 보내고 있을 때였다. 대대장으로부터 전화가 왔다. 남편이 대대장의 관사에서 자고 있다는 것이었다. 남편이 집을 나간 시간에 우연히 대대장이 남편에게 전화한 모양이었다. 그는 자신의 아내가 지난 주말에 갈비찜을 잔뜩 해서 관사로 가지고 왔으니 그걸 먹으러 오라고 했다는 것이었다. 물론 남편은 정작 갈비찜은 손도 대지 않고 술만 마시다 취해 잠이 들었다고 했다. 나는 오늘 밤 남편을 잘 부탁한다는 말을 남긴 채 전화를 끊으려고 했으나 술 취한 대대장은 끊지 않았다.

"남자들 틈에서 기를 쓰고 이겨 먹으려는 여자. 음, 나 같으면, 같이 못살지, 못살아."

나는 못 들은 척 조용히 종료 버튼을 눌렀다. 하지만 못산다는 말은 종료되지 않고 마음속에 그대로 남았다. 뜻밖에도 그 순간 엄마가 생각났다. 엄마는 늘 내 꿈을 지지해주었다. 나는 어릴 적부터 숨이 턱 끝에 차오를 때까지 뛰는 것을 좋아했다. 나라를 위험에서 구해내는 영웅 이야기에 심장이 뛰었으며, 이순신 장군을 존경했다. 언제인가부터는 당연하다는 듯 줄곧 장래희망에 군인이라는 두 글자를 적어서 냈다. 엄마는 그런 내게 '한국에서 제일 멋진 군인이 되어보렴', '넌 훌륭한 군인이 될 거야'라고 말해주곤 했다. 내가 어릴 적 엄마는 항상 바빴다. 모든 아이가 집으로 돌아간 어린이집에는 늘 나 혼자 남아 있었다. 엄마는 헐레벌떡 달려와 이마에 맺힌 땀을 닦으며 버릇처럼 내게 미안하다고 했다. 집에 돌아와서도 늘 종종걸음으로 움직였다. 하지만 엄마는 자신의 시간을 모두 쓰고도 일을 다 해내지 못했다. 오빠의 학교 준비물을 깜빡하거나, 빨래를 못해서 아빠가 입을 새 와이셔츠가 하나도 남아 있지 않은 날이 많았다. 그런 날에는 꼭 아빠와 다투곤 했는데, 엄마가 이긴 적은 한 번도 없었던 것 같았다. 결국 엄마는 직장을 그만두었고, 다시는 일을 하지 않았다. 엄마 덕분에 나는 많은 것을 누리며 살았다. 엄마는 청소나 빨래 따위를 내게 시킨 적이 없었다. 내 친구들처럼 오빠의 심부름꾼 노릇을 할 필요도 없었다. 행여나 오빠가 내게 심부름이라도 시킬라치면 엄마가 오빠를 혼냈기 때문이다. 엄마는 내게 오롯이 자신을 위해서만 살아야 한다고 입버릇처럼 말하곤 했는데, 그때 엄마의 눈은 유독 텅비어있는 듯했다. 엄마의 그런 눈빛은 자꾸만 내게 지난 생을 떠올리게 했다. 그럴 때마다 꿈을 이룬 내 모습을 엄마에게 보여주리라 다짐했다. 그래서였을까? 내가 군인이 되겠다고 했을 때 내 꿈을 반대한 사람은 아무도 없었다. 행여나 가족 중에 누가 한마디라도 하면 여자라고 못할 게 뭐가 있냐고 엄마가 대신 따져 묻곤 했다. 그래서인지 고리타분하고 꽉 막힌 아빠조차 아무 말도 하지 않았다.

나는 새벽녘 남편이 집으로 돌아갔다는 대대장의 문자를 받고 부랴부랴 콩나물국을 끓였다. 국이 끓기를 기다리며 남편에게 뭐라고 말해야 할지 고민했다. 그때였다. 현관 비밀번호를 누르는 소리가 들리고 남편이 들어왔다. 남편은 좀체 입을 열지 않았다. 나 또한 어떤 말을 해야 할지 몰라 허둥대다 결국 아무 말도 꺼내지 못했다. 출근 준비를 마친 남편이 식탁 앞에 앉았다. 나는 남편의 맞은편에 앉아 그의 눈치를 살피며 잠이 덜 깬 딸아이에게 밥을 떠먹이고 있었다. 밥을 다 먹은 남편이 아무 말 없이 딸아이를 안았다. 그리고는 내게서 숟가락을 뺏어 딸아이에게 밥을 마저 먹이며 '당신도 어서 먹어'라고 말했다. 그리고는 내가 밥을 다 먹은 것을 확인하자마자 출근을 했다. 집을 나서는 남편의 뒷모습을 바라보다 나도 모르게 눈가에 눈물이 맺혔다. 겨우 딸아이 밥한 번 먹여준 게 뭐라고……. 하지만 감정의 여운을 느끼는 것도 잠시일 뿐이었다. 머리가 마음에 안 든다며 딸아이가 애써 묶어놓은 머리를 잡아당기며 떼를 쓰기 시작했다. 나는 딸아이의 요구대로 부랴부랴 머리를 다시 묶어주고, 어젯밤 늦게 빨아서 널어두었던 낮잠 이불을 챙겼다. 이마는 이미 땀으로 흥건했지만 땀을 닦을 여유조차 없었다. 내 가방과 딸아이의 가방을 한쪽 어깨에 메고, 오른팔로 딸아이를 안고 왼쪽 팔로 낮잠 이불이 담긴 쇼핑백을 들고 차에 올랐다. 가기 싫다고 버둥거리는 아이를 카시트에 앉힌 채 어린이집으로 향했다. 차 안은 답답했고, 흘러내린 땀이 목덜미를 흥건하게 적셨다. 찬 바람을 쐬기 위해 창문을 열었다. 오늘은 일찍 퇴근해서 딸아이를 데리고 병원을 가야 할 텐데……. 바람이 열린 창문 사이로 비집고 들어왔다.

  "곧 왜군이 이곳까지 닥칠 것이네. 자네도 우리와 같이 명나라로 가지 않겠나?"

"아닙니다. 비록 쫓겨나긴 했지만, 낭군님이 있는 이곳을 어찌 제가 떠날 수 있겠습니까?"

"자네의 목숨이 아까운 것은 물론이거니와 자네의 주옥같은 시가 이렇게 사장되는 게 안타까워서 권하는 것이네."

"선비님들이 저와 제 시를 어여삐 여기는 마음은 고맙지만, 전죽어도 이곳을 떠날 수 없습니다. 아니 이곳을 떠나면 전 살아도산 것이 아닐 것입니다. 정 그러시다면 제 시를 드려도 되겠습니까, 이 시는 저의 심장과도 같은 것이니 제가 가는 것과 매한가지이겠지요."

그녀는 끝내 그와 연정을 나누던 그곳을 떠날 수가 없었다. 왜군이 그녀의 집에 불을 질렀다. 불에 타고 있는 집에서 그녀는 마지막까지도 그를 생각하며 눈을 감았다. 그리고 눈을 감는 순간 하늘에 빌었다. 세상에 다시 태어나게 해달라고. 여인이라는 굴레에 얽매이지도 않고, 하고 싶은 일과 사랑하는 사람을 모두 가질 수 있는 그런 세상에 태어나게 해달라고, 불길 속에서 그녀는 간절하게 외쳤다.

출근하자마자 동료들이 술렁거렸다. 보직 변경 시기가 다가오자 저마다 원하는 자리로 옮기기 위해 이리저리 알아보고 있었다. 그때였다. 인터폰이 울리고 대대장이 나를 불렀다. 나는 지난밤의 일에 관해 얘기하겠거니 생각하며 그의 사무실로 향했다. 그는 나를 보자마자 자신이 대단한 비밀이라도 알게 된 것처럼 으스대며 사람들에게 소문내지 않을 테니 걱정하지 말라고 했다. 그리고는 나를 부른 용건을 말했다.

"우리 일이 만만한 직업은 아니잖아. 자네 남편도 너무 안쓰럽고 자네도 애 키우며 힘들게 일하는 거 보기 안타까워서 말이지. 그래서 말인데, 이왕이면 지금 같은 지휘관보다는 통신이나 정훈 쪽 담당관으로 일하는 게 낫지 않겠어? 자네가 원하면 그쪽 자리를 알아봐 줄 수 있어. 물론 진급에 유리한 자리는 아니지만, 자네가 편한 보직에 있어야 남편도 집안일 신경 안 쓰고 진급 준비를 할 것 아닌가. 나처럼 자네 집 사정 잘 아는 사람이나 할 수 있는 말이니까 잘 생각해봐."

나는 고개를 끄덕이지도 대답을 하지도 않았다. 말없이 대대장실을 나왔다. 길게 이어진 복도를 천천히 걷는데 창밖에서 거친 구령 소리가 들렸다. 병사들이 연병장을 달리고 있었다. 그들의 땀내가 복도까지 날아오는 듯했다. 나는 늘 그 땀 냄새가 좋았다. 복도를 걸어가는 순간에도 그들과 함께 달리고 싶은 마음이었다.

오늘도 점심을 걸렀다. 점심시간까지 일하지 않고는 정시에 퇴근하기 힘들기 때문이다. 퇴근하자마자 곧장 딸아이가 있는 어린이집으로 향했다. 나를 보자마자 딸아이는 방글방글 웃으며 달려와 나에게 안겼다. 아이를 데리고 병원으로 향했다. 밥을 잘 먹지 않아 걱정스러운 마음에 병원을 왔는데, 의사는 감기 기운이 있다고 했다. 나는 딸아이가 또 아플까 봐 더럭 겁이 났다. 아파서 힘들 딸아이가 걱정되기도 했지만, 아픈 아이 때문에 결근하게 될까 봐 더 겁이 났다. 그리고 곧 그런 생각을 하는 엄마라는 사실이 또 부끄러워졌다.

딸아이를 데리고 마트에 갔다. 당장 오늘 저녁 먹을 게 없기 때문이었다. 남편이 좋아하는 갈치가 눈에 들어왔다. 카트에 담아놓은 고기를 꺼내고 갈치를 담았다. 카트에 타고 있던 딸아이는 자기가 좋아하는 요구르트를 냉큼 집어 들었다. 나는 밥을 잘 먹으면 먹게 해주겠다는 다짐을 받고서 요구르트를 카트에 담았다. 시계를 들여다보았다. 남편이 퇴근할 시간이 얼마 남지 않았다. 남편이 집에 오기 전에 갈치를 구워야 하고, 집을 청소해야 한다. 또 너무 늦지 않게 어제 옆집 아줌마가 추천해준 새 도우미 아주머니에게 전화를 해보아야 한다. 머릿속에서는 집에 가서 해야 할 일을 순서대로 정리하고 있었다. 지난밤 남편이 집을 나갔던 일을 다시 떠올릴 시간도 없을 만큼 정신이 없었다. 집에 도착하자마자 옷도 갈아입지 않고 생선부터 씻었다. 달궈진 프라이팬 위에 갈치를 올리자 맹렬한 소리를 내며 익어갔다. 목이 말랐다. 냉장고에서 찬물을 꺼내 마셨다. 급하게 마신 탓일까? 다시 딸꾹질이 튀어 나왔다. 꺽, 꺽, 딸꾹질을 하다가 문득 딸꾹질 따위는 나에게 아무것도 아니라는 생각이 들었다. 조금 힘이 들 뿐, 언젠가는 멈출 것 아닌가? 그러자 또 다른 생각이 뒤를 이었다. 전생에 내가 왜 소원을 빌었던 것일까? 누군가가 내 소원을 이뤄주길 바라는 멍청한 짓 따위는 왜 했던 것일까? 그 순간 뒤뚱대며 거실을 가로질러 가는 딸아이가 보였다. 딸아이의 앞에는 제 걸음보다 몇 배 더 빠른 속도로 공이 굴러가고 있었다. 그러나 공의 속도 따위는 상관없다는 듯 기를 쓰고 달려가는 딸아이의 발그레한 얼굴빛에 생기가 넘쳤다.

"그래, 달려가. 언젠가는 너의 속도에 공도 따라 잡히고 말 거야."

---

* 조선 선조 때 여류시인 이옥봉의 한시 '夢魂'을 인용하였으며, 그녀의 삶을 일부 각색함.

미로

치치칫, 치잇, 치, 치, 치잇, 칙…….

귓속에서 다시 소리가 들리기 시작했다. 이번엔 주파수가 맞지
않은 라디오 채널 속 잡음 같았다.

김 과장은 풀린 눈에 잔뜩 힘을 주며 그들의 대화를 듣기 위해
노력했다. 하지만 그들의 목소리는 돌아가는 미러볼처럼 주위를
빙글빙글 돌고 있을 뿐이었다.

"야, 내 얘기 듣고 있어?"

한쪽 손으로 턱을 괴고 있던 최 부장이 다른 쪽 손으로 김 과장
의 뺨을 툭툭 쳤다.

"아! 예, 듣고 있다마다요. 누구 말씀이신데요."

"시끄러워, 술이나 만들어."

김 과장은 어깨를 굽실거리며 양주잔에 양주를 부었다. 뒤이어 맥주가 반 정도 담긴 컵에 양주잔을 집어넣고 냅킨을 덮은 후, 과장되게 손목을 돌리며 잔을 휘휘 저었다. 김 과장은 돌리던 잔을 두 사람의 앞에 놓고, 잔을 덮었던 냅킨은 벽을 향해 던졌다. 냅킨은 찰진 소리를 내며 대리석 벽에 철썩 달라붙었다. 최 부장과 박 원장은 호기롭게 원 샷을 했다. 그리고 춤을 추겠다며 비틀대며 아가씨를 끌어안고 일어났다. 그때였다. 최 부장이 바닥에 떨어진 냅킨을 밟고 날갯짓을 하듯 버둥대다 넘어진 것은. 김 과장은 자기도 모르게 피식 웃음을 흘리고 말았고, 최 부장은 그 장면을 놓치지 않았다. 눈을 부라리며 김 과장의 뒤통수를 세차게 때렸다. 퍽, 퍽, 김 과장의 머리가 휘청거리며 머리카락이 헝클어졌지만 아픔을 느낄 새도 없었다. '죄송합니다'를 연발하며 최 부장을 부축했다. 그제야 최 부장은 마음이 조금 풀린 듯 아가씨를 끌어안고 블루스를 추기 시작했다.

김 과장은 테이블 구석에 앉아 부둥켜안고 흔들어대는 그들을 바라보고 있었다. 귀청을 때리는 음악 때문일까? 귓속에서 신경을 긁어대는 듯 불편한 소리가 연신 들려오기 시작했다. 한 손으로 귀를 툭툭 쳤다. 하지만 소리는 좀체 사라지지 않았다. 김 과장은 슬그머니 밖으로 나왔다. 귓속을 파고드는 소리를 이기지 못하고 복도에 몸을 기대고 서 있었다. 그때였다. 쟁반을 들고 가던 웨이터와 어깨를 부딪쳤다.

"뭐야?"

김 과장이 소리를 질렀다.

"죄송합니다. 손님."

"눈 똑바로 안 뜨고 다녀?"

웨이터는 영문도 모른 채 머리를 조아리며 죄송하다는 말을 반복했다. 두 사람이 겨우 지나다닐 정도로 좁은 복도는 평소에도 그런 일이 비일비재하게 벌어지곤 하였다. 그러나 김 과장은 그것을 이해하지 않았다. 손님을 뭐로 아느냐고 손바닥으로 웨이터의 뒤통수를 툭툭 쳐댔다. 그리고는 종업원 교육이 엉망이라고, 복도가 떠나갈 듯 소리를 몇 차례 지른 후에야 웨이터를 놓아주었다. 웨이터는 그 뒤에도 몇 번 더 고개를 숙이고는 돌아섰다. 김 과장은 비로소 속이 후련했다. 몸속에 가득 차 있던 불쾌한 무언가를 한꺼번에 뱉어낸 느낌이었다. 귀에서 들리던 소리도 씻은 듯 사라졌다. 멀리서 김 과장에게 사과한 웨이터가 어린 종업원의 머리를 쟁반으로 때리는 모습이 보였다. 어린 종업원은 훌쩍이고 있었다. 그때 룸에서 김 과장을 부르는 최 부장의 소리가 들렸다. 열기를 뿜던 블루스곡이 어느새 끝난 모양이었다. 김 과장은 행여나 최 부장의 심기를 거슬릴까 냉큼 룸으로 들어갔다.

최 부장과 박 원장의 술자리는 새벽 두 시를 넘기고서야 겨우 끝이 났다. 그나마 박 원장이 술이 약해 일찍 끝난 셈이었다. 대리기사를 불러 박 원장을 차에 태웠다. 그가 차에 오를 때 김 과장은 잊지 않고 고급 안마기와 영양제 등이 가득 담긴 종이 가방을 차에 실어 보냈다. 다음은 최 부장 차례였다. 최 부장까지 차에 태우고서야 그는 안도의 한숨을 내쉴 수가 있었다. 비로소 그의 일과가 모두 끝난 것이었다. 자신의 차례는 언제나 마지막이었다. 김 과장은 시각을 지체한 대리기사가 도착하자 왜 그렇게 굼뜨냐고 대뜸 소리부터 질렀다. 대리기사는 퉁명한 얼굴로 자동차 키를 받아들고 차에 올랐다. 김 과장은 심통이 났지만, 행여나 대리기사가 다시 간다고 할까 봐 더는 몽니를 부리지는 않았다. 차 안의 히터가 돌기 시작하자 눈꺼풀이 무거워졌다. 그는 자신도 모르게 잠이 들었다.

고향 마을의 강변이었다. 아이들은 송사리 떼를 잡겠다고 첨벙거리며 뛰어다녔다. 그때, 명훈이가 아이들을 불렀다.

"여기 봐, 또 찾았다."

그것은 뜻 모를 영어와 숫자가 적힌 쇳덩이였다. 참나무 몽둥이 같기도 하고, 또 한편으로는 논둑에 매어놓은 쇠말뚝 같기도 한, 그것은 장마가 지나면 강변에서 종종 발견되곤 하던 것이었다. 어른들은 위험한 물건이니 만지지 말라고 했지만, 아이들은 크게 개의치 않았다. 아니, 그럴수록 더 호기심이 생겼다. 명훈이가 돌을 주워 쇳덩어리를 신나게 두드렸다. 그러다가 옆에 있던 석이에게 건네주었다. 석이는 양손에 다른 크기의 돌을 주워 번

갈아 가며 두드렸다. 두드릴 때마다 쇳덩이에서는 퉁탕거리는 묵직하고 나지막한 소리가 났다. 이번엔 정남이가 몇 번 두드리다가 재식에게 건넸다. 그때, 철종이가 송사리가 담긴 병을 들고 다가왔다.

"어? 그거 이장 아재가 주우면 절대 만지지 말고, 꼭 얘기하라고 했는데……."

"야! 바보처럼 그 말을 믿냐? 그거 고물상에 팔려고 그러는 거야."

"진짜?"

"그럼, 진짜지. 너도 함 쳐봐."

이번엔 철종이가 받아들었다. 그러나 쇳덩이를 두드리는 놀이는 더 이상 이어지지 못했다. 철종이 딱 한 번 탕, 하고 쳤을 때가 끝이었다. 귀청을 때리는 소리와 함께 철종의 손이 순식간에 피를 튀기며 사라졌고, 철종의 울부짖음이 귀청을 때렸다.

눈을 떴다. 피를 흘리며 울고 있는 철종은 없었다. 차 안의 라디오에서는 트로트가 흘러나오고 있었다. 김 과장은 회식 자리에서 마이크를 놓지 못하던 최 부장의 걸쭉한 목소리가 떠올랐다. 그 순간 갑자기 화가 치밀었다. 잠시 멈췄던 소리가 다시 귓속을 파고들기 시작했다. 치치칫, 치, 치칫, 치……. 이번에는 고장 난 텔레비전에서 나오는 전자음 같기도 했다.

"이봐, 소리 좀 낮춰."

대리기사가 좌회전을 했다. 갑자기 구역질이 올라왔다.

"운전 똑바로 안 해? 토할 뻔했잖아."

아파트 주차장에 차를 세운 대리기사는 김 과장에게 자동차 키를 건네며 말했다.

"이만 오천 원입니다."

"뭐? 원래 이만 원인데, 이만 오천 원? 운전도 거지같이 하면서?"

"제가 사전에 분명히 주말이라 오천 원 더 받는다고 말씀드렸는데요?"

김 과장은 퉷, 바닥에 침을 뱉고는 지갑에서 만 원짜리 두 장과 마지못해 꺼낸 오천 원짜리 한 장을 땅바닥에 집어 던졌다. 그리고는 키를 빼앗다시피 받아 쥐고 아파트 현관으로 향했다. 그의 등 뒤에는 대리기사가 긴 한숨을 내뱉으며 주섬주섬 돈을 주웠다. 대리기사가 아파트를 막 빠져나가던 참이었다. 부스럭거리며 쓰레기통을 뒤지던 길고양이가 보였다. 그는 고양이를 향해 바닥에 떨어져 있던 캔을 있는 힘껏 발로 찼다. 어둠 속에서 길고양이의 가냘픈 울음소리가 들렸다.

거실은 고요했다. 아이의 방문을 열었다. 아이와 함께 잠들어 있던 아내가 인기척에 눈을 떴다.

"이쁜 우리 새끼 얼굴 좀 보자."

김 과장은 자신을 쏙 빼닮은 아들을 보자마자 함박웃음을 터트렸다. 귀한 보석을 다루듯 살며시 아들의 볼을 잡고 입맞춤을 하던 참이었다. 아들의 얼굴에 생채기가 난 것을 발견했다. 그의 얼굴이 굳어졌다.

"얼굴이 왜 이래?"

"자꾸 괴롭힌다는 그 애 있잖아요? 그 애가 또 얼굴을 할퀴어 놓았다지 뭐예요."

김 과장이 얼굴을 일그러뜨렸다.

"뭐라고? 그걸 가만둬? 찬아, 일어나. 빨리 안 일어나?"

김 과장은 잠들어 있는 아들을 막무가내로 흔들어 깨웠다. 아내가 말려도 듣지 않았다. 아빠의 거센 손길에 어깨를 잡힌 아들은 어리둥절한 눈빛으로 김 과장을 쳐다봤다. 김 과장은 아들의 팔을 거칠게 잡아당기며 다그쳤다. 절대로 만만하게 보여선 안 된다고, 혼쭐을 내줘야 다시는 그러지 않는다고, 몇 번이나 되풀이했다. 아들은 겁먹은 눈빛으로 고개를 끄덕였다. 당장이라도 눈물을 터뜨릴 것 같았다. 그 모습을 본 아내는 김 과장의 팔을 잡고 거실로 데리고 나왔다. 이번에는 아내에게 화살을 돌렸다. 엄마라는 사람이 아들 얼굴에 생채기가 났는데도 가만히 보고 있었느냐고 소리쳤다. 아니, 내일 아침 직접 담당 선생에게 전화해야겠다고 했다. 김 과장은 이전에 아들의 반 아이가 던진 장난감 때문에 아이 얼굴에 상처가 나자 유치원에 직접 찾아가 발칵 뒤집어놓은 일이 있었다. 아내는 행여나 그런 일이 또 생길까 봐 자기가 알아서 할 테니 제발 좀 그만하라고 말했다. 아내의 불퉁한 태도가 못마땅한 김 과장은 화를 주체하지 못해 바닥에 있던 리모컨을 집어 던졌다. 리모컨은 거실 진열장을 향해 날아갔고, 진열장은 쩍, 소리를 내며 갈라졌다. 리모컨 파편이 사방으로 튀었고, 리모컨에서 나온 건전지가 부엌까지 날아갔다. 그 소리를 들은 아들이 베개를 끌어안고 울면서 거실로 나왔다. 아내는 우는 아들을 달래 방으로 들여보냈다. 그리고 익숙하게 깨진 유리를 치울 뿐, 김 과장의 행동에 어떤 토도 달지 않았다. 그사이 씩씩대던 김 과장은 어느새 소파에 널브러진 채 평온한 얼굴로 코를 골기 시작했다.

김 과장은 평소보다 조금 늦게 집을 나섰다. 차가 시가지에 접어들자, 도로가 꽉 막혀 도무지 움직일 기미조차 보이지 않았다. 마침 신호가 바뀌고 차가 출발하려는데, 바로 앞 소형차 한 대가 꾸물거리며 움직이지 않고 있었다. 김 과장은 앞차에 바짝 다가가 신경질적으로 경적을 빠앙, 울렸다. 그러자 너도나도 여기저기서 경적을 울렸다. 그때였다. 김 과장의 귓속에서도 소리가 나기 시작했다. 치이, 치치, 치치치치잇……. 손바닥으로 귀를 툭툭 쳐봤지만, 소용이 없었다. 자신의 의사와는 상관없이 소리는 점점 더 커졌다. 마치 김 과장을 괴롭히려는 듯 집요하고 끈질겼다.

김 과장은 잔뜩 일그러진 얼굴로 차를 몰았다. 회사에 도착하기 직전, 사거리에서 우회전하려던 찰나였다. 김 과장의 바로 앞에서 직진하려는 차가 신호에 걸려 서 있었다. 김 과장은 길을 비켜달라고 경적을 짧게 울리며 신호를 보냈다. 그러나 앞차는 꼼짝도 하지 않았다. 이번엔 힘을 주어 경적을 꾹 눌렀다. 경적은 더 크고 길게 울렸다. 그래도 꼼짝 않자 김 과장은 화가 치밀기 시작했다. 이번엔 신경질적으로 경적을 빵, 빵, 빵, 울렸다. 그래도 앞차는 길을 비켜줄 생각을 하지 않았다. 그러다 신호가 바뀌자, 도망을 치듯 냅다 속력을 올려 출발하는 것이었다. 김 과장은 끓어오르는 화를 도저히 참을 수가 없었다. 앞차를 쫓아가기 시작했다. 이윽고 멈춤 신호에서 앞차와 나란히 서게 되자, 김 과장은 급기야 차에서 내렸다.

"이봐! 바빠 죽겠는데, 뭐 하자는 수작이야?"

안을 들여다보던 김 과장은 운전대를 잡은 사람이 여자라는 사실을 알게 되자, 아예 팔까지 걷어붙이고 목덜미 가득 붉은 핏줄이 도드라지게 소리를 높였다.

"야! 창문 안 열어? 여자가 집에서 밥이나 할 것이지, 차는 왜 끌고 나와서 지랄이야!"

잔뜩 겁을 먹은 여자는 창문을 내리지 않았다. 다만 두 손으로 운전대를 꼭 잡고 고개를 푹 숙인 채 벌벌 떨며 가만히 있을 뿐이었다. 그런 모습에 더 의기양양해진 김 과장은 급기야 차를 발로 차며 내리라고 소리를 질렀다. 순식간에 도로는 아수라장이 되었다. 차들이 일제히 경적을 울려댔다. 그러나 그뿐이었다. 신호가 바뀌자마자 앞차 운전자는 쏜살같이 달아나버렸다. 김 과장이 씩씩거리며 차를 탔을 땐, 이미 따라잡을 수 없을 정도로 멀리 가버린 뒤였다. 김 과장은 끓어오르는 화를 참을 수 없었다. 바닥을 발로 차며 소리를 질러댔다. 차창 밖으로 다른 운전자가 힐끔거리는 게 보였지만, 그것을 신경 쓸 만큼 이성적이지 못했다. 차에 타고도 분을 이기지 못해 허공에 대고 주먹질을 하다가 시간이 많이 지났음을 확인하고는 거칠게 액셀러레이터를 밟으며 차를 몰았다.

김 과장은 출근 시간을 조금 넘기고서야 회사에 도착했다. 사무실로 들어서자 사원들이 낄낄거리며 사담을 나누는 모습이 보였다. 김 과장은 소리를 버럭 지르며 일이나 하라고 했다. 그리고는 여직원에게 커피 한 잔을 가져오라고 했다. 그때였다. 인터폰이 울렸다. 최 부장이었다. 그가 은근한 목소리로 김 과장을 불렀다. 은근한 호출에는 언제나 위험이 내포되어 있다는 것을 이미 감지하고 있던 김 과장은 긴장하지 않을 수 없었다. 아니나 다를까? 최 부장의 사무실에 도착하자, 그의 입에서 나온 말은 역시 폭탄 같은 위험물이었다.

"지난번 영일 병원 건 말인데, 자네가 한 걸로 하는 게 어때? 내가 그 은혜를 잊을 사람이 아니라는 건 알지? 이 회사 들어온 지 몇 년 짼데, 아직 과장이라는 게 말이 되나?"

김 과장은 주먹을 불끈 쥐었으나, 대꾸할 말을 찾지 못했다.

"그래서 내가 자네를 좋아한다니까. 거절할 줄 모르는 그 착한 심성……."

최 부장은 걸핏하면 김 과장을 추켜세우곤 했지만, 그럴 땐 꼭 해결하기 힘든 그의 일이 김 과장에게 넘어오곤 했다. 이번에도 그런 식이었다. 김 과장이 재무상태가 불량한 영일 병원에 외상으로 납품하지 않는 것이 좋겠다고 몇 번이나 만류했지만, 웬일인지 최 부장은 막무가내로 밀어붙였다. 결국, 병원이 문을 닫는 바람에 대금을 회수하지 못해 손실이 발생했다. 그런데 최 부장은 이를 김 과장에게 떠넘기려고 하는 것이었다. 최 부장의 방을 나서는데, 귀에서 다시 소리가 들리기 시작했다. 김 과장의 얼굴이 다시 일그러졌다. 소리의 강도는 이전보다 더 심했다. 치, 치이, 치, 치……. 해독조차 할 수 없는 모스 부호 같은 소리가 귓속을 헤집는 것 같았다.

자리로 돌아온 김 과장이 이 대리를 불렀다. 그리고는 열어보지도 않은 결재 파일을 집어 던지며 말했다.

"다시 정리해 와. 회사 들어온 지 몇 년 짼데, 아직 이런 것 하나 제대로 정리를 못 해?"

그리고도 화가 덜 풀린 김 과장은 볼펜을 들고 책상을 꾹꾹 찌르다가 급기야는 쓰레기통을 발로 찼다. 쓰러진 통에서 쓰레기가 쏟아져 나오자, 이번엔 청소 반장에게 전화를 걸었다. 청소 아주머니들의 게으름을 질타하며 청소 똑바로 시키라고 고래고래 고함을 질렀다. 그래도 화가 가라앉지 않은 김 과장은 어제 몸이 아프다고 결석했던 이 양에게 회사 때려치우고 시집이나 가라고 했고, 외근하러 다녀오겠다는 박 대리에게는 외근 핑계로 놀러 가는 거 아니냐고 쏘아붙였다.

김 과장이 던진 결재판을 주워 자리로 돌아간 이 대리는 PPT 자료를 만드느라 밤을 새우고 출근한 인턴을 불러 그렇게 해서 정규직 전환이 되겠냐며 신경질을 부렸다. 인턴은 무엇을 잘못했는지도 모른 채 '죄송합니다. 다시 해서 가지고 오겠습니다.'라고 말하며 자리로 돌아갔다. 몸이 아팠던 이 양은 걱정되어 전화한 어머니에게 짜증을 부리며 전화를 끊었고, 외근 나간 박 대리는 많은 사람이 보는 앞에서 머리가 하얗게 센 나이 지긋한 하청공장 공장장을 향해 삿대질까지 해가며 폭언을 퍼부었다.

상대를 막론하고 다수를 향해 한참 동안 분노를 쏟아내던 김 과장은 비상계단으로 내려가 담배를 한 대 피워 물었다. 그리고선 핸드폰을 꺼내 들고서 무엇인가를 한참 들여다보았다. 아들과 함께 찍은 사진이었다. 아들의 모습을 쳐다보는 김 과장의 얼굴에는 그제야 평온함이 조금씩 번지기 시작했다. 마침내 유리창 사이에 끼워놓은 종이컵에 꽁초를 쑤셔 넣고 돌아서는 김 과장의 입에서는 휘파람 소리까지 흘러나왔다. 귓가를 맴돌던 소리도 어느새 사라진 상태였다.

김 과장은 모처럼 일찍 회사를 나왔다. 오래간만에 고향 친구 정남을 만나기로 약속했기 때문이었다. 김 과장보다 먼저 도착해 있던 정남은 그사이 소주 한 병을 혼자 비운 채였다. 정남은 불그레한 얼굴로 김 과장을 보자마자 와락 끌어안으며 반가움을 표현했다. 김 과장과 정남의 회사는 겨우 두 블록 떨어진 거리에 자리하고 있었다. 가끔 회식 장소가 겹쳐 우연히 만날 때도 있었지만, 서로의 회사생활은 묻지 않았다.

오래간만에 옛 친구와 마주 앉은 자리가 반가워서였을까? 정남은 소주 한 병에 감정이 폭발하기라도 한 듯 말이 많아졌다. 눈물까지 찔끔거리며 김 과장의 손을 꽉 잡았다. 옛 기억을 더듬다 무엇인가 갑자기 생각난 듯 빈 술잔을 응시하며 입을 열었다.

"재식아, 그때 그 포탄을 철종에게 주는 게 아니었어. 언젠가 어디서든 터질 것이었는데, 나라도 먼저 그만둬야 할 것을……. 난 아직도 그때 꿈을 꿔."

"시끄러 임마, 술맛 떨어지게. 그게 우리 때문이야?"

김 과장은 정남의 말을 가로막았다. 하지만, 그도 마찬가지였다. 폭죽처럼 터지던 철종의 팔, 바위에 벌겋게 번지던 핏물, 그리고 귀청을 때리는 절규……. 그 일은 김 과장의 꿈속에서도 늘 반복되었다. 다만 꿈속에서는 정남이 철종에게, 철종이 석이에게, 명수가 김 과장에게, 규칙 없이 순서가 마구 뒤바뀌곤 했다. 그렇지만 분명한 것은 그렇게 돌고 돌던 포탄이 누군가의 손에서 '펑' 하고 터진다는 사실이었다. 그게 김 과장인지, 정남인지, 철종인지, 누구인지 분명하지는 않았지만…….

옛 추억을 되살린 인테리어의 돼지갈빗집은 사람들의 소음과 고기 굽는 연기로 가득 차 있었다. 김 과장의 건너편 테이블에서는 건장한 몸집의 청년들이 실랑이를 벌이고 있었다. 또 그 건너편에 앉은 20대 중반의 여자는 혀 꼬부라진 소리로 악다구니를 쓰며 남자친구 같아 보이는 사람의 멱살을 잡고 있었고, 어떤 중년의 늙수그레한 남자는 무엇이 불만인지 종업원에게 삿대질까지 해가며 따지고 있었다.

둥근 양철 테이블 위에 빈 소주병이 여백 없이 쌓여갈수록 김 과장의 시야도 뿌옇게 흐려져 갔다. 그는 문득 고기 굽는 연기가 자욱한 이 공간이 문득 아수라의 지옥 같다는 착각이 들었다. 소주 몇 병에 나가떨어진 정남은 테이블에 널브러진 채 엎드려 있었다. 이윽고 김 과장도 앉은 채 스르르 눈이 감기려는 찰나였다. 정남은 무슨 생각이 났는지 고개를 들어 김 과장에게 물었다.

"참, 너희 아버지 장례는 잘 치렀어? 하필이면 해외에 출장 나가 있을 때라, 못 갔어. 미안하다."

"미안할 거 없어. 나도 보고 싶지 않은 사람이었으니까."

김 과장의 아버지는 그 시절 땅을 꽤나 소유해서 소작을 여럿 부린 부농이었다. 덕분에 그는 친구들처럼 학비가 없어 학교에 다니지 못한 적도 없었고, 농사를 거들기 위해 학교를 빠져본 적도 없었다. 학교 운동회면 아버지는 늘 교장 선생님의 옆자리에 앉아 있었고, 김 과장은 친구들이 부러워하는 커다란 자전거를 몰고 학교에 다녔다. 쌀이 없어 칡뿌리로 끼니를 때우던 어머니로서는 아버지에게 시집간다는 게 아마도 큰 행운이었을 것이다. 하지만 어머니의 결혼 생활은 그렇게 행복하지 않았다. 아버지는 술주정뱅이에 유명한 오입쟁이였으니까. 아버지는 이틀이 멀다고 술에 취해 들어왔고, 들어와서는 지칠 때까지 어머니를 때리다가 잠이 들었다. 그런데도 아버지는 언제나 어머니를 굶지 않게 해준 것만으로도 당당한 사람이었다. 어머니는 눈자위의 시퍼런 멍을 문지르면서도 나만 참으면 된다고 입버릇처럼 얘기했고, 아버지는 젊은 여자를 안방으로 끌어들이고도 당당했다. 행여나 어머니가 심기를 거슬리는 말을 꺼내면 '어디 감히'가 시작되었으며, 폭력 또한 예사였다. 그럴 때면 어린 재식은 여동생과 함께 방구석에 쪼그리고 앉아 끝날 때까지 그 모습을 지켜봐야 했다. 여동생은 울음소리를 내지 않기 위해 두 손으로 입을 막은 채 헉헉거렸다. 가슴에서 활활 타오르는 불길을 끄지 못한 재식은 당장이라도 뱉어내고 싶을 정도로 가슴이 뜨겁고 답답했지만, 커다란 떡을 삼킨 것처럼 입을 다물고 있을 수밖에 없었다. 그런 지옥

같은 밤을 보내고 나면 아버지는 재식과 여동생에게 용돈을 두둑이 찔러주거나 원하는 장난감을 사주곤 하였다. 그 보상은 달콤했고, 그 달콤한 유혹은 어느 사이인가부터 아버지에게 맞으며 신음하는 어머니의 모습을 보면 갖고 싶은 장난감을 떠올리게까지 되었다. 그즈음부터 재식이도 뱃속에서 점점 끓어오르던 불덩어리를 어머니에게 토해내기 시작했다. 아버지의 얼굴을 한 채 어머니에게 독설을 쏟아내었으며, 물건을 집어 던졌다. 그나마 어머니에 대한 죄책감으로 견딜 수 없을 때면, 여동생의 머리채를 쥐거나 뺨을 때렸다.

어머니는 바보 같은 희망을 품고 살았다. 언젠가는 아버지가 자신에게 잘못을 참회할 기회가 있을 것이라고 굳게 믿고 살았다. 하지만, 어머니는 끝내 아버지의 사과를 받지 못했다. 병든 몸으로 고통 속에 살다가 숨을 거두었다. 아버지는 어머니가 돌아가신 지 일 년도 채 지나지 않아 새어머니를 들여앉혔다. 그러나 아버지 역시 말년은 행복하지 않았다. 치매로 요양원에 입원해 있었는데, 요양보호사를 때리거나 식판을 집어던지는 등, 느닷없이 사고를 저지르는 것으로 자신이 살아 있다는 것을 자식들에게 증명하는 게 전부였다. 그러다가 억울할 것도 없는 사람이 죽는 게 억울하다면서 고래고래 소리를 지르다 숨을 거두었다. 김 과장은 환하게 웃는 아버지의 영정사진 앞에서 어머니의 머리채를 끌고 방바닥을 누비던 모습이 자꾸만 눈앞에 어른거려 괴로웠다.

그것은 어느새 어머니에게서 전염병처럼 자신에게 옮겨진 아픔이었고, 슬픔이었고, 고통이었다. 그러나 김 과장은 내색하지 않았다. 그 마음을 꼭꼭 숨겨둔 채, 아버지의 죽음을 진심으로 슬퍼하듯 영정 앞에서 통곡했고, 새어머니에게 착한 아들 노릇을 했으며, 그 덕분에 유명 브랜드의 아파트까지 유산으로 물려받았다.

김 과장은 술이 약한 정남을 데려다주고 집으로 돌아왔다. 집으로 오자마자 아들아이의 방부터 들렀다. 아들을 보는 김 과장의 얼굴에 미소가 번졌다. 아들의 얼굴을 감싸 쥐고 볼을 비볐다. 잠결에도 손으로 얼굴에 묻은 아빠의 침을 닦는 모습이 귀여워서 김 과장은 어쩔 줄을 몰랐다. 그때였다. 아들이 돌아눕는데, 이불 속에서 커다란 풍선이 눈에 들어왔다.

"이게 뭐야?"

"그거요, 낮에 유치원에서 받은 풍선인데, 손에서 놓질 못하네."

김 과장이 조심조심 이불 속에서 빼내려는 순간, 손톱에 긁힌 풍선이 그만 펑, 하고 터졌다. 풍선 소리에 놀라 깬 아이가 울기 시작했다. 괜히 미안해진 김 과장은 아내한테 버럭 소리를 질렀다.

"아이를 달래서 뺏었어야지! 터질 줄 뻔히 알면서도 그대로 두면 어떡해?"

김 과장이 지르는 소리에 아이는 겁을 먹고 엄마의 품에 안긴 채 더 크게 울었다.

아침부터 회의가 있는 탓에 김 과장은 일찍 집을 나섰다. 며칠째 계속된 술자리 탓인지 유난히 속이 쓰렸다. 그때였다. 귀에서 다시 소리가 들리기 시작했다.

치, 치, 치익, 치익, 치치, 치치익, 치이이익, 치이이이익, 치치이이익…….

처음에는 쇠붙이를 손톱으로 긁어대는 소리 같았는데, 소리는 점점 커져 귀가 터져버릴 것만 같았다. 손바닥으로 귀를 마구 때렸다. 그것도 소용없었다. 손가락을 귀에 쑤셔 넣고 마구 휘저어보았지만 마찬가지였다. 김 과장은 얼굴을 찡그린 채 회사 앞 편의점으로 향했다. 숙취해소제가 어디 있느냐는 그의 질문에 종업원은 말없이 손가락으로 위치를 가리켰다. 김 과장은 종업원까지 자신을 무시하는 것 같아 기분이 나빴다.

"아니, 여기 아르바이트생은 서비스가 왜 이따위야? 사람이 말을 하는데, 눈도 안 돌리고, 어따 대고 손가락질이야?"

유통기한이 지난 삼각 김밥을 꺼내던 아르바이트생은 잠시 김 과장을 힐끗 쳐다보다가 다시 하던 일을 계속했다.

"이 새끼가, 사람 말이 우스워? 우습냐고?"

아르바이트생은 그제야 작은 소리로 '죄송합니다'라고 말했다. 하지만 분이 풀리지 않은 김 과장은 그를 놓아주지 않았다. 계산대에 숙취해소 음료를 거칠게 내려놓으며 따져 물었다.

"지금 뭐라고 했어? 그게 사과야?"

마침 편의점으로 들어오던 편의점 주인이 이 모습을 발견했다. 그는 김 과장의 팔을 붙잡으며 정말 죄송하다고 몇 번이나 고개를 숙였다. 그제야 아르바이트생도 고개를 숙였다. 김 과장은 똑바로 하라며 아르바이트생의 어깨를 손가락으로 툭툭 쳤다. 어깨를 휘청이는 아르바이트생의 얼굴이 눈에 띄게 일그러졌다. 김 과장은 편의점을 나올 때까지 큰소리로 삿대질을 했다. 그러자 왠지 개운한 느낌이 들었다. 이명도 어느새 사라졌다. 숙취해소제를 단숨에 들이켜고는 하늘을 올려다봤다. 하늘이 유난히 파랬다. 그리고 김 과장이 떠난 편의점 안에서는 아르바이트생이 빈 캔을 밟아 찌그러뜨리고 있었다. 이미 찌그러져 납작해져 있었으나, 그는 빈 캔을 밟고 또 밟기를 반복했다.

회사에 출근하자마자 외근 나갈 채비를 했다. 그저께 접대를 했던 병원과 납품 계약을 하기 위해서였다. 병원에 도착한 김 과장은 의료기 상사에서 왔다는 말을 전해달라고 했다. 의기양양하게 들어온 것은 잠깐이었다. 간호사는 분명 잠시만 기다리라고 했지만, 한 시간이 넘도록 소식이 없었다. 사람들이 흘끗흘끗 쳐다보는 것 같았다. 하지만 난감한 것은 그게 전부가 아니었다. 한 시간 반 남짓 기다리다가 겨우 원장실로 들어갔으나, 박 원장은 컴퓨터에 시선을 고정한 채 김 과장을 쳐다보지도 않았다.

"그 약은 아무래도 생각 좀 해봐야 할 것 같아. 지금 쓰고 있는 제품이 뭐 단가도 괜찮고, 효능도 나쁘지 않고……. 돌아가 있어. 내가 연락하지. 지금 좀 바빠서 말이야."

며칠 전 접대할 때와 달리 박 원장의 마음이 바뀌었다는 것을 금세 눈치챘지만, 김 과장은 끝까지 미소를 잃지 않았다. 언제든지 전화 달라고 웃으며 눈도 마주치지 않는 박 원장의 뒤통수에 대고 깍듯하게 인사까지 하고 원장실을 나왔다. 괜히 속이 뒤틀리고 비위가 상해서 구역질이 나왔다. 어느새 지긋지긋하게 따라다니는 소리가 또 귓속을 긁어대기 시작했다.

소리의 원인은 알 수 없었다. 병원에서도 시원한 대답을 내려주지 않았다. 다만 병원에서는 이명이라는 증상만 밝힐 뿐이었다. 의사는 조속히 치료하지 않으면 어지럼증은 물론이거니와 만성두통에, 나중엔 큰 불행까지도 야기할 수 있는 난치병이라고 엄포를 놓았다. 치료방법은 우선 막힌 기혈의 순환을 풀고, 허약해진 장기를 회복시키는 게 급선무라고 했다. 그러나 김 과장은 크게 개의치 않았다. 그러다가 말겠지, 생각했다.

쓰린 속을 달래기 위해 김 과장이 들어간 곳은 일본식 라면 전문점이었다. 된장 라면 한 개를 시켜놓고 기다리는데, 손님이 줄줄이 들어오는 게 보였다. 쟁반을 들고 테이블 사이를 정신없이 왔다 갔다 하는 아르바이트생의 모습이 보였다. 그때였다. 분명 김 과장이 먼저 들어왔는데, 뒤에 들어온 젊은 남녀의 자리 앞에 라면 두 그릇을 내려놓는 것이었다. 순간, 김 과장은 분을 참지 못하고 아르바이트생을 불렀다.

"야, 내가 분명 먼저 들어왔는데, 왜 음식은 저기가 먼저 나가? 혼자 왔다고 무시하는 거야?"

"그게 아니라, 주문이 정신없이 몰리다 보니까 착각했나 봐요. 죄송해요……."

"뭐, 죄송? 지금 그걸 말이라고 해?"

김 과장의 목소리가 조금씩 높아가자 사람들의 시선이 그에게 쏠리기 시작했다. 김 과장은 아랑곳하지 않고 목소리를 더욱 높였다.

"사장 나오라고 해, 사장. 내가 너 가만둘 것 같아?"

사장은 이미 옆에 와 있었다.

"죄송합니다. 손님, 너그러운 마음으로 이해해 주십시오."

사장은 서비스라며 사이다 한 병을 김 과장에게 건넸다. 사이다 한 병에 김 과장의 마음이 조금 누그러졌다. 못 이기는 척 헛기침을 몇 번 뱉어낸 김 과장은 유리잔에 사이다를 부었다. 하얀 기포가 그의 마음을 개운하게 가라앉혔다. 사장은 날카로운 목소리로 아르바이트생에게 테이블이나 치우라고 소리를 질렀다. 아직 어린 티를 벗지 않은 아르바이트생은 쟁반에 빈 그릇을 담으며 훌쩍였고, 김 과장은 시원하게 사이다 한 잔을 들이켰다. 된장 라면의 국물까지 싹 비운 김 과장은 자기도 모르게 캬, 하며 추임새를 넣었다. 시원한 국물 때문인지, 꽉 막혔던 귓속까지 뚫리는 기분이었다. 김 과장이 식당을 나설 때까지도 일본식 라면 전문점의 아르바이트생은 발갛게 충혈된 눈으로 내내 훌쩍이고 있었다.

　김 과장은 회사로 돌아가서야 라면집에 핸드폰을 두고 나왔다는 사실을 깨달았다. 미스 정이 집에서 여러 번 전화가 왔었다고 알려줬다. 김 과장은 왜 근무시간에 귀찮게 전화를 하는지 모르겠다고 투덜대며 집으로 전화를 걸었다. 전화를 받은 아내는 울먹이고 있었다.

　"왜 전화를 안 받는 거예요, 용이 지금 수술해야 한대요, 위급하대요."

　"무슨 일이야? 수술이라니?"

　김 과장은 갑자기 눈앞이 노랗게 물드는 것을 느꼈다. 다급하게 달려갔을 때, 아들은 수술실에 있었다. 아내는 수술실 의자에 앉아 다리에 얼굴을 파묻고 울먹이고 있었다.

　"뭐야? 이게 무슨 변고냐고?"

　김 과장은 아내의 어깨를 흔들었다.

　그러자 아내 대신 옆에 있던 경찰이 설명했다.

　"아이가 학원 가는데, 누가 옥상에서 벽돌을 던졌다고 합니다. 그런데 불행하게도 댁의 아이가 그 벽돌에 맞았습니다."

"뭐? 누가? 왜? 도대체 왜요?"

"벽돌을 던진 건 20대 청년이고, 지금 경찰서에서 조사받고 있습니다. 동기는 더 조사해봐야겠지만, 검거 당시 얘기로는 화가 나서 도무지 참을 수가 없어서 던졌다고 합니다."

"뭐라고요? 그게 말이 됩니까? 자기가 화난다고 엄한 사람한테 벽돌을 던져요? 그놈 어딨어요? 내가 똑같이 해줄 테니까."

주먹을 쥔 김 과장은 벽을 때리고, 의자를 발로 찼다. 그래도 분이 풀리지 않자, 경찰의 멱살을 잡고 흔들었다.

"네놈들은 우리 세금으로 일하면서 그런 것도 못 막고 뭐 했어? 어? 그래놓고도 경찰이랍시고 돌아다녀?"

"여보, 하지 마세요, 정말. 지긋지긋해. 지긋지긋하다고요. 당신이나 벽돌을 던진 그 인간이나 내 눈에는 다 똑같다고요!"

아내가 김 과장의 팔을 거칠게 잡아당겼다. 아내는 이미 정신이 반쯤 나간 사람 같았다. 꺼이꺼이 소리를 내어 울기 시작했다. 아내의 그런 모습을 본 적 없던 김 과장은 바람 빠진 풍선처럼 고분고분하게 수술실 앞 벤치에 주저앉았다. 곧이어 수술을 끝낸 아이가 수술실을 나왔다. 의사는 아이가 깨어날 수 있을지는 경과를 지켜봐야 할 것 같다고 했다. 아이가 깨어나지 못할 수도 있다는 사실이 믿기지 않은 김 과장은 의사의 옷깃을 잡아당기며 몇 번이고 되물었지만, 의사는 어떤 감정의 동요도 전혀 드러내지 않고 똑같은 말을 반복할 뿐이었다.

"글쎄요, 경과를 두고 봅시다."

믿을 수 없는 현실 앞에서 망연자실해진 김 과장이 아이 곁으로 다가갔다. 의식을 잃은 아이는 천사처럼 누워 있었다. 얼마나 지났을까. 아이 곁을 지키던 김 과장은 자신도 모르게 깜빡 잠이 들었다.

고향 시냇가였다. 아이들의 웃음소리는 개울물 소리보다 컸다. 아이들 틈에 한 아이가 커다란 무언가를 주워왔다. 어린 김 과장은 친구에게서 그것을 받았다. 뭐가 그리 궁금했는지, 들었다 놓기를 반복하다 급기야 돌멩이를 주워 두들기기 시작했다. 쿵쿵쿵. 아이들이 몰려들었다. 김 과장은 다른 아이에게 그 물건을 건네주었다. 그런데 이상한 것은 그 물건을 건네받은 아이가 김 과장의 아들 용이였다. 김 과장은 안 된다고 소리쳤지만, 목소리가 나오지 않았다. 용이가 그 물건을 받자마자, 물건은 요란한 소리를 내며 폭발했다. 비명을 지르던 용이는 붉은 피와 함께 산산이 흩어졌다.

으억, 소리를 지르며 깨어난 김 과장은 비로소 그게 꿈이었다는 것을 깨닫고 안도했다. 누워 있는 용이는 아무런 미동도 없었다.

"미안하다."

그때였다. 김 과장의 입에서 자신도 모르게 한 마디가 터져 나왔다. 그의 눈에서는 어느새 눈물이 흘러내리고 있었다. 그렇게 한참의 시간이 흐른 뒤였다. 웬일일까. 누군가 쇠붙이를 긁어대는 것 같은 소리가 들리지 않았다. 그러나 김 과장은 긴장을 늦추지 않았다. 아직 안심하기에는 이르다고 생각했다. 방심하고 있다가 생각지도 못했던 곳에서 폭발해 버릴 수도 있기 때문이었다. 그게 어디 한두 번인가. 그는 주위를 한 차례 둘러보았다. 하얀 벽이 완강하게 가로막고 있는 병실은 출구가 없어 보였다.

스마일맨

웃음은 때로 너무 슬플 때도 터져 나온다.

꿈을 꾸었다. 꿈에서조차 나는 무언가를 열심히 하고 있었다. 기억나진 않지만 아주 힘들고 고단한 꿈이었던 것 같다. 분명한 것은 내가 울지 않았다는 사실이다.

손으로 이마를 닦았다. 축축한 땀이 손바닥에 달라붙었다. 어깨는 쌀자루를 얹은 듯 묵직하고 뻐근했다. 도대체 뭘 그렇게 열심히 하고 있었던 것일까? 꿈속의 잔상을 떠올리려 애쓰는데, 차 문이 열리고 날카로운 소리가 귀에 꽂혔다.

"이거 맞아요? 멍하니 앉아서 뭐 하는 거예요? 어서 출발이나 해요."

차에 시동을 걸어놓고 아내를 기다리는 사이 잠깐 잠이 든 모양이었다. 그 사이 아내가 창고에서 빛바랜 액자를 가지고 왔다. 지난번 가게를 처분할 때 버리지 않고 남겨둔 것이었다. 나는 아내를 태우고 서둘러 새로 개업할 가게로 향했다.

"됐어요?"

"아니, 왼쪽이 좀 내려갔잖아."

"이렇게요?"

"아니, 아니 그건 너무 내려갔지. 안 되겠네. 내가 걸게."

나는 잘 벗겨지지 않는 신발을 발뒤꿈치로 겨우 밀어내고서 의자 위에 올라갔다. 발가락과 뒤꿈치가 땀에 젖어 축축했다. 액자의 양쪽 모서리를 쥐고 천장과 벽의 직선에 최대한 맞추었다. 비뚤어진 것 같아 몇 번이나 다시 걸기를 반복하자, 아내가 기어코 한 마디를 내뱉었다.

"그깟 액자 하나 거는 데 무슨 신경을 그렇게 써요."

"그깟 액자라니? 이건 내게 거는 주문이야, 주문."

아내는 그런 주문 따위로 성공할 것이었다면 액자가 빛바랠 동안 뭘 한 거냐며 내 뒤통수에 대고 빈정댔다. 나는 아내의 그런 소리를 귓등으로 흘리며 액자에 시선을 고정했다.

「노력은 배신하지 않는다.」

하지만 아내는 말을 멈추지 않을 모양이었다. 그럴 땐 자리를 뜨는 게 상책이다. 나는 돼지머리를 사러 시장에 다녀오겠다는 핑계로 얼른 일어났다.

시장은 오일장이 열리는 까닭인지 입구부터 흥겨운 뽕짝 리듬이 발목을 잡았다. 시장 입구를 가득 채운 사람들 머리 너머로 반짝이 무늬를 입은 사람의 실루엣이 보였다. 장터 노래자랑인 모양이다. 사람들의 어깨가 뽕짝 리듬에 들썩이며 흥겨워 보였다. 다른 날 같으면 내 몸에 흐르는 끼를 주체하지 못하고 벌써 마이크를 잡았을 게 뻔했다. 박 사장은 접대 자리만 있으면 나를 꼭 데려가곤 했으니까. 하지만 오늘만은 다른 곳에 한눈을 팔 수 없다. 사람들과 어깨를 부딪치지 않기 위해 피해가며 시장 왼쪽 골목으로 들어섰다. 조합원모집이라는 전단지를 든 아줌마가 내 소매를 잡아끌었지만 걸음을 멈출 순 없었다. 조금 걷다 보니 우엉 줄기를 꺼내놓고 손질하는 청과코너의 할머니 두 분이 보였다. 자글자글 주름진 손과 시커먼 풀물이 든 뭉툭한 손톱이 고단해 보였다. 할머니들은 채소 손질을 하는 와중에도 얼마나 재미난 이야기를 나누는지 듬성한 이빨이 환히 보일 만큼 활짝 웃고 있었다. 뒤이어 비릿한 냄새와 함께 붉은 조명 아래 고깃덩이가 매달려 있는 정육점 간판들이 하나둘 보이기 시작했다. 간판만 보고 걷다가 가게에서 흘러나온 핏물이 고여 있는 진흙 웅덩이를 밟고 말았다. 에이 씨. 내 입에서 욕이 나옴과 동시에 나는 손바닥으로 얼른 내 주둥이를 때렸다. 이런 날 욕이라니, 부정이라도 타면 어쩔 거야? 퉤 퉷, 주문을 외듯 침을 뱉고 신발을 내려다보았다. 신발

앞코는 축축하고 끈을 조절하는 다이얼은 진흙 뭉치가 묻어 있었다. 나는 시멘트로 된 바닥 위에 발을 올리고 탁탁 턴 후, 진흙을 손가락으로 튕겨냈다.

빌어먹을 다이얼 트래킹화. 언젠가부터 우리나라에 등산복이 유행하기 시작했다. 꽃피는 계절이면 원색의 등산복에 트래킹화를 장착한 사람들이 줄지어 산을 오르는 모양이 도시의 교통지옥만큼이나 흔한 광경이 되었다. 그때 나는 한 중소 신발공장의 공장장이었다. 그즈음 우리 공장도 끈을 조절하는 다이얼이 달린 트래킹화를 만들기 시작했다. 대기업제품은 십만 원을 훌쩍 넘어가는데, 절반 정도의 가격에 대기업 못지않은 품질을 자랑하는 우리 회사 신발은 입 소문난 이미테이션 가수처럼 여기저기 러브콜이 쏟아졌다. 공장 직원들이 야근에 특근까지 쉼 없이 일해도 수요를 맞출 수 없었다. 그런데도 박 사장은 기곗값 할부금에 공장임대료를 빼면 남는 것이 없다며 나만 보면 툴툴거렸다. 그때 박 사장이 개성공단으로 들어가자고 했다. 임대료와 인건비도 싸고 심지어 나라에서 지원까지 해주니, 공장도 크게 짓고 기계도 더 사들일 수 있다는 것이었다. 아주 약간의 위험만 감수하면 된다는 박 사장은 마치 통일의 문을 여는 열사라도 되는 양 나를 설득했다. 우리는 결국 개성공단으로 들어갔고, 결과는 성공적이었다. 매일 아침 군인들이 지키는 관문을 당당히 통과하며 북으로 향할 때면 특별한 존재라도 된 것처럼 우쭐했다. 우리나라에 산

악회가 모조리 없어지지 않는 한 영원히 끝나지 않을 것 같은 긴 성수기였다. 박 사장은 개성공단 내에서 더 넓은 공장 부지를 물색하러 다녔다. 나는 박 사장의 첫 번째 공장을 인수하기 위해 은행에 대출을 알아보았다. 사장이라는 호칭이 박힌 명함도 만들 참이었다. 그러나 거기가 끝이었다. 갑자기 예고도 유예기간도 없이 개성공단이 폐쇄되었다. 뉴스에서는 핵실험이니 안보니 따위로 연신 떠들어댔지만, 정작 먹고 살 일이 막막해진 우리들의 문제는 아주 하찮은 일인 듯 뒤로 밀려났다. 공단이 폐쇄되기 직전 박 사장과 함께 트럭으로 실어나른 신발을 땡처리로 팔았다. 손에 쥔 돈은 직원들의 한 달 치 월급도 되지 못했다. 박 사장은 개성공단에 전 재산이 묶인 채 다시 회복할 수 없다는 절망에 빠져 하루하루를 버티다 결국 삶의 문도 닫고 말았다. 박 사장은 마지막까지 나라를 원망했다. 하지만, 나는 그러지 않았다. 나라에서 결정한 거면 그만큼 마땅한 이유가 있었을 것이라고 여겼다. 만약 내가 그 공장을 인수하고 난 뒤에 개성공단이 폐쇄되기라도 했다면 어땠을까? 커다란 불행의 덩어리 가운데 티끌만 한 행운의 구멍이라도 남아 있었음에 감사했다.

나는 신발을 고쳐 신고 일어서서 발끝에 붙은 불운을 털어내듯 바닥을 세게 굴렀다. 새로 시작하는 거잖아? 웃자, 웃어, 웃자고. 마지막으로 바닥에 퉷, 침을 뱉었다.

머릿고기, 족발, 돼지부속, 돼지 꼬리 그리고 다양한 돼지머리

들. 불쾌한 미소를 짓거나, 어정쩡하게 웃거나, 아니면 한쪽 입꼬리만 불편하게 올라간 돼지머리들을 지나 골목 끝에서 다다랐을 때야 비로소 발걸음을 멈출 수 있었다. 세상 가장 행복한 듯 활짝 웃고 있는 돼지머리를 발견했기 때문이었다.

"이거 얼맙니까?"

"그거예? 좀 비싸지예. 보시다시피 표정이 죽인다 아입니까. 요게 입에다가 젓가락을 끼워가꼬 삶으믄 요래 웃는 모습이 나오긴 하는데, 야는 신기하게도 삶기 전부터도 웃고 있드라 아입니까? 옆에 있는 것들은 삼만 원이면 가져가라꼬 하겠고만. 요것은 십만 원 불러도 가져가는 물건인데, 날도 덥고 하니까 특별히 오만 원만 주이소."

깎아볼까? 아니면 딴 곳으로 가볼까? 하지만 주인 여자 말대로 웃는 표정 하나는 더없이 행복해 보였다. 내 기분마저 행복하게 만들 정도로. 부정 타서 지난번처럼 실패라도 하면 큰일이니까, 담배 몇 갑 덜 피우면 되는 것이었다.

검은 봉투에 돼지머리를 싸주며 주인 여자가 말했다.

"이놈은 지가 한낱 고깃덩이 신세가 될 운명이란 걸 모르니까 이렇게 헤벌쭉 웃었겠지예?"

가게를 나오다 비닐봉지를 살짝 열어 돼지머리를 들여다봤다.

넌 뭐가 그렇게 행복하냐?

검은 봉투를 소중히 안아 들고 시장을 나서는데 누가 어깨를 툭 건드렸다. 고등학교 때 내게 짝퉁 나이키를 신었다고 비아냥거리던 명석이었다.

"인마, 오랜만이다. 잘 지내냐?"

"아, 그래. 너도 오랜만이네. 네가 여기엔 웬일이냐?"

"내 레벨에 시장통은 좀 안 어울리긴 하지. 그나저나 너 치킨집은 잘 되어 가냐?"

"어? 그게……."

분명 지난 동창회에 왔으니, 망해 먹은 걸 알고 있을 터였다. 그러고도 기어코 물어보는 그 심보는 여전했다.

"맞다, 망했다고 했지? 그 뭐더라, 치킨 가맹점 대표가 비서 성추행해서 그 브랜드 막 불매운동하고 그랬지? 어쩜 넌 재수도 그렇게 없냐."

"나 바빠서 이만 가봐야 할 것 같은데……."

"아이고, 내가 아픈 데를 찔렀구만. 내가 요 옆에 화훼단지 땅을 좀 샀는데, 이 일대가 택지지구 조성된다고 오늘 발표 났잖냐. 너도 뉴스 봤지? 기분이 좋아서 함 보러 왔는데, 너를 딱 만났네. 술이나 한잔 어때? 내가 살게."

"아니, 괜찮아. 바빠서 가야 해. 나중에 내가 연락할게. 그때 술 한잔하자."

지구에 둘만 남아도 이놈이랑 술 마실 일은 없을 것이다. 나는 내 소매를 붙잡는 녀석을 물리치고 바쁜 척 핸드폰을 응시하며 잰걸음으로 그 자리를 벗어났다. 돈 많고 재수 없는 건 여전했다. 눈은 쭉 찢어진 멸치같이 생긴 데다 뚱뚱하고 키도 작아서 고등학교 때 미팅 멤버에도 못 끼던 놈이었는데, 쌍꺼풀 수술로 눈은 두 배가 커지고 피부는 번들번들하니 탱탱해서 십 년도 더 젊어 보였다. 명석이 물려받은 돈은 황금알을 낳는 거위처럼 가만히 앉아 있어도 알아서 돈을 벌어다 줬겠지? 택지지구가 조성될 것이라는 것도 어디서 미리 들었을 것이다. 그런 정보는 가진 놈들에게만 주어지는 것들이니…….

빌어먹을. 카악, 퉷!

저런 놈은 못 만난 거로 치고 잊어버리는 게 내 신상에 좋지, 아무렴.

그때였다. 앙칼진 벨 소리가 이어졌다. 통화버튼을 누르자 아내가 쏘아붙였다.

"당신, 영진이한테 오라고 안 했어요? 이 시간까지 집에 틀어박혀서 뭘 하는지 도대체……. 가게로 바로 오지 말고, 집에 가서 영진이나 데리고 나와요."

"나 참 어련히 오지 않을까, 이렇게 중요한 날. 어쨌든 알았어. 알았으니까 그만 좀 땍땍거려. 개업 전날 재수없게스리."

"뭐라고요?"

"아, 아니야. 데리고 오면 되잖아."

나는 아내가 뭐라고 말하는 것 같았지만 서둘러 종료 버튼을 눌러버렸다. 귀가 얼얼했다. 생글생글 웃어야 복이 온다는데, 왜 그렇게 짜증을 쏟아내는지 원. 나까지도 기분이 언짢아질까 봐 일부러 입꼬리에 힘을 주고 미소를 지었다.

차를 세우고 아파트 출입문으로 들어서며 편지함에 빼곡히 꽂혀있는 전단지부터 꺼냈다. 출입문에 보안장치가 없는 오래된 아파트라 그런지 이 동네 전단지란 전단지는 죄다 우리 아파트 편지함으로 모여드는 것 같았다. 건너편 새로 생긴 고층아파트를 올려다보았다. 초저녁인데 벌써 아파트 옥상에는 왕관을 씌워놓은 듯 야광 조명이 번쩍거렸다. 저 아파트가 없을 때만 해도 낮에는 해가 거실 가운데까지 들어왔었다. 하지만 이제는 저놈의 아파트 그림자가 거실 가운데를 차지하고 있다. 빌어먹을, 저 아파트를 떠받들고 사는 기분이다. 왕국 같은 저곳은 전단지도 뚫지 못할 것이다. 영진이가 어릴 때 처음으로 분양받았던 지하철역 앞 그 아파트에 살았다면 지금쯤 아파트값이 몇 배는 뛰었을 것이다. 그랬다면 지금쯤 저 고층아파트에 살고 있었을지도 모를 텐데…….

IMF로 아버지가 일자리를 잃었다. 나는 다니던 대학을 그만두고 손재주를 살려 기계회사의 정비기사로 취직을 했다. 기계는 정직했고, 손에 묻은 기름때만큼 통장의 단면들도 하나둘 채워져 갔다. 아내와 결혼도 하고 꼬물꼬물 기어 다니는 영진이 재롱에 힘든 줄도 모르고 살았다. 나도 내 집이란 걸 갖고 싶어 아파트 청약을 신청했다. 운이 좋게도 처음 도전에 떡 하니 당첨되었다. 남은 건 지금처럼 성실히 돈을 모아 입주하는 것뿐이었다. 때마침 회사 동료를 통해 저축은행이라는 게 있다는 것을 알았다. 거기는 월 5%에 육박하는 이자를 준다는 것이다. 입주하기 전까지 딱 2년만 넣어놓기로 마음을 먹고 저축은행을 찾아갔다. 은행은 유리문 손잡이부터 번쩍이는 금칠을 해놓았다. 들어가자마자 미스코리아 뺨치게 이쁜 직원이 요란한 앤틱문양을 한 가죽 소파까지 안내해주었다. 직원은 내가 소파에 앉자마자 막 내린 원두커피를 예쁜 받침대에 받쳐서 가져다주었다. 믹스커피 한 잔을 달라는 것도 아내의 눈치를 보던 내가 새삼 사장님이라도 된 것 같았다. 모아둔 예금도 모두 저축은행으로 옮겼다. 힘들지만 적금도 하나 더 들었다. 몸은 고단했지만, 돈이 쌓여가는 통장을 보며 마냥 행복했다. 그러던 어느 날 은행이 돌연 문을 닫았다. 사람들은 문 닫힌 은행 앞에서 문을 두드리고 화를 내고, 욕을 하고, 악을 쓰고, 또 쓰러졌다. 나는 그런 상황에서도 꼬박꼬박 출근하고, 또 야근을 했다. 아내는 나 대신 영진이를 업고 은행 앞에서 악다구니를 쓰며 시위를 했다. 기자들은 연금을 모두 날린 할아버지와 결혼자금을 잃은 신혼부부를 인터뷰해갔다. 티브이에서도 재정 악화로 파산하게 된 저축은행에 대해 연일 보도했다. 그 와중에 저축은행 대표는 비자금을 가지고 용케도 해외로 날아갔다는 뉴스가 나왔다. 아마도 지금쯤 그 대표는 럭셔리한 지중해 해변에서 젊은 애인을 옆에 끼고 선탠을 즐기고 있을지도 모를 일이다. 나는 잃어버린 돈만 생각하다 구렁텅이로 빠질 수는 없었다. 예금자보호법 덕분에 몇 푼은 건졌으니 조금이라도 건진 것에 감사하기로 했다. 그 뒤 더 열심히 일했고, 힘들었지만 버젓한 내 집도 장만했다.

현관문을 열자 거실엔 서늘한 에어컨 냉기가 가득한 데, 정작 영진이는 보이지 않았다.

"영진아!"

화장실 문이 열리더니 물기가 뚝뚝 흐르는 머리를 수건으로 문지르며 영진이가 천천히 고개를 내밀었다.

"씻으러 들어갔으면 에어컨은 꺼야지, 전기세 나가잖아."

"씻고 나오자마자 땀 나는 거 싫어요."

당연한 대답인 듯 말하는 영진이의 태도에 말문이 막혀 그저 말없이 영진이가 준비를 끝낼 때까지 기다렸다. 그동안 돼지머리는 소파 테이블 위에 모셔놓고, 에어컨을 끄고 선풍기를 틀어 땀을 식혔다. 영진이는 머리에 수건을 얹고 출출한지 입맛을 다시다가 테이블 위에 놓여 있는 검은 봉지를 열었다.

"어, 징그러워, 이게 뭐예요?"

"그거 고사용 돼지머리지. 함 봐봐, 돼지머리가 얼마나 활짝 웃는지 몰라. 이번 가게는 분명 대박 날 징조라니까."

"뭐 좋다고 바보같이 웃고 있대요. 고작 고사상에 올라갈 돼지 머리 주제에. 근데 또 유심히 보니 어째 묘하게 낯이 익은 것 같기도 하고……."

느긋하게 콧노래까지 부르며 나갈 채비를 하는 영진이가 나를 힐끗 돌아보았다. 대학을 졸업하고 들어간 회사에서 착실히 버티며 돈이나 모을 것이지, 삶의 질이니 워라벨이니 노래를 부르더니 돌연 공무원시험 준비를 하겠다며 사표를 냈다. 서른두 살이나 먹은 놈이 착실하게 돈 벌어 결혼도 하고 애도 낳아서 남들처럼 행복하게 살면 얼마나 좋을까. 애를 안 낳는 것은 물론이거니와 결혼도 싫단다.

어릴 땐 온순하고 착해서 한 번도 속 썩인 적 없는 아들이었다. 방실방실 웃는 게 어찌나 예쁘던지, 웃는 모습 한 번 보려고 아들 앞에서 별의별 재롱을 다 부리곤 했었다. 그런데 요즘은 아들의 웃는 모습을 통 볼 수가 없다. 뭣이 불공평하고 뭣이 못마땅한지 입만 열면 볼멘소리로 원망을 쏟아냈다.

아들을 태우고 가게로 향하며 넌지시 물었다.

"그나저나 공무원시험 준비는 잘 되고 있냐? 막연하게 시험 준비만 하지 말고 그냥 작은 회사라도 들어가 보는 게 어때? 네 나이도 있고……."

"아버지, 모르는 소리 하지 마세요. 안 그래도 청년 실업자가 넘쳐나는데, 이 나이에 심지어 지방대 출신인 제가 제대로 된 회사나 들어갈 수 있는 줄 아세요? 운 좋게 들어갔다고 한들, 쥐꼬리만 한 월급에 열정이니 뭐니 포장해서 사람을 뼛속까지 쪽쪽 빨아 먹다 필요 없어지면 쫓아낼걸요? 그렇게 쉽게 쫓아내려니 애초에 정직원은커녕 인턴이나 계약직으로 채용할 게 뻔하고요. 심지어 그렇게 열심히 돈 벌면 뭐한데요? 호구처럼 돈 벌어서 제대로 쓰지도 못한 채 결혼을 하고 집을 사고 애를 키우느라 어깨에 빚을 얹고 또 얹으며 사는 사람들을 좀 보세요. 설령 공무원시험에 계속 떨어진다고 해도 그냥 아르바이트나 하면서 살래요. 열심히 산다고 뭐 달라질 것도 없잖아요."

한 마디 던졌는데, 기다렸다는 듯 사설 보따리를 쏟아냈다. 나는 다시 아까보단 조금 작아진 목소리로 영진에게 말을 건넸다.

"사람이 말이야, 그래도 열심히 살아야지."

"아버지처럼요?"

"어? 그, 그래. 노력은 배신하지 않는다잖아."

아들이 고개를 돌리고 아주 작게 피식, 공기를 뱉었다. 그리고는 가게에 도착하는 내내 창밖만 내다봤다. 나도 물론 아무 말도 하지 않았다. 분명 화가 나긴 하는데, 딱히 뭐라고 반박할 말이 생각나지 않았기 때문이다. 입안에서 비릿한 신물이 올라왔다.

가게 유리문을 열고 들어가자, 테이블에 마주 보고 앉아 마른 행주로 수저를 닦던 아내와 장모가 동시에 우리를 쳐다봤다. 나는 장모의 얼굴을 보자마자 온몸이 감전된 듯 저릿했다.

"나 왔네. 그나저나 속이 없는 건지 눈치가 없는 건지, 자네는 뭐하다가 이제 들어오는가?"

"그게, 돼지머리 사고……."

"그깟 돼지머리 사러 한나절을 돌아다녔다고?"

아내가 기다렸다는 듯 거들었다.

"엄마 저 인간이 사람 속 터지게 한 게 어디 한두 번이야? 내가 누구 때문에 이 모양 이 꼴로 사는데……. 내 신세가 창피해서 동창회도 못 나간다니까."

나는 식은땀으로 축축해진 손만 비벼댈 뿐 아무 말도 하지 못한 채 영진이를 장모 곁에 남겨두고 슬그머니 주방으로 들어갔다. 신혼 때까지만 해도 안 그랬는데, 장모만 보면 몸이 자동으로 뻣뻣해지고 오금이 저린다. 주방 냉장고에 돼지머리를 넣어놓고 재료정리를 시작했다. 내가 주방에 있건 말건 내 얘기를 하는 소리가 주방 쪽문 사이를 비집고 스멀스멀 내 귀에 들어왔다.

"너랑 결혼한다고 했을 땐 싫은 소리 한 번 안 하고 싱글싱글 웃는 게 사람이 참 좋다고 했었는데, 저렇게 속 터지는 줄 누가 알았냐? 내 노후자금까지 들어간 이번 가게까지 망하면 안 되는데, 어떻게 저렇게 태평인지 원."

"저 인간도 생각이 있음 어떻게든 열심히 하겠죠. 하기야 열심히 하긴 했지, 능력이 없는 게 문제지."

뒤이어 아내와 장모의 한숨이 파도를 타듯 연이어 들렸다. 나는 열심히 하는 것 말고 뭘 더 할 수 있었겠냐며 대거리하고 싶었지만, 입을 꾹 다문 채 끓는 물에 사골과 생닭을 집어넣었다. 펄펄 끓는 물 속에서 흐무러져 가는 생닭이 유난히 애처로워 보였다.

장모와 같이 살게 된 건 저축은행 사건으로 목돈을 날린 후였다. 설상가상으로 집주인이 전세금을 올려달라고 하자 아내가 먼저 처가에 들어가서 살자고 제안했다. 전세금도 아끼고, 장모에게 영진이를 맡기면, 자기도 일을 할 수 있을 것이라는 이유에서였다. 장모가 불편하긴 했지만, 그것은 고려 대상이 될 수 없었다. 나는 두말하지 않고 아내와 함께 처가로 들어갔다. 벌이가 좋은 둘째 사위는 장모가 화끈하고 뒤끝이 없어 함께 살기 좋을 것이라고 내게 말했다. 하지만 나에게 장모는 자동으로 어깨가 움츠려지고 고개를 떨구게 만드는 사람이었다. 장모를 마주하면 시장 한복판 좌판 위에 벌거벗은 채 누워 값 매김 당하는 생선이 된 기분이었다. 자네가 벌어오는 돈으로 영진이 결혼하기 전에 집이라도 장만하겠냐며 굳이 생활비를 받지 않겠다고 하실 때도, 둘째 사위 덕분에 살아생전 해외여행 한 번 가본다며 굳이 날 향해 웃으실 때도, 나의 무능함이 난도질당하는 것 같았다. 그 와중에도 나는 여전히 사람 좋은 웃음을 하며 출근을 하고 야근을 하고, 또 특근을 신청했다. 장모가 뭐라고 잔소리 시동을 거는 것 같으면 얼굴 가득 웃음꽃을 피우며 '열심히 하겠습니다'라고 말했다. 여기서 어떻게 더 열심히 할 수 있을지 도무지 알 수 없었지만, 어쨌든 열심히 노력하면 언젠가 잘 될 것이라는 주문 같은 희망을 품고 있었다. 노력의 대가인지 신의 배려인지, 내게도 그런 기회가 찾아왔다. 박 사장이 운영하는 공장의 기계를 고치기 위해 들락거리다 그와 친해졌다. 흥이 많은 박 사장은 유난히 내가 부르는 트로트 가락을 좋아했다. 박 사장과 함께 노래방에서 어깨동무를 하며 노래를 부르다가 뜬금없이 자기네 공장의 공장장을 시켜주겠다는 제안을 받았다. 그는 기름 냄새 맡으면서 기계나 고치며 사느니 자기와 함께 작은 공장을 대기업으로 키워보는 게 어떠냐고 했다. 그 시절 때마침 등산복이 유행을 타기 시작했다. 공장의 기계가 하나씩 추가되고 직원도 점점 늘어갔다. 박 사장은 공장 운영과 관련하여 내게 많은 부분을 맡겼고, 그에 걸맞은 보상을 해주었다. 지은 지 십 년이 조금 넘은 24평짜리 아파트를 마련한 것도 그즈음이었다.

마트에서 산 휴지와 종이컵 박스를 들고 심부름 갔던 영진이 들어오고 있었다. 때마침 아내와 장모의 대화 주제가 막 영진이에게로 넘어가는 중이었다.

"그냥 다니던 회사나 꾹 참고 계속 다닐 것이지, 왜 저러고 아까운 시간을 보내나 모르겠어요. 속 터지는 거 보면 지아빠를 똑 닮아선……."

아내의 한숨 소리가 들리던 그때, 장모가 문을 열고 들어오는 영진이를 먼저 발견했다.

"저 잘 살고 있어요."

뜻밖에 들려오는 영진이의 소리에 흠칫 놀란 아내는 닦고 있던 젓가락을 떨어뜨리며 민망한 듯 뒤돌아서 영진이를 쳐다봤다. 그런 아내를 향해 영진이 말을 이었다.

"잘 살고 있다구요, 엄마. 딱히 물려받을 것도 없는 제가 이만하면 잘살고 있는 거 아닌가요?"

"물려줄 게 없는 게 뭐 내 탓이니?"

영진은 아내의 말에도 아랑곳하지 않고 사 온 물건을 정리하기 시작했다. 어색해진 공기 탓인지 장모가 먼저 입을 뗐다.

"영진이 넌 만나는 여자 없어? 장가는 가야지."

"장가는 가면 뭐하겠어요. 집이라도 해주실 능력 있으세요?"

"얘는 어쩜 말을 그렇게 하니?"

아내가 정색하며 대꾸했지만, 영진은 여전히 아내의 말을 창밖의 소음처럼 여기는 듯 아무 대꾸도 없이 내가 있는 주방으로 들어왔다. 아내는 영진이 들으라는 듯 유독 큰 소리를 내며 숟가락을 다시 닦기 시작했다. 수저 부딪히는 소리가 칼싸움이라도 하는 듯 살벌했다.

"맛 한 번 볼래?"

영진은 내가 끓인 국물을 한 번 먹고는 말없이 고개를 끄덕였다. 그리고는 옆에 둔 소스 팩을 뚫어지게 쳐다봤다.

"그게 마라탕 소스야, 본사에서 공급해주는."

"맛있긴 한데, 소스값이 무지 비싸네요. 원가는 얼마 할 것 같지 않은데. 아버지가 직접 만들 수는 없어요?"

"그게……. 재료를 따로 구입해서 육수를 내면 당연히 가격을 낮출 수 있지. 하지만 여기 제품 말고 다른 제품 쓰면 패널티가 있어. 벌금을 내거나 심하면 가맹점이 취소될 수도 있고."

"어쩜, 이놈의 나라는 이 모양이에요. 열심히 일해서 있는 놈들 배 불려 주는 건 어딜 가나 똑같네요."

"뭐라고?"

"아, 아니에요."

아들의 말에 굳이 토를 달지 않았다. 따져 물어봤자 세상 다 산 듯 시니컬한 웃음을 담아 냉소를 퍼부을 것을 알고 있었으니까. 배가 고팠던 아내가 향신료 냄새 가득한 중국식 짬뽕 같은 건 취향이 아니라는 장모를 모시고 고기를 사 드린다고 밖으로 나갔다. 나는 아내가 나간 걸 확인하자 마라탕이 든 냄비를 들고나오며 영진이를 불렀다.

"배고프지 않아? 우리 밥 먹자. 아까 끓여놓은 육수에 해물이랑 채소 좀 넣어봤는데……."

"입맛 없어요."

시큰둥하게 대꾸하던 영진이 내 표정이 딱해 보였는지 마지못해 의자에 앉았다. 나는 끓는 냄비를 식탁 가운데 얹어놓고 냉장고에서 소주를 꺼냈다. 영진이는 숟가락으로 몇 번 국물을 떠먹는가 싶더니, 이내 다리를 꼬고 앉아 핸드폰만 만지작거렸다. 나는 밥뚜껑도 열지 않은 채 소주병을 먼저 땄다. 그런 나를 본 영진이 불퉁한 얼굴로 술병을 뺏어 내 잔에 따라 주며 말했다.

"이러고 사는 거 지긋지긋하지 않아요?"

"지긋지긋하다니, 난 너 키우면서 한 번도 그런 생각 안 해봤어, 정말."

정말이었다. 영진은 지난했던 시절이 지닌 가치이자 희망 그 자체였다. 매일 밤 퇴근해 잠든 영진의 얼굴을 넋 놓고 바라보곤 했다. 어깨는 무너질 듯 아프고 충혈된 눈이 깜빡일 때마다 따끔거렸지만, 행복했다. 언젠가 다 자란 이놈과 소주잔을 마주하며 살아온 날을 얘기할 수 있다면 그게 얼마나 힘든 삶이었든 모든 게 상쇄될 것 같았다. 내가 그 시절의 기억을 더듬는 사이 영진이가 불쑥 말을 뱉었다.

"혹시나 해서 말인데요, 저 아버지처럼 안 살아요. 아니, 못 살아요. 노력해도 달라질 것 없는 세상에 미련하게 꾸역꾸역 참으며 사는 거 안 해요."

못 들은 척 매운 국물을 넘겼다. 매운 마라탕 국물은 속을 벌겋게 할퀴고, 쓴 소주가 아픈 곳을 또 한 번 훑으며 내려갔다. 그 위에 '아버지처럼'이라는 말이 깊은 생채기를 만들어냈다.

나는 일부러 큰 소리로 말했다.

"내가 그동안 우리 영진이한테 미안한 게 많네. 내가 이 장사 꼭 성공해서 너 힘들지 않게 해주마."

영진은 공염불이 될 게 뻔해서였을까? 대꾸조차 하지 않은 채 식당을 나갔다. 영진이에게 미안했다. 나와 같은 고단한 삶을 물려주지 말았어야 했는데, 웃으려 노력하지 않아도 웃는 삶을 주었어야 했는데…… 나는 영진이마저 떠난, 개업을 앞둔 식당 한가운데서 두 번째 소주병을 땄다. 취기가 알알하게 오르고, 밀려두었던 피곤함이 한꺼번에 쏟아지는 듯했다. 나도 모르게 식탁 위에 턱을 괴고 눈을 감았다.

두꺼운 턱에 살집이 있는 한 남자가 서 있었다. 그는 통통한 손가락으로 이곳저곳을 가리키고 있었다. 그의 손가락질에 맞춰 바쁘게 움직이는 또 다른 누군가의 실루엣이 지나갔다. 외국인노동자인가? 우리 공장에도 저런 사람이 몇 있었다. 그중에 쑤언 뭐시기라고 하는 젊은이는 기계에 집게손가락을 잃기도 했었다. 쑤언과 닮은 그는 아주 더러웠고, 연신 고개를 주억거리며 썩은 이빨이 드러나도록 활짝 웃었다. 그는 구부정한 허리 한 번 펴지도 않은 채 여러 개의 둥근 통이 든 수레를 끌고 있었다. 나는 그 통에서 쏟아지는 사료를 허겁지겁 받아먹었다. 아주 맛있었다. 킁킁거리며 먹고 또 먹고, 우악스럽게 물을 마셔댔다. 내가 있는 그곳은 아주 고약한 누린내와 쿰쿰한 지린내가 진동했다. 발을 잘못 디디면 미끈한 똥 덩어리가 발에 밟혔다. 몸을 움직일 때마다 누군가의 살덩이가 닿았다. 아주 불쾌했다. 하지만 나는 불평할 새도 없이 그 좁은 공간을 열심히 쏘다녔다. 좁은 공간을 비집고 종종대며 쏘다니는 나를 못마땅하게 여긴 게으른 놈은 짧은 꼬리로 툭툭 치며 시비를 걸기도 했다. 하지만 나는 아랑곳하지 않았다. 어떤 날은 이웃 박 씨네 농장의 돼지들이 모두 매장당했다는 소식이 들려오기도 했다. 우리는 충격에 빠져 어쩔 줄 모르며 꽥꽥 비명을 지르며 불안에 떨기도 했지만, 이내 둥근 수레에서 사료가 쏟아지면 사료통을 향해 달려갔다. 살아 숨 쉬고 있음에 감사하며, 먹거나 뛰어다니기를 멈추지 않았다. 그리고 꿈꾸기도 그만두지 않았다. 푸른 초원을 자유롭게 쏘다니는 꿈을, 하늘을 향해 부른 배를 뒤집으며 나른한 잠에 빠져드는 꿈을…….

*

저녁 열 시를 넘길 즈음 배고픔을 이기지 못하고 설거지통에 잔뜩 쌓인 그릇들을 놔둔 채, 냉장고에 넣어둔 밑반찬과 공깃밥 두 그릇을 들고 테이블로 나왔다. 홀에는 영진이가 마지막으로 나간 손님이 있던 테이블을 치우고 있었다. 가게가 바빠도 갖가지 핑계를 대며 얼굴을 내민 적 없던 영진이가 요 며칠 문 닫을 시간이 되면 꼬박꼬박 가게로 찾아와 일손을 돕고 있다. 차가 없어 다니기 불편하다고 툴툴대는 게 신경 쓰이긴 하지만, 돕겠다고 찾아오는 영진이가 반가운 건 어쩔 수 없었다. 다행히 그간 영진이에게도 부끄럽지 않을 만큼 장사가 잘되었다. 끼니를 제대로 챙겨 먹은 날이 전무했지만, 마음만은 배부른 날들이었다. 유행에 민감한 젊은이들이 자주 다니는 거리라 그런지 손님도 끊이지 않았다. 하지만 지난번처럼 불가항력의 사건이 생기지는 않을까 하는 불안함이 마음 한구석에 자리 잡고 불쑥불쑥 고개를 내밀곤 했다. 밥을 다 먹어갈 즈음, 유리문에 달린 풍경이 경박스럽게 달랑거렸다. 본사 가맹사업부 안 대리가 갈치처럼 번뜩번뜩한 은빛 양복을 입은 누군가와 함께 들어왔다. 그는 커다란 화분을 안고 있었는데, 가맹사업 본부장이라고 자신을 소개했다.

"아이고, 장 사장님. 장사는 잘되고 계시죠? 제가 진즉에 왔어야 하는 건데, 요즘 가맹점 내달라는 문의 때문에 눈코 뜰 새 없이 바빠서 부득이하게 이제야 왔습니다."

"아, 네. 감사합니다. 안 대리가 꼼꼼하게 잘 챙겨줘서 어렵지 않게 운영하고 있습니다."

"제가 앞으로도 장 사장님 잘 챙겨드리라고 안 대리한테 특별히 더 당부하겠습니다. 들었지, 안 대리?"

"여부가 있겠습니까?"

안 대리가 본부장이라는 사람에게 넙죽 머리를 숙였다. 본부장은 마치 애완견을 다루듯 안 대리의 머리를 툭툭 쳤다.

"우리 안 대라는 요렇게 방실방실 웃어서 좋다니까."

본부장은 심사라도 나온 것처럼 뒷짐을 진 채 팔자걸음을 걸으며 가게를 둘러 보고 다녔다. 한 걸음 내디딜 때마다 자기네 마라탕 사업이 얼마나 호황을 누리는지 말했고, 회사의 명성에 누가 되지 않게 잘 운영해달라는 것도 몇 번이나 반복했다. 안 대라는 그런 본부장의 뒤를 바짝 따라다니며 그럼요, 맞아요, 하며 추임새를 넣는 것을 잊지 않았다. 그때였다. 잠자코 밥을 먹던 영진이가 숟가락을 탁, 하고 테이블에 내려놓았다. 순간 모두의 시선이 영진이에게 쏠렸다. 영진은 자신을 쳐다보는 안 대리와 본부장을 향해 인상을 찌푸리며 쏘아붙였다.

"거기 회사나 돈벌이에 급급해하지 마시고, 가맹점에 피해 주지 않게 잘 좀 운영해주세요. 가맹점주들 목숨줄 쥐고 있는 거나 마찬가지니까……."

"뭐라고?"

본부장이 눈을 잔뜩 구기고 영진을 노려보자, 나는 급하게 영진이의 등을 떠밀어 주방으로 들여보냈다. 영진이는 불퉁한 얼굴로 마지못해 주방으로 들어갔다. 나는 원래 영진이가 말을 가려서 하지 못한다며 본부장을 달랬지만, 얼굴이 벌겋게 달아오른 본부장은 가맹점을 취소하는 수도 있다며 으름장을 놓아댔다. 나는 언제나 그렇듯 허허실실 웃으며 죄송하다고, 열심히 하겠다고, 머리를 조아리며 그들을 달래 보냈다. 그들이 떠나자마자 영진이마저 약속이 있다며 나가고 혼자 남게 되었다. 음료 냉장고 구석에 둔 먹다 남은 소주병을 꺼내 술잔에 따랐다. 굽신거리던 내 모습이 떠오르자 술맛이 유난히 씁쓸했다. 그러다 저도 모르게 피식, 웃음이 새어 나왔다. 거침없이 쏘아붙이던 영진이가 생각났기 때문이었다. 내겐 늘 매서우리만치 아픈 곳만 건드리던 영진이의 말 한마디가 오늘은 묘한 쾌감을 주었다.

그 시간 맞은편 건물에는 공사가 한창이었다. 전등을 환하게 켜놓은 채 마스크를 쓰고 양손에 페인트 통을 든 인부들이 바쁘게 오갔다. 그때였다. 간판을 점검하던 인부 한 명이 손을 흔들자 간판 스위치에 불이 들어왔다. 붉은색의 '마라'라는 글자가 요란하게 깜빡거렸다.

나는 무럭무럭 살이 차오르고 또 근육이 알맞게 자리했다. 그렇게 가장 성실하게 살을 키운 나는 게으른 놈과 함께 큰 트럭에 실려 갔다. 게으른 놈은 목청껏 발악했다. 원래도 툴툴대기 일쑤던 놈은 짧은 다리를 버둥거리고 비대한 몸을 벽에 부딪혔다. 나는 발버둥 치지 않았다. 그렇게 쏘다니던 내가 캑캑대는 소리조차 내지 않고 가만히 구석에 숨죽이고 앉아 있었다. 게으른 놈이 거칠게 나를 몰아세웠다. 병신같이, 병신같이 이러려고 열심히 먹어댔냐, 열심히 살아댔냐, 악에 받쳐 소리를 질렀다. 만약에 내가 나의 운명을 알았더라도 열심히 먹어댔을까? 운명을 알았더라도 달라지지는 않았을 것이다. 희망을 노래하지 않으면 열심히 산 게 허무하지 않겠냐며, 나는 게으른 놈을 향해 슬픈 웃음을 지어 보였다. 그 순간 강한 전류가 내 몸을 관통했다.

픽, 유리 깨지는 소리에 잠에서 깼다. 팔꿈치에 밀린 소주병이 바닥에 떨어져 있었다. 나도 모르게 테이블에 엎드려 잠이 든 모양이었다. 빗자루를 가져와 유리 파편을 쓸어 담았다. 유리 파편이 담긴 쓰레받기를 들고 가게를 나오려는데, 유리문에 비친 내 모습이 보였다. 거기에는 눈가에 주름이 자글자글한 보잘것없는 중년의 남자가 서 있었다. 나는 남자의 표정이 마음에 들지 않았다.

'웃어야지.'

나는 힘을 주어 입꼬리를 밀어 올렸다. 그러자 거울 속의 중년 남자도 입꼬리를 치켜올리고 웃었다.

'그래, 그렇게 웃는 거야. 행복하게.'

나는 그렇게 한참 동안 힘주어 웃는 표정을 지었다. 눈을 깜빡이자, 입 모양에 어울리지 않게 눈물이 쪼르르 흘러내렸다. 한 손으로 얼른 눈물을 훔치고, 다시 입꼬리에 힘을 주어 활짝 웃었다. 순간, 묘한 기시감이 느껴졌다. 그리고 또,

웃었다.

웃었다.

웃었다.

실종

오늘도 역시나 그것은 나타나지 않았다. 방수 점퍼에서 물이 뚝뚝 흐르고, 젖은 등산화 속 발가락이 퉁퉁 부었다. 하늘은 온통 흙빛으로 뒤덮여, 햇빛 한줄기 뚫고 나올 구멍도 보이지 않았다. 아마도 비는 종일 내릴 모양이다. 그렇다면 그것이 나타난다 한들 눈에 띄기 쉽지 않을 것 같았다. 주섬주섬 카메라와 삼각대를 배낭에 집어넣고 집으로 향했다. 걸음을 옮길 적마다 몸통의 무게를 이기지 못한 오른쪽 다리가 바들바들 떨렸다. 왼쪽 다리에 힘을 싣고 오른쪽 다리를 끌며 아파트로 들어섰다. 엘리베이터를 타기 위해 로비를 지나는데 누군가 내 가방을 잡아당겼다. 아파트 청소를 하는 여자였다. 그녀는 내 신발을 손가락으로 가리켰다. 그제야 내 등산화 바닥에 묻은 진흙이 헨젤의 빵부스러기처럼 로비에 길을 만들어놓았다는 것을 알게 되었다. 그녀는 현관에서부터 내가 만들어놓은 진흙 길을 대걸레로 닦기 시작했다. 내 발밑을 향해 다가오는 그녀의 대걸레가 나를 압박하는 것 같았다. 나는 서둘러 신발을 카펫에 문질렀다. 하지만 오른쪽 다리는 급한 내 마음과 달리 말을 듣지 않았다. 힘없이 흐물대는 다리를 손으로 붙잡고 주무르는데, 때마침 엘리베이터 문이 열렸다. 나는 붙잡은 다리를 잡아당기며 서둘러 엘리베이터에 올랐다. 문이 막 닫히기 시작하는데, 그녀가 달려오며 뭐라고 말을 하는 것 같았다. 급히 문 열림 버튼을 눌러보았지만, 엘리베이터는 이미 올라가고 있었다. 신발을 덜 닦았다는 건가? 나도 모르게 신발 바닥을 확인하다가 피식 웃음이 났다. 내 신발에 묻은 한 톨의 흙도 용납 못 하겠다는 듯 악착같이 엘리베이터까지 달려오는 그 여자의 유별난 참견이 그리 밉지만은 않았다.

집으로 들어오자마자 새삼스레 허기가 밀려왔다. 젖은 옷만 세탁기 안에 던져놓고, 가스레인지에 라면 물을 올려놓았다. 냄비 속 물이 끓기를 기다리다가 선반 위에 아무렇게나 엎어 놓은 하트 무늬 커플 머그잔이 눈에 들어왔다. 신혼부부라면 이런 거 하나쯤은 있어야 한다며 아내가 사놓았던 것이다. 시선을 옆으로 옮기자, 어디에 쓰는 것인지 도통 알 수 없는 물건들이 눈에 띄었다. 그중 하나를 집어 들었다. 감자 깎는 칼처럼 생긴 그것은 한쪽에 손잡이가 달려 있었다. 다른 쪽은 스테인리스로 되어 있는데, 앞니 빠진 이빨처럼 중간에 홈이 파여 있었다. 다음 물건을 집어 들었다. 어린아이 주먹만 한 크기에 플라스틱으로 원형 테두리가 되어 있었고, 가야금 줄처럼 평행한 몇 개의 쇠줄이 연결되어 있었다. 외계생명체도 아닌데, 무엇에 쓰이는 것인지 도통 알수가 없었다. 아내가 이 물건들을 구입할 당시에는 아마도 반드시 필요했을 테고, 또 유용하게 쓰였을 것이다. 그러나 이제는 쓸모없이 존재하다 어느 순간 사라질 것이다. 사라지는 그 순간조차 누구에게도 주목받지 못한 채……. 순간 입맛이 씁쓸해진다.

신혼을 즐긴 건 딱 한 달이었다. 아내는 백화점에서 샀다는 프릴이 달린 예쁜 앞치마를 입고서 퇴근하는 나를 반겼다. 새로 산 그릇에 이름 모를 퓨전 메뉴를 내놓고서 내 반응을 놓치지 않겠다는 듯 뚫어지게 쳐다보았다. 그런 아내의 싱그러운 눈빛을 마주하면 나도 모르게 사춘기 소년처럼 얼굴이 발갛게 달아올랐다. 이렇게나 젊고 아리따운 아내를 맞이하다니. 비로소 내가 살아있는 이유를 찾은 것 같았다.

마흔을 훌쩍 넘기고도 결혼할 상대를 찾지 못해 결혼정보회사에 가입했다. 고아나 다름없는 데다 나이까지 많으니, 등급이 낮아 가입비도 더 많이 내야 했다. 결혼정보회사 직원은 그나마 내가 대기업에 다니는 회사원이라는 사실과, 번듯한 집을 마련해 놓았다는 점이 다행이라고 했다. 마침내 내게 주어진 열 번의 맞선 기회에서 아홉 번째 만에 아내를 만났다.

나보다 열세 살이나 어린 아내는 신혼생활이 마치 소꿉놀이하는 것 같다며 행복해했다. 친척 집을 전전하며 한 번도 필요한 사람이라고 느껴보지 못했던 내가, 드디어 누군가에게 필요한 사람이 된 것을 느끼기 시작했다. '아무짝에도 쓸모없는 놈'이란 말을 들어도 이제는 아무렇지 않을 것 같았다. 그런데 결혼한 지 한 달을 막 넘길 무렵이었다. 회사에서 야근하고 돌아오는 중에 정신을 잃었다. 깨어보니 병원이었고, 몸의 오른쪽이 움직이지 않았다. 뇌졸중이라고 했다. 의사 선생님으로부터 정상적으로 회복되기까지는 아주 오래, 어쩌면 영원히 힘들 수도 있다는 얘기를 들었다. 회사는 딱 여섯 달 기다려주었다. 가망이 없음을 인지하자 퇴사를 종용했다. 넉넉하게 퇴직금을 쥐여 준 것은 업무상 장애를 인정해 달라고 소송하지 않는다는 조건이었다. 아내는 그로부터 다시 여섯 달을 더 기다렸고, 이혼을 통보했다. 나는 다시 '아무짝에도 쓸모없는 놈'이 되었다.

젓가락으로 라면을 들어 올리는데, 면발은 젓가락을 벗어나 바지 위로 떨어졌다. 왼손으로 주워 입으로 가져갔으나 입맛이 딱 사라졌다. 일어나 커튼을 열어젖혔다. 온종일 질기게 내리던 비가 그친 모양이었다. 하늘을 올려다보니 기세등등하던 먹구름도 어느새 보이지 않았다. 이제라도 그것이 보이지 않을까 하는 마음에 하늘을 살펴보았지만, 삐죽하게 솟아 있는 고층아파트들만 눈에 들어왔다. 그때였다. 하늘의 여백을 잠식해나가는 고층아파트 사이에 조그마한 달이 웅크리고 있는 게 눈에 들어왔다. 멀리 보이는 고가도로의 가로등 불빛보다도 흐려서 눈여겨보지 않으면 찾을 수도 없을 만큼 어둠에 잠식당한 초라한 초승달이었다.

반도 먹지 못한 라면 냄비를 싱크대 위에 올려놓고 소파에 드러누워 핸드폰으로 검색을 시작했다. 검색창에 'u'를 치자, 'fo 목격지'가 자동으로 떴다. 관련 기사를 찾아봤지만, 새로운 기사는 보이지 않았다. 어차피 오늘도 잠이 들긴 힘들 것 같았다. 억지로 누워 잠을 청하느니 오래간만에 그곳에 가보기로 마음을 먹었다. 내당동 쓰레기 처리장. 나는 다시 망원카메라와 삼각대를 챙겨 집을 나섰다.

그녀가 파란 양동이에 대걸레를 집어넣자 말갛던 물이 금세 더러워진다. 그녀는 고개를 가로저으면서도 대걸레를 빨고 다시 닦기를 쉬지 않고 반복한다. 하지만 바닥은 여전히 땟국물이 흐르는 사내아이 얼굴처럼 얼룩덜룩하다. 게다가 방금 닦은 현관을 향해 파란 조끼를 입은 택배 배달원이 터벅터벅 걸어온다. 그의 발이 바닥에 누런 흙탕물을 툭툭 찍어댄다. 결국 그녀는 대걸레를 벽에 세워두고 씩씩거리며 경비실로 향한다. 쩍쩍 하품하며 듬성듬성한 성긴 머리를 긁적이던 김 씨가 아차 하는 얼굴로 그녀를 쳐다본다.

"아이고, 선주 씨. 마침 카펫을 깔아놓으려고 했는데……."

"됐어요, 제가 깔아놓을게요."

카펫을 옆구리에 끼고 나오는 그녀의 등 뒤에서 김 씨의 중얼거림이 들린다.

"금방 다시 더럽혀질 것을 왜 저렇게 마르고 닳도록 닦는지, 쓸데없이 원……."

그녀는 못 들은 척 나오며 조용히 혼잣말을 한다. 그래, 마음대로 지껄여라. 누가 뭐래도 난 지저분하게 살고 싶지는 않으니까.

카펫을 깔아놓자마자, 한 남자가 현관으로 들어온다. 그는 한쪽 다리를 대걸레처럼 질질 끌며 걸었는데, 발을 뗄 적마다 개똥 같은 진흙 뭉치가 현관에 툭툭 떨어진다. 심지어 카펫에 발바닥을 닦지도 않고 엘리베이터 안으로 사라지려 한다. 그녀는 자신도 모르게 그의 배낭을 덥석 붙잡는다. 그가 휘청거린다. 그녀는 그의 신발을 향해 손가락을 가리킨다. 그녀의 손가락을 따라 고개를 내린 그가 알아차린 듯 난처한 표정을 짓는다.

"죄, 죄,죄송합니다. 그게, 그, 그러니까, 이, 일부러 그, 그, 그런 게……."

남자는 그녀와 눈을 마주치지도 못한다. 무슨 말을 할 듯 머뭇거리는가 싶더니 한쪽 발을 절룩이며 뒷걸음질로 카펫 위에 올라선다. 고개를 푹 숙인 채 카펫에 발바닥을 닦기 시작한다. 그녀의 시선이 그의 다리에 머문다. 그는 등산화에 어울리지 않는 양복바지를 입고 있다. 젖은 바짓단이 축 늘어져 등산화 뒤꿈치에 밟힌다. 비에 젖어 착 달라붙은 바지 탓에 유난히 가는 오른쪽 다리가 그대로 드러난다. 그런 남자를 안타깝게 쳐다보고 있는데, 또르르 또 똑, 남색 단추 하나가 바닥을 구르다 멈춘다. 그는 단추가 떨어졌다는 사실을 알아차리지 못한 듯 천천히 엘리베이터에 오른다.

"저기요."

엘리베이터 열림 버튼을 급히 눌러 보지만, 엘리베이터는 이미 올라가기 시작한다. 1층, 2층, 숫자가 올라가다가 25층 꼭대기에 멈춘다. 그녀는 단추를 주워들고 쓰레기통에 버리려다 혹시나 마주치면 돌려줄 생각에 주머니에 집어넣는다. 시계를 들여다보니 퇴근 시간이 한참이나 지나 있다. 그녀가 청소도구를 들고 로비를 빠져나오는데, 바가지머리를 한 사내아이가 노란 우산 끝으로 바닥을 톡톡 찍으며 걸어온다. 그녀의 시선이 저절로 아이에게 향한다. 그녀의 눈빛을 의식한 젊은 엄마는 그녀에게 불편한 시선을 던지며 아이를 그녀의 반대편으로 돌려세운다. 이윽고 엘리베이터 문이 열리자 서둘러 아이의 등을 떠민다. 그녀는 닫힌 엘리베이터를 바라보며 아들의 모습을 떠올린다. 아들의 이름은 하민이었다. 하민은 흙탕물 고인 곳에 발을 첨벙대는 걸 좋아했다. 그러다 그녀에게 혼이라도 날 것 같으면 냉큼 달려와 뽀뽀 세례를 퍼붓는 까닭에, 그녀는 화 한번 제대로 내 보지 못했다. 그녀는 햇살처럼 환하게 웃는 하민의 얼굴을 떠올린다. 그러자 그녀의 두 눈에 금세 눈물이 가득 맺힌다.

쓰레기 처리장 문은 굳게 잠겨 있었다. 아마도 문을 잠그기 시작한 건 내가 발견된 그때부터가 아니었을까? 이곳에서 나는 집채만큼 쌓여있는 쓰레기더미 위에서 발견되었다. 술에 취한, 그것도 한쪽 몸이 불편한 환자가 쓰레기더미 위에 올라갔다는 사실은 여러모로 의문투성이였다. 처음에는 경찰도 악의를 품은 어떤 사람들의 고의적인 행동이 아닐까 의심하고 조사를 시작했다. 하지만 사람들과 어떤 관계도 맺지 않은 까닭에, 애초에 악의를 만들 수도 없는 사람임을 깨달은 경찰은 서둘러 조사를 마쳤다. 게다가 이곳은 CCTV조차 없어 끝내 그 의문은 풀리지 않았다. 당시 아주 잠깐 지역 뉴스에서 다뤄질 정도로 흥미를 끌긴 했지만, 사건은 그렇게 조용히 사람들의 기억 속에서 잊혔다. 하지만 나는 어렴풋이 기억하고 있었다. 어차피 아무도 믿지 않을 테지만, 나는 믿었다. 그들이 나를 데려갔었다는 것을······.

나는 술에 취해 비틀거리며 도시의 밤 골목을 절뚝이며 걷고 있었다. 처음에는 이혼의 아픔 때문이었다. 나중에는 할 수 있는 게 그것밖에 없어서 또 술을 마셨다. 가로수에 발이 걸려 넘어지거나, 전봇대를 붙잡고 구역질을 했다. 사람들은 마치 내가 보이지 않는 것처럼 나를 피해 제 갈 길을 걸어갔다. 그렇게 한참을 목적 없이 걷다가 문득 하늘을 올려다봤다. 달인가 생각했다. 하지만 달이라고 하기에는 너무 밝아 눈이 부실 정도였다. 달의 형체를 띈 그것이 조금씩 커지며 점점 나를 향해 다가왔다. 순간 눈앞이 아찔해지며 정신을 잃었다. 얼마쯤 지났을까? 어렴풋이 사람의 언어인지 동물의 언어인지 알 수 없는 소리가 들렸다. 소리는 최면으로 인도하는 방울 소리처럼 나를 깊은 꿈속으로 데려갔다. 명절이었던 것 같았다. 고소한 전 냄새가 집안 가득 진동했다. 나는 방문을 꼭 닫았지만, 방문 틈새로 비집고 들어오는 전 냄새를 막을 수는 없었다. 덩달아 전을 부치는 숙모들의 말소리도 전 냄새를 타고 문틈으로 흘러들어왔다.

"데려다가 어쩌시려구요?"

"낸들 데려오고 싶었겠어요? 쓸데없는 오지랖을 부리는 바람에 졸지에 고아가 된 조카를 돌보게 됐다니까요."

그곳에 내 자리는 없었다. 아빠도 없이 태어나, 심지어 엄마조차 잃은 아이는 애초에 있을 필요가 없는 아이였고, 있어도 쓸모가 없는 아이였다. 쓸모없음을 증명하듯 큰 삼촌에게서 작은 삼촌에게로, 또 이모에게로 버릴 곳을 찾지 못한 쓰레기를 떠넘기듯 나는 이리저리 떠넘겨졌다. 내가 어린 동생들을 잘 돌보는 아이였거나, 청소를 잘하거나, 그것도 아니라면 눈치가 빨라서 어른들의 기분을 잘 맞춰줬더라면 어땠을까 생각했다. 하지만 나는 어떤 부가 기능도 장착하지 않은 채 제작된 저가 브랜드 가전제품처럼 쓸모없이 자리만 차지하고 있을 뿐이었다. 아무도 찾지 않아 먼지가 뽀얗게 쌓여가며……. 이후에도 꿈은 계속 이어졌다.

쓸모 있음을 증명하고자 악착같이 학업에 매달렸던 시절에서부터 회사를 가족이라 여기며 일하던 시절까지 슬라이드처럼 눈앞을 스쳐 갔다. 하지만 그 모든 화면 속의 나는 지워버려야 비로소 완성되는 그림 속 낙서 같았다. 이윽고 페이드아웃 되듯이 내 앞의 그림들이 천천히 흐려졌다. 어렴풋이 가느다란 형상이 나타났다. 본능이었을까? 나는 필사적으로 그것을 향해 손을 뻗었다. 그것은 내 손을 뿌리치지 않았다. 지금껏 볼 수 없었던 기괴한 형상을 한 그것은 동아줄 같은 긴 팔로 나를 붙잡은 채 조금씩 하늘로 끌어 올렸다. 그 순간 나는 생각했다. 내가 끌려가는 그곳엔 내 자리가 있을지 모른다고, 아니 이제야 잘못 끼워진 조각이 제자리를 찾아가는 것이라고……. 전혀 두렵지 않았다. 오히려 희열이 벅차오르기 시작했다. 하지만 그것뿐이었다. 갑자기 주위가 까마득해졌고, 그 순간 정신을 잃었다. 눈을 떴을 때, 나는 2미터도 넘어 보이는 쓰레기더미 위에 올라가 있었다. 주위로 사람들이 몰려있었고, 웅성대는 소리와 찰칵대는 핸드폰 촬영음이 끊임없이 들렸다. 나는 꿈이 아니라고 확신할 수 있었다. 미지의 그것은 분명 나를 데려가려고 시도한 것이었다. 어떤 연유로 성공하지 못했는지 알 수는 없다. 아니, 내가 그것을 놓친 것이 분명했다. 힘없이 축 늘어진 쓸모도 없는 내 오른손이 그것을 잡지 못한 것이다. 다시 만난다면 절대로 놓치지 않겠다고 다짐했다. 그때부터 나는 UFO라 불리는 그들의 흔적을 찾아다니기 시작했다. 사람들은 정신까지 이상해졌다며 수군거렸지만, 신경 쓰지 않았다. 어차피 지구에서 나라는 존재는 필요가 없으니까. 생체 실험이라도 상관없을 것 같았다. UFO를 찾아 그때 그 손을 잡고서 홀연히 지구를 떠나는 것, 그것이 내 존재의 유일한 목적이 되어버렸다.

별다른 소득 없이 굳게 닫힌 쓰레기장 문 앞에서 망연히 서 있다 발길을 돌렸다. 며칠 전 UFO를 추적하는 카페에서 미확인 비행물체로 추측되는 형체를 봤다는 목격담을 읽었다. 그곳은 인근 산꼭대기의 버려진 헬기 착륙장이었다. 오늘 밤은 그곳에 자리를 잡아야 할 것 같았다. 그곳에 도착하자, 산 중턱부터 밤 운동을 나온 사람들이 간간이 눈에 띄었다. 산꼭대기에 올라가자 낙서투성이의 낡은 정자가 하나 있었다. 그 옆 널찍한 공간에는 헬기 착륙장이었던 듯 바닥에 'H'가 희미하게 남아 있었다. 그 위에 자리를 잡고 삼각대를 세웠다. 카메라에 망원 렌즈를 갈아 끼우고 하늘을 향해 카메라 방향을 고정했다. 올라오면서 편의점에서 산 삼각 김밥을 주머니에서 꺼냈다. 떨리는 오른손으로 삼각 김밥을 쥐고, 왼손으로 비닐을 뜯는 순간, 오른 손가락에 힘이 빠져 바닥에 툭, 떨어뜨렸다. 비닐이 반만 벗겨진 삼각 김밥을 주워 한쪽을 베어 물었다. 밥 가운데 들어있던 고추장 불고기가 다시 바닥으로 두둑, 떨어졌다. 결국 입안에는 김에 쌓인 하얀 밥만 들어갔다. 마른 밥을 목구멍으로 넘기며 하늘을 올려다봤다. 하늘 한쪽 구석에는 오늘도 어김없이 사람들의 관심에서 멀어진 초승달이 초라하게 떠 있다. 밤잠 없는 노인 하나가 뒷짐을 지고 성큼성큼 내게 걸어왔다.

"뭐하누?"

"유, 유에프오를 차, 차, 찾고 있어요."

노인이 인상을 확 찌푸렸다.

"젊은 사람이 원 쓸데없이……."

노인이 나를 위아래로 훑어보다 혀를 끌끌 차며 산에서 내려갔다. 나는 내려가는 노인의 뒷모습을 응시하며 쓸데없다는 말을 두고두고 곱씹었다.

그녀는 호흡기에 의지한 채 쌕쌕거리는 하민을 보고 있다. 호흡기 안에 뿌연 김이 차올랐다가 서서히 줄어들며, 아이의 눈빛도 초점을 잃어간다. 복숭앗빛 입술도 파랗게 변한다. 뒤이어 아이의 여린 손이 툭, 하고 힘없이 떨어진다. 놀란 그녀가 손을 뻗어 아이의 손을 잡으려 하자 남편이 가로막는다.

"이게 다 너 때문이야."

성난 남편이 그녀의 어깨를 붙잡고 놓아주지 않는다. 남편에게 붙잡힌 채 아이를 향해 손을 뻗지만 닿지 못한다. 안간힘을 쓰며 다시 손을 뻗어본다. 드디어 아이에게 닿았다고 생각되는 순간, 눈을 뜬다. 잠에서 깬 그녀는 멍하니 천장을 응시하며 하민의 모습을 떠올리려고 하지만, 그것조차 마음대로 되지 않는다. 협탁 위 시계를 들여다보니, 시계는 겨우 자정을 조금 지나 있다. 그녀는 한 시간도 채 잠들지 못했다는 사실을 익숙하게 받아들인다. 아침이 오기까지 또 긴 밤을 뜬 눈으로 보내야 할 것이다. 침대에서 일어나 욕실로 향한다. 욕실 거울에 비친 자신과 눈이 마주치자 고개를 돌린다. 그녀는 자신을 용서할 수 없다. 그녀는 아이를 위해 매일 가습기를 틀고 살균제를 섞었다. 그 고집스러운 결벽증이 결국 아이를 죽음으로 내몰았다. 그녀는 아이를 죽인 엄마인 까닭에 남편의 이혼 요구도 담담히 받아들였다. 그날 이후부터 그녀는 죽음을 기다리는 것만이 삶의 목적이 되었다.

　욕실 청소를 시작한다. 세면대에 남아 있는 비누 찌꺼기를 씻어내고 변기를 닦는다. 이마에 땀이 맺히기 시작했지만, 그녀는 청소를 멈출 생각이 없다. 아마도 이대로 새벽을 맞이하게 될 것이다. 그녀는 이렇게 살다가 세상을 떠나게 되는 순간, 먼지 한 톨 남기지 않고 깨끗하게 흔적도 없이 사라지고 싶다. 그것이 그녀가 밤새 청소를 멈추지 못하게 하는 이유이다.

　그녀는 엘리베이터에 붙어있는 전단지를 떼어내기 위해 손톱을 세워 스티커를 긁어내는 중이다. 마침 문이 열리고 누군가 엘리베이터에 오른다. 그녀가 뒤를 돌아보자, 지난번 단추를 떨어뜨린 그 남자이다.

　"저기요, 지난번에 제가 그쪽 옷에서 떨어진 단추를 주웠는데……."

그녀는 바지 주머니에 있던 단추를 꺼내 돌려주려고 한다. 하지만 저도 모르게 그의 재킷에 눈길이 먼저 간다. 엉덩이 부분이 잔뜩 구겨진 네이비색 쓰리 버튼 리넨 재킷이다. 역시나 단추 한 개가 없고, 그 자리에는 엉킨 실만 매달려 있다. 게다가 붙어있는 다른 두 개의 단추마저도 아슬아슬하게 매달려 떨어지기 일보 직전이다. 그녀의 시선을 의식한 것인지, 남자가 천천히 고개를 내리고 자신의 재킷을 쳐다본다. 이윽고 깊은 한숨을 쉬고서 입을 연다.

"괘, 괜찮습니다. 어차피 다, 달지도 모, 모, 못 하는데……."

가늘게 떨고 있는 자신의 오른손에 시선을 옮긴다.

"달아줄 사람이 없어요?"

"……네."

남자가 머리를 긁적인다. 뒤이어 엘리베이터 문이 열린다. 남자가 천천히 오른발을 끌며 왼쪽 집으로 들어간다. 그녀의 손에는 그에게 돌려주려고 했던 단추가 고스란히 남아 있다.

그녀는 청소하는 중에도 주머니 속의 단추에 자꾸만 신경이 쓰인다. 게다가 이내 떨어질 듯 그의 옷에 아슬아슬 매달린 다른 단추들까지 떠오른다.

'지독한 결벽증.'

청소도구함에 청소도구를 가지런히 넣어놓는다. 대걸레는 벽에 박은 못에 걸어두고, 손걸레는 반듯하게 접어 버터 쿠키라고 쓰인 플라스틱 통 안에 넣는다. 버려진 과자통을 재활용한 것이다. 세제는 손잡이가 앞으로 오게 일렬로 나열한다. 마지막으로 대야를 엎어놓은 뒤 청소도구함을 닫는다. 핸드백에 넣어둔 작은 반짇고리를 챙겨 엘리베이터를 탄다.

'어차피 이 단추는 옷에 달려 있지 않으면 쓸모가 없어. 난 그냥 원래 자리에 달아주고 오는 것뿐이야. 제자리에 놓여 있지 않다는 것은 무척이나 내 신경을 거슬리게 하니까.'

그녀는 남자의 집 앞에서 잠시 망설이다가 벨을 누른다. 이윽고 남자가 천천히 문을 연다.

"단추만 달아드리고 갈게요. 제가 원래 찝찝한 건 못 견뎌서……."

놀란 남자가 허둥지둥 그녀를 안내한다. 남자의 손에는 라면 봉지가 들려 있다. 그녀는 신고 온 검은색 가죽 단화를 벗어 앞코가 문 쪽을 향하게 가지런히 놓는다. 거실은 남자와 어울리지 않는 꽃무늬가 수 놓인 면 카펫이 깔려 있다. 갈색 가죽 소파 위에는 남자가 좀 전까지 입고 있었던 단추 떨어진 재킷이 놓여 있다. 살짝 열린 창문 사이로 바람이 들어와 나비 주름의 하얀 시폰 커튼이 수줍게 하늘거린다. 그리고 거실 벽면에는 환하게 웃는 신혼부부의 사진 액자가 걸려 있다. 그녀의 시선이 액자에 멈추자, 남자가 어쩔 줄 몰라 한다.

"그, 그, 그, 그게 사, 사정이 있어서……."

그녀는 상관없다는 듯 재킷을 집어 들고 바닥에 앉는다. 반짇고리에서 작은 바늘을 꺼내 재킷과 어울리는 남색 실을 꿴다. 남자는 라면 봉지를 든 채 엉거주춤 앉아 그녀가 하는 양을 가만히 지켜보고 있다. 그녀는 작은 쪽가위로 재킷에 남아 있는 실뭉치를 자르고 단추를 꿰매기 시작한다. 다시 떨어지지 않게 실을 여러 번 감아 매듭을 짓는다. 원래 매달려 있던 단추들까지 한 번 더 꼼꼼히 달아준 후, 반짇고리에 바늘을 넣고 자리에서 일어난다.

"무 무, 물이라도 좀 드, 드릴까요?"

그녀는 청소를 바로 끝내자마자 물 한 모금도 마시지 않고 온 터였다. 하지만 왼쪽 팔로 겨우 지탱하며 힘겹게 자리에서 일어나는 남자에게 물을 가져다 달라고 말할 수가 없다.

"제가 마실게요."

부엌으로 향한 그녀의 눈에 가장 먼저 들어온 것은 싱크대에 잔뜩 쌓여있는 설거짓거리들이다. 물을 마실 컵 하나도 남아 있지 않다. 켜켜이 쌓여있는 설거짓거리와 싱크대 위에 널브러져 있는 라면 부스러기, 바짝 말라 굳어 있는 행주가 그녀를 몹시 불편하게 한다. 그녀는 물을 마시고 싶었다는 사실도 잊은 채 소매를 걷고 설거지를 시작한다. 씻은 그릇은 일렬로 정렬하고, 시커먼 행주는 빨아서 라면 국물이 눌어붙은 가스레인지 주변을 닦는다. 그제야 씻어둔 컵으로 물을 마신다. 손에 물기를 닦고 가방을 들고나오는 그녀의 뒤통수에 대고 남자가 말한다.

"가, 감사합니다. 단추도 달, 달아주고, 서, 서, 서, 설거지도…….''

"감사할 필요 없어요. 제가 더러운 건 못 참는 성미라서 그런 거예요.''

신발을 신는데, 남자가 다시 말한다.

"호, 호, 혹, 혹시.''

"네?''

"그, 그, 그, 그게 이, 일 끝나고 청, 청소 좀 해주시면 아, 아, 안 되나요? 도, 돈은 드릴 테니.''

그녀는 남자를 향해 고개를 돌리고 그를 빤히 쳐다볼 뿐, 별다른 대꾸를 하지 않는다. 남자는 그녀와 시선조차 맞추지 못한 채 그녀의 눈치를 살핀다. 그녀가 다시 발걸음을 떼려 하자, 이번에는 그녀의 어깨에 메고 있던 핸드백을 슬쩍 붙잡는다. 그녀는 미세하게 떨리는 그의 손이 느껴졌지만, 핸드백을 당기며 거절의 의사를 표현한다. 핸드백 끄트머리를 겨우 잡은 그의 손이 힘없이 툭 떨어진다. 그녀가 현관에서 신발을 신으려는 찰나였다. 그가 다시 용기를 낸다.

"부, 부탁입니다. 이, 일주일만이라도 처, 청소해, 해주시면…….''

"알았어요. 일주일만이에요.''

그녀가 불쑥 승낙해버린다. 그리고 그의 집을 나오면서 내내 혼잣말을 한다. 단지 지저분한 걸 못 참았을 뿐이라고…….

　공원 전망대에서도 역시나 UFO의 흔적은 찾을 수 없었다. 게다가 오래간만의 맑은 하늘 때문인지, 늦은 저녁에도 제법 많은 사람이 나와 있었다. 어린아이들은 소리를 지르며 뛰어다니고 있었고, 산책 나온 강아지는 캉캉대며 짖어댔다. 내가 외계인이라고 하더라도 이렇게 사람들이 몰려있는 곳에는 나타나지 않을 것 같았다. 가방을 꾸려 자리에서 일어났다. 컵라면이 든 봉지를 들고 현관문을 열자, 김치찌개 냄새가 났다. 주방으로 시선을 옮기자 그녀가 눈에 들어왔다. 그녀는 파마도 하지 않은 검고 긴 머리칼을 하나로 질끈 묶고 있었다. 덕분에 그녀의 날렵한 턱선과 안쓰러울 정도로 야윈 하얗고 긴 목덜미가 더 도드라져 보였다. 그녀는 내가 보는 줄도 모른 채 구멍 난 고무장갑을 잘라 쓰레기통에 씌운 비닐을 고정하고 있었다. 작고 얇은 입술을 앙다문 채였다. 무언가에 열중할 때면 늘 보이는 표정이었다. 이윽고 쓰레기통과 한 몸이라도 된 듯 깔끔하게 고정된 비닐에 만족하며 그녀가 살짝 미소를 지었다. 그 모습을 훔쳐보다 나도 모르게 얼굴이 붉어졌다.

　"오늘은 청소할 게 별로 없어서 간단하게 김치찌개와 밥만 해놨어요."

"고, 고맙……."

"그러게, 왜 일주일 치 돈을 미리 줘서, 마음 불편하게 만드는지……."

톡톡 쏘아붙이듯 말하는 그녀의 말투가 싫지 않았다. 아니, 더 듣고 싶었다. 하지만 내 기대와 달리 여자는 곧장 현관으로 향했다. 나는 어쩔 줄 몰라 가만히 서 있었다. 여자가 신발을 막 신으려고 하다가 무슨 생각이 났는지 다시 성큼성큼 걸어 들어왔다.

"남은 쌀은 여기 담아놨고요, 필요 없는 그릇은 위에서 두 번째 선반 보이죠? 여기 넣어놨어요. 지저분하게 늘어놓으면 먼지만 묻어요. 아 참, 그리고 냉장고에 있던 반찬들은 싹 버렸어요. 언제 먹던 건지, 말라비틀어져서 원……."

그리고는 가만히 생각에 잠기는가 싶더니, 식탁 앞에 앉으라며 내게 손짓을 했다. 나는 모범학생처럼 얌전히 자리에 앉았다. 내가 앉은 걸 확인하자 그녀의 행동이 빨라지기 시작했다. 식탁 위에 수저를 올려놓고 뒤이어 냉장고에서 처음 본 파김치를 꺼냈다. 밥통을 열어 수북하게 밥을 푸고, 마지막으로 김이 오르는 김치찌개를 식탁 가운데 올려놓았다. 머뭇거리던 내가 말을 꺼냈다.

"가, 같이 먹으면……."

그녀는 대답 대신 현관으로 향했다. 그 사이 젓가락 사이에 간신히 걸려 있던 파김치가 젓가락과 함께 식탁으로 툭, 떨어졌다.

신발을 신으려던 그녀가 주방으로 돌아왔다.

"하기야, 불편한 손으로 밥이나 제대로 먹겠어요? 오늘만이에요, 오늘만 도와드릴게요."

그녀는 내 맞은편에 앉아 밥을 뜨길 기다렸다가 숟가락 위에 파김치를 올려주었다. 그리고는 나와 눈을 마주치지 않으려 주방 쪽으로 시선을 돌렸다. 문득 그녀의 거친 손이 눈에 들어왔다. 제 몸도 돌보지 못했을 그녀의 고단한 하루가 고스란히 느껴졌다. 그녀가 내 쪽으로 고개를 돌리자, 나는 놀라서 급하게 밥을 삼켰다. 그러다 그만 사례가 걸렸다. 그녀는 재빨리 일어나 하트 무늬 물컵에 물을 담아 내 앞에 두었다. 물을 마시며 다시 그녀의 얼굴을 훔쳐보았다. 그녀의 입가에 보일 듯 말 듯 한 작은 보조개가 살며시 드러났다 사라졌다. 문득 보조개가 깊이 팰 만큼 환하게 웃는 그녀의 모습을 보고 싶다는 생각이 들었다.

식사가 끝나고 그녀가 설거지를 시작했다. 설거지를 끝내면 물기를 톡톡 털어내고는 홀연히 사라질 것이다. 나는 조금이라도 더 그녀를 붙잡아두고 싶은 마음에 할 말을 생각했다. 그리고는 설거지를 끝낸 그녀에게 물었다.

"저, 하, 하나 물어봐도 됩니까? 저기 저, 저건 뭐, 뭐 하는 무, 물건입니까?"

그녀의 시선이 내 손가락이 가리키는 곳을 향했다.

"저거요? 칼 가는 거요. 여기 손잡이 보이죠?"

그녀가 자연스럽게 물건을 집어 들고 말을 이었다.

"손잡이를 붙잡고 칼날을 이 틈 사이에 집어넣어요. 그리고 문지르면 칼날이 갈려요. 무뎌진 칼을 버릴 필요가 없다니까요. 이걸로 쓱 문지르고 나면 새것처럼 쓸 수 있어요."

"그, 그, 그럼 저, 저건 뭐?"

역시 그녀는 내 질문이 끝나기도 전에 설명을 시작했다.

"에그 커터라고 하는 거예요. 삶은 달걀을 예쁘게 잘라주는 거죠. 저 동그란 구멍에 맞춰 삶은 달걀을 집어넣고 누르면 철사 모양대로 예쁘게 잘려요."

"하……."

한글을 처음 배운 아이처럼 고개를 끄덕이자 그녀가 피식 웃었다. 보조개가 살짝 드러났다. 그녀의 웃음이 곧장 내게 전염됐다. 나도 따라 피식 웃었다. 그녀는 멋쩍은지 핸드폰의 시계를 확인했다.

"너무 늦었네."

그녀가 소파 위에 걸쳐둔 회색 카디건을 집어 들었다. 그때였다. 갑자기 사위가 깜깜해졌다.

"또 정전이네."

그녀는 더듬더듬 카디건의 한쪽 팔을 끼우며 말했다.

나는 갑자기 깜깜해진 탓인지, 머릿속마저 새까매져서 무슨 말을 해야 할지 안절부절못했다.

"곧 켜지겠죠. 한두 번도 아니잖아요. 덕분에 오늘따라 달이 또 렷이 보이네요."

그녀는 별일 아닌 듯 손가락으로 창밖의 달을 가리켰다. 불이 모두 꺼진 아파트 단지 위에 제법 차오르기 시작한 상현달이 선 명하게 떠 있었다.

"그, 그, 그러네요. 오늘은 저, 저 달도 제법 쓰, 쓰 쓸모가 있 겠네요."

"쓸모라뇨, 달이야 그 존재 자체로 가치가 있는 거잖아요."

우리는 미리 짜기라도 한 것처럼 한동안 아무 말도 없이 가만 히 달을 쳐다봤다. 그러다 갑자기 불이 들어왔다. 그녀는 마치 얼 음, 하고 멈춰 섰다가 땡, 하고 풀리는 놀이처럼 불이 들어오자마 자 분주하게 다시 움직이기 시작했다. 가방을 주워드는가 싶더니 현관문을 향해 걸어가기 시작했다. 조금만, 조금만 더 있다가 갔 으면 싶었다.

"저, 저기."

"네?"

"전 유, 유에프오를 찾아다녀요."

아무 말이나 나와 버렸다. 이런 순간에 나올 말은 아닌 것 같았 지만, 이미 엉뚱한 말이 그녀를 향해 날아가 버렸다. 그녀가 잠시 숨을 고르는가 싶더니 말했다.

"힘들겠네요. 사람들이 믿어주지 않을 테니……. 식사는 제대로 챙겨 먹으면서 다니세요."

문이 닫히는 소리가 났다. 그녀는 내일 보자는 흔한 인사도 없이 쌩하고 나가버렸다. 나는 아직도 얼음, 상태로 머문 듯 멍하니 집안을 둘러보았다. 버려진 쓰레기더미 같던 집이 그녀의 손길로 조금씩 변하기 시작했다. 쓸모없던 물건이 제 기능을 하고, 집안 가득 따뜻한 온기가 돌기 시작했다.

그녀는 아파트 청소가 끝나자마자 남자의 집으로 향한다. 오늘로써 남자의 집을 청소한 지 나흘째가 된다. 아파트 청소에 남자의 집 청소까지 끝내고 집으로 돌아오면 열 시가 넘는다. 희한하게도 남자의 집을 다녀온 사흘 동안 밤새 잠에서 깨지 않았다. 평소에는 한 시간 정도 잠깐 눈을 붙이고 나면 이후부터는 긴 밤을 뜬눈으로 보내야 한다. 그녀는 깊이 잠들 수 있다는 것에 안도하지만, 자신이 이렇게 마음 편히 자도 되는지 죄책감이 들기도 한다. 남자의 집에서 청소를 시작한 첫째 날은 베란다에 말라 죽어 있는 화분을 치우고, 살림살이에 소복하게 쌓인 묵은 먼지를 털어냈다. 소파 밑에 먼지떨이를 집어넣자 긴 갈색 머리카락 뭉치가 나오기도 했다. 그날은 쉴 틈 없이 청소기를 돌리고 걸레질을 해야 했다. 둘째 날에는 집으로 들어오는 남자의 손에 믹스커피한 통이 쥐어져 있었다. 그녀가 전날 믹스커피라도 있으면 좋겠다고 말했기 때문이다. 하지만 남자와 단둘이 있는 시간은 어색

172

했다. 남자는 청소에 대해서는 어떤 것도 묻지 않았고, 그녀는 서둘러 집을 나왔다.

셋째 날엔 화장실을 청소하고 유리창을 닦았으며, 쉰내가 나는 이불을 모조리 빨아서 베란다에 널어놓았다. 그리고 주방을 정리하고, 냉장고 청소를 했다. 화석처럼 딱딱하게 변해버린 멸치 조림, 파란 곰팡이가 핀 두부와 반찬통 바닥에 말라붙어버린 김치 몇 조각을 모두 버렸다. 급한 대로 집에서 챙겨온 묵은지와 파김치를 냉장고에 넣어 두었다. 그리고 커피를 마시기 위해 커피포트에 물을 끓였다. 그때 남자가 집에 들어왔다. 그녀는 하트 무늬 커피잔에 커피 두 잔을 타서 남자에게도 주었다. 그녀는 원래 뜨거운 걸 잘 마시지 못한다. 남자와 단둘이 앉아 뜨거운 커피가 식을 때까지 기다리는 그 시간이 숨이 막힐 듯 어색하다. 입천장이 데는 것도 무릅쓰고 뜨거운 커피를 단숨에 넘겼다. 그때였다. 남자의 뱃속에서 꾸르륵 소리가 났다. 남자의 얼굴이 발개졌다. 그녀는 남자에게 밥을 차려주고 싶은 마음을 누른 채 급한 척 시계를 들여다보며 집을 나왔다.

넷째 날이 되었다. 묵은 먼지를 털어내고 나니, 청소는 갑절이나 빨리 끝났다. 그녀는 문득 전날 남자의 뱃속에서 들리던 꾸르륵 소리를 떠올린다. 밥통에 밥을 하고, 묵은지를 넣어 김치찌개를 끓인다. 급한 대로 참치캔 한 통을 함께 넣는다. 김치찌개가 다 끓어갈 즈음 남자가 문을 열고 들어온다. 가스 불을 끄고 앞치마를 싱크대 걸이에 걸어둔다. 카디건을 걸치고 현관으로 향하는데 남자에게 간단하게 일러주어야 할 말이 생각난다. 다시 돌아가 남자에게 말을 한다. 남자는 조용히 고개를 끄덕인다. 이제 할 일이 다 끝났으니, 집으로 돌아가면 그만이다. 그녀는 식탁 앞에 앉은 남자를 뒤로한 채, 가방을 메고 현관까지 간다. 하지만 신발은 신지 못한다. 등 뒤에서 식탁 아래로 젓가락이 떨어지는 소리가 들렸기 때문이다. 그녀는 뒤를 돌아 다시 주방으로 향한다. 바닥에는 젓가락 한 짝이 떨어져 있고, 식탁에는 빨간 김칫국물이 튀어 난초 한줄기가 그려져 있다. 남자는 오른손에 숟가락을 쥐고 김치찌개를 한술 뜬다. 바들바들 떠는 손 때문에 국물이 흘러내린다. 하민이가 처음 숟가락질을 할 때처럼 서투르다. 결국 그녀는 남자의 반대편에 앉는다. 남자가 밥을 뜨길 기다렸다가 파김치를 올려준다. 남자는 밥을 먹다가 갑자기 캑캑거린다. 급히 일어나 물을 가져온다. 떠 먹여주고 싶은 마음을 간신히 누르며 애써 태연한 척 남자가 밥을 다 먹을 때까지 기다린다.

여자는 설거지를 끝낸 후에야 그의 집을 나온다. 현관에 서서 달을 올려다본다. 오늘은 쓸모가 있겠다는 남자의 말이 문득 마음에 걸린다. 그 말을 떠올려보니 문득 달이 참 외로웠겠구나 싶은 생각이 든다. 쓸모가 있겠다는 말은, 그동안 쓸모가 없었다는 뜻이다. 도시엔 가로등도 달빛보다 밝고, 네온사인은 말할 것도 없다. 그래서 도시에는 달빛이 필요 없다. 남자는 성치 않은 몸으로 UFO를 찾아다닌다고 한다. 허무맹랑한 꿈에라도 매달려야 자신의 존재가치를 잃어버리지 않기 위해서일까? 더는 필요 없어진 달이 밤이면 기어코 나와 자리를 지키고 있는 것처럼……

아주 오래간만에 아침밥을 먹기로 마음먹었다. 밥을 챙겨 먹으라는 그녀의 잔소리가 생각났기 때문이었다. 게다가 어제는 냉장고를 열어본 그녀의 미간이 살짝 찡그려져 있었다. 그간 냉장고에 넣어둔 그녀의 반찬이 줄어들지 않은 걸 보고 기분이 좀 상한 게 분명했다. 다시는 반찬을 만들어오지 말아야겠다고 결심했을지도 모른다. 맛있는 그녀의 반찬을 다시 먹을 수 없게 된다면 무척 우울할 것 같았다. 냉장고를 열어 두부조림과 파김치를 꺼냈다. 그녀가 사다 준 포크로 두부 한 조각을 찍으며 생각했다. 나도 그녀를 위해 뭐라도 하고 싶다고. 그래서 오늘은 밖에 나가지 않기로 마음을 먹었다. 아파트 청소가 끝나고 오는 그녀를 기다렸다가 이른 저녁을 챙겨줄 생각이다. 오늘은 옷도 세심하게 골랐다. 스트라이프 무늬의 카라 티셔츠를 입었다. 그녀가 올 시간에 맞춰 계란 프라이를 했다. 첫 번째 달걀은 그만 노른자가 터져 버렸다. 그래도 다음 달걀은 노른자가 온전히 살아있었다. 계란 프라이를 그릇에 담았다. 곧이어 현관 비밀번호 누르는 소리가 들렸고, 그녀가 들어왔다. 그녀는 짐짓 놀란 듯 나와 식탁 위의 음식을 번갈아 쳐다봤다.

"시, 식사하고 일하세요."

그녀는 몇 번 사양하는가 싶더니 마지못해 식탁 앞에 앉았다.

"같이 드세요."

"저, 저, 저는 머, 먹었습니다."

내가 저녁을 먹으면 그녀는 나를 챙겨주느라 정작 자신은 편히 먹지 못할 게 분명했다. 그래서 거짓말을 했다. 거실에 앉아 그녀가 먹는 모습을 훔쳐봤다. 작은 입술이 오물오물 민첩하게 움직였다. 내가 만든 계란 프라이를 먹었다. 나도 모르게 입꼬리가 올라갔다. 나는 그녀의 식사가 끝나기를 기다렸다가 설거지를 시작했다. 그녀가 만류했지만, 나는 꿋꿋하게 설거지를 지켜냈다. 비록 쓸데없이 흐물대는 오른손 때문에 애를 먹긴 했지만……. 나는 설거지를 하고, 그녀는 집 안 청소를 했다. 이 순간이 영원히 지속하기를 바랐다.

청소를 끝낸 그녀가 현관을 나서다 말했다.

"먹고 싶은 거라도 있음 말씀하세요."

"고등어 조림이요."

나는 희한하게 말을 더듬지도 않고 냉큼 말했다.

그녀가 살짝 웃었다. 그녀의 보조개가 신기루처럼 나타났다가 사라졌다. 그녀는 뒤를 돌아 미련 없이 현관문을 빠져나갔다. 텅 빈 집에 혼자 남았다. 항상 혼자였는데, 오늘따라 이 공간은 유독 나를 힘들게 했다. 결국, 망원카메라를 가방에 넣고 집을 나섰다.

거리의 네온사인은 휘황찬란하게 번쩍이며 손님을 유혹하고 있었다. 멀리 보이는 차도 양옆의 가로등도 질서정연하게 줄 맞춰 불을 밝히고 있었다. 도시는 여전히 불빛으로 넘쳐났다. 달을 올려다보았다. 달은 통통하게 살이 올라 제법 보름달의 모습을 갖춰가고 있었다. 오늘따라 저 달은 유난히 더 기세가 등등해 보였다. 하늘 가운데에 떡하니 자리를 잡고 앉아 누구에게도 주눅 들지 않겠다는 듯이…….

오늘 행선지는 미리 정해두지 않았다. 마음이 내키는 대로 걸었다. 도착해보니 내가 발견되었던 쓰레기 처리장 앞이었다. 오늘은 웬일인지 철문이 잠겨 있지 않았다. 손으로 녹슨 철문을 밀자 끽 소리를 내며 문이 열렸다. 안으로 들어갈수록 으스스한 분위기를 풍기는 검은 형체들의 무더기가 빽빽하게 자리를 차지하고 있었다. 가까이 다가갔다. 마구잡이로 버려진 쓰레기더미일 것으로 생각했는데, 자세히 보니 그렇지 않았다. 압착된 플라스틱 무더기도 있고, 차곡차곡 포개진 폐지 더미도 있었다. 용도에 맞게 분류되어 정리된 것이었다. 제 쓰임을 할 날만 묵묵히 기다리고 있는 듯……. 그들 가운데 자리를 잡았다. 삼각대에 카메라를 고정하고 망원 렌즈를 끼웠다. 렌즈를 들여다보는 눈은 하늘로 향하고 있는데, 자꾸만 머릿속에서 딴생각이 떠올랐다. 그것은 듬성듬성 썰린 커다란 무가 바닥에 깔린 고등어 조림이었다.

그녀의 손에서 탄생한 고등어 조림은 어떤 맛일까? 생각만 하는
데도 입안 가득 군침이 돌았다. 내일 저녁이면 식탁 앞에 차려진
고등어 조림을 만날 수 있을 것이다. 어쩌면 그녀는 불편하게 밥
을 먹을 나를 위해 고등어 가시를 발라 숟가락 위에 얹어 줄 수도
있지 않을까? 가시를 발라내야 하는 고등어 조림을 말한 것은 탁
월한 선택인 것 같았다. 그때였다. 갑자기 눈이 부셨다. 눈을 뜰
수도 없을 정도였다. 손바닥으로 눈을 가렸지만, 그마저도 뚫을
기세였다. 불빛은 조금씩 나를 향해 다가왔다. 그리고 그 불빛 가
운데서 검은 형체가 일렁였다. 하필 지금 기다리던 그것이 나타
난 것일까? 이윽고 동아줄처럼 긴 손이 나를 덥석 붙잡았다. 그
토록 오랫동안 기다렸던 순간인데, 나도 모르게 그것을 뿌리치
려고 했다.

"아, 안돼요. 지금은 가, 가, 갈 수 없어요."

나는 눈을 질끈 감으며 사정하듯 말했다. 하지만 그것은 아랑
곳하지 않고 나를 더욱 꽉 붙들었다.

"고, 고등어 조림, 그, 그거, 머, 먹어야 해요."

하지만 그 손은 일말의 주저함도 없었다. 이번에는 내 어깨를
붙잡았다. 나는 눈을 감은 채 필사적으로 손을 내저었다.

"제, 제발, 데, 데, 데려가지 말아요."

나는 온 힘을 다해 소리를 질렀다. 그것 또한 물러나지 않았다.
내 어깨를 사정없이 쥐고 마구 흔들어댔다. 나는 그것의 힘에 맥

없이 휘청이면서 있는 힘껏 소리를 질렀다.

"아, 아, 안돼요, 안돼!"

그때였다. 내 어깨의 흔들림이 멈췄다. 나는 조심스레 눈을 떴다. 흐릿하던 시야가 조금씩 선명해지기 시작했다.

"여기서 뭐 하세요?"

손전등을 쥔 남자가 내 어깨를 붙잡고 물었다.

"네?"

경비라는 글자가 새겨진 모자를 쓴 남자는 미간을 찡그린 채 한심한 듯 고개를 저었다. 나는 가슴을 쓸어내렸다. 나도 모르게 안도의 웃음이 터져 나왔다. 내 머리 위로 달빛이 하얗게 부서져 내리고 있었다.

에어백

출근하는 동료들의 옷차림이 한결 가벼워졌다. 얇은 모직 코트를 걸친 동료가 두꺼운 패딩 차림의 내게 덥지 않으냐고 물었다. 나는 고개를 저었다. 아무리 두꺼운 옷을 입어도 나는 언제나 추웠다. 어딘가 듬성한 구멍이 뚫려 찬 바람이 가슴팍을 비집고 들어오는 것 같다. 나는 커피포트의 버튼을 눌렀다. 뜨거운 커피 한 잔이 필요했다. 믹스커피 한 봉을 컵에 붓고 커피포트가 끓어오를 때까지 초조한 몇 초를 보내고 있었다. 그때였다. 주민자치센터 안이 요란스러워지기 시작했다. 덩달아 커피포트도 요란하게 바글거리기 시작했지만, 커피 한 잔은 물 건너간 듯싶었다. 김 할머니가 왔기 때문이다. 김 할머니는 곧장 내 앞으로 다가와 빨간 고무가 코팅된 너덜너덜한 면장갑을 낀 손으로 테이블을 짚으며 말을 꺼냈다.

"이봐, 정지원 씨. 한 번 알아봤어? 왜 기초생활 수급자가 아니라는 거야?"

"할머니, 벌써 몇 번째예요. 할머니는 해당이 안 된다고 이미 말씀드렸잖아요. 게다가 기초생활 수급자 선정은 제가 하는 게 아니에요. 그러니까 이렇게 매일 아침 오셔도 소용이 없다고요."

다음 번호표를 들고 있던 중년 여자는 미간을 잔뜩 찌푸린 채 팔짱을 끼고 노골적으로 할머니와 나를 번갈아 쳐다봤다. 알았으니까 그만 돌아가시라고 몇 번을 얘기했지만, 할머니는 막무가내였다.

'겨울에 전기매트 한 장으로 버티다 보면 온몸이 안 아픈 데가 없다. 온종일 찬바람 맞으며 폐품을 주우러 다녀도 밥값조차 안 된다.' 등 단골 멘트를 쏟아내기 시작하자, 여자가 할머니를 향해 비키라고 소리를 질렀다. 그러자 할머니는 모두 들으라는 듯 더 큰 소리로 말했다.

"당신네는 우리 같은 사람들이 얼마나 힘들게 사는지 알아? 다들 들어주는 척하지만, 정작 관심도 없는 거지, 나 같은 늙은이 따윈."

중년 여자와 할머니의 싸움으로 번지려는 찰나에 박 계장이 달려왔다. 박 계장은 아들처럼 살갑게 다가와 할머니의 손에 얼른 커피 한 잔을 쥐여 주었다. 그리고는 자연스레 할머니의 팔짱을 끼고 소파에 앉혔다. 할머니와 박 계장이 얘기를 나누는 사이 중년 여자가 번호표를 내밀었다. 중년 여자는 지방세 납입증명서를 받아들고 뒤돌아가며 짜증 섞인 불평을 내뱉었다.

"우리 세금 걷어서 저런 노인네들 노령연금 나눠주는 것만으로도 감사해야 하는 거 아니야? 하여튼 거지 근성이 문제라니까."

나는 못 들은 척 아무 대꾸도 하지 않았다.

박 계장은 할머니가 커피를 다 마실 때까지 기다렸다가 나눔 냉장고에 들어온 김치를 비닐봉지 가득 담아 할머니께 내밀었다. 마음이 누그러진 김 할머니는 나를 힐긋 노려보는가 싶더니 박 계장의 손에 이끌려 밖으로 나갔다. 오지랖이 넓은 박 계장 덕분에 쉽게 넘어간 게 다행이다 싶었다. 문득 김 할머니가 왜 그렇게 찾아와서 수급자 타령을 하는지 사정이라도 들어볼까 하는 생각이 들기도 했지만, 그만두기로 했다. 저렇게 생떼를 쓰는 사람이 비단 김 할머니뿐만은 아니었기 때문이다. 그런 사람들의 사정을 일일이 들어주는데 내 시간을 허비하고 싶지 않았다. 나는 그제야 마시지 못한 커피를 탔다. 기분이 상해서일까? 뜨거운 커피를 마시는데도 서늘한 가슴팍은 좀체 데워지지 않는 듯했다.

마지막 민원인의 업무를 처리하자마자 서둘러 가방을 들고 주민자치센터를 나왔다. 오매불망 기다리던 새 차가 나오는 날이기 때문이다. 자동차 대리점 안 실장이 나를 기다리고 있었다. 문득 반질반질하게 젤을 발라 바람이 불어도 끄떡없을 것 같은 안 실장의 머리가 대리점에 진열된 미끈한 새 차들과 참 잘 어울린다고 생각했다. 안 실장은 기다리던 차를 보여줬다.

"소형차 중에서는 제일 튼튼한 모델이죠. 지난번 말씀드렸다시피 절대 후회하지 않을 거예요. 게다가 이번 한 달 동안만 한정적으로 서비스되는 전 좌석 에어백을 한번 보세요. 사고라도 났을 때 에어백이 지켜줄 생각을 하니까 든든하죠?"

드디어 나의 차를 마주했다. 부드러운 곡선이 날렵하게 보이는 하얀 차였다. 더구나 에어백이 전 좌석에 장치되어 있다는 사실이 더욱 마음에 들었다. 에어백 장착이라는 문구를 손으로 가만히 짚어 보았다. 절대 위험하고 불안하게 홀로 내버려 두지 않겠다는 선언처럼 든든하게 느껴졌다.

차를 몰고 집으로 돌아가는 길이었다. 길 건너편에 때 이른 선거 유세 플래카드가 한쪽 매듭이 풀린 채 불안하게 펄럭이고 있었다.

「민생을 우선한 든든한 복지, 먼저 시민의 마음을 읽겠습니다.」

새 차를 뽑았으니 드라이브하며 바람이나 쐬어야겠다고 생각했다. 갑자기 핸드폰이 울리기 시작했다. 차를 몰던 중이라 전화를 받기 힘들었다. 조금 있으면 멈추겠거니 생각하며 계속 차를 몰았지만, 벨소리는 나를 놓아주지 않을 듯 끈질기게 울어댔다.

어쩔 수 없이 길가에 차를 세웠다. 뒤늦게 핸드폰을 확인했을 땐 질리게도 울리던 벨소리가 멈춘 상태였다. 신경질적으로 핸드폰의 부재중 전화를 확인했다. 은수의 전화였다. 모른 척할까 잠시 고민하다 은수에게 전화를 걸었다. 전화기 너머 들리는 은수의 목소리는 금이 간 얼음판 위에 선 듯 불안하게 떨리고 있었다.

"지원아. 미, 미안한데 오늘만 너희 집에서 자면 안 될까?"

"무슨 일 있어?"

"그게……."

"어쨌든 우리 집으로 와."

또 무슨 일이 생긴 게 분명했다. 이럴 때 은수가 도움을 요청할 곳은 나밖에 없었다. 그런데 드라이브 계획이 취소되어서였을까? 나도 모르게 짜증이 났다. 그런 마음을 은수에게 들키지 않으려 노력하며 전화를 끊었다. 어디선가 훅, 냉기가 들어오는 것 같았다. 나는 옷깃을 여미며 차의 히터를 올렸다.

나는 보육원에서 유년 시절을 보냈다. 내가 갓난아기였을 때 엄마는 편집증에 시달리던 아버지를 피해 집을 나갔다. 이후 할머니의 손에서 몇 년을 보냈지만, 아버지를 보살피는 것만으로도 힘에 겨웠던 할머니는 곧 데리러 오겠다며 나를 보육원에 맡겼다. 어린 나의 눈에 비친 할머니의 표정은 오랫동안 괴롭히던 고름을 짜낸 것처럼 개운해 보였다. 그리고 영원히 데리러 오지 않을 것이라는 예감이 들었다. 그때부터 보육원 생활이 시작되었다. 보육원에서 생활하며 숱하게 들었던 말은 '감사하라'였다. 부모 없는 아이들에게 이런 시설을 만들어 안전하게 지낼 수 있게 해준 나라에 감사해야 하고, 연말이면 선물을 들고 보육원을 찾아와 주는 기업의 임직원들에게 감사해야 하며, 심지어 이 모든 것을 누릴 수 있게 해준 신에게 감사해야 한다는 것이었다. 나는 왜 감사해야 하는지 이해할 수 없었다. 하지만 나의 유일한 친구인 은수는 항상 모든 것에 진심으로 감사하는 아이였다. 그래서 보육원의 마스코트라 불리기도 했다. 선거철이 되면 연례행사처럼 잠깐 들러 해마다 지원 약속을 반복하는 정치인들과 나란히 사진을 찍는 것도 은수였고, 유통기한이 임박한 과자 따위를 잔뜩 들고 와서 사진 찍기에 여념이 없는 대기업 임직원과 포옹을 하는 것도 은수였다. 은수는 그때마다 항상 감격한 얼굴로 환하게 웃으며 '감사해요'라는 말이 적힌 예쁜 그림을 그들에게 선물했다. 은수가 선물한 그림은 그들 회사의 사보에 실리거나, 정치인들의 SNS 자료로 요긴하게 쓰였다. 나도 처음 몇 년간은 그들의 방문을 무척 반겼다. 그들에게 처음으로 24색 크레파스를 선물로 받았을 때는 그들이 하늘에서 내려온 천사일 것으로 생각했다. 하지만 한창 명작동화를 읽고 싶었던 아홉 살에도, 생리대가 필요한 열두 살에도, 그들은 줄곧 크레파스를 선물로 주었다. 그들이 주는 음식은 아무리 먹어도 배가 고프고, 그들이 주는 옷은 아무리 껴입어도 추웠다. 그때 깨달았다. 그들에게 필요한 것은 자신이 남들에게 베푸는 것처럼 보이는 것뿐이라는 것을, 정작 남의 마음에는 관심도 없다는 것을…….

그러던 어느 날 그들의 선물 따위 받고 싶지 않아 여기저기 찍어대는 카메라 플래시를 피해 옥상에 올라가 있었다. 돌아가는 그들의 뒷모습이 옥상에서 보였다. 순간 나도 모르게 돌멩이를 집어 그들을 향해 던졌다. 그걸 목격한 보육원 원장은 기겁하여 옥상으로 뛰어 올라왔다. 왜 돌멩이를 던졌냐고 다그치는 원장에게 나는 그들의 표정이 역겹다는 애답지 않은 말을 해서 원장을 또 한 번 놀라게 했다. 그 후로 나는 손님이 방문할 때마다 복도 끝 방에서 혼자 그림을 그리거나 책을 읽어야 했다.

내가 빌라 계단을 올라 3층에 다다랐을 때, 집 앞에 큰 트렁크를 놔둔 채 쪼그리고 앉아 있는 은수가 보였다. 원래도 하얀 얼굴이 더 새하얗게 질린 채 비쩍 마른 몸을 바들바들 떨고 있었다. 은수는 집안에 들이고 벽스위치를 눌러 불을 켜자 시퍼런 은수의 목덜미가 먼저 눈에 들어왔다.

"설마, 남편이 또 그런 거야?"

은수는 대답 대신 고개를 끄덕였다.

"참는다고 고쳐질 게 아니란 거 몰랐어?"

나도 모르게 버럭 소리를 질렀다. 내 목소리가 도화선이 된 듯 은수의 얼굴에서는 물의 압력을 이기지 못해 금이 간 수도관처럼 쉼 없이 눈물이 새어 나왔다. 그런 은수를 안심시키며 침대에 눕혔다. 은수는 작은 짐승처럼 한참을 떨다 잠이 들었다.

나와 은수는 만 열여덟 살이 되자 퇴소지원금 오백만 원을 받고 보육원에서 쫓겨나다시피 나왔다. 퇴소하는 날 보육원 원장은 나라에서 너희들을 위해 최선을 다해 지원하는 것이니 감사히 여기며 열심히 살라고 했다. 그러나 우리에게 퇴소는 뿌리도 내리지 못한 작은 묘목을 찬 바람이 부는 벌판에 홀로 남겨 두는 것이나 마찬가지였다. 도움을 받을 곳도 기댈 곳도 없었다. 사회는 자신의 의무를 모두 완수한 듯 일제히 손을 놓고 돌아보지 않았다. 그렇게 안전장치 없이 보육원을 나온 대부분의 열여덟 살은 변변한 기술도 없이 아르바이트를 전전하다 잘못된 길로 빠지는 일이 허다했다. 다행히 나와 은수는 함께 작은 집을 마련하고 서로 의지하며 힘겨운 삶을 이어갈 수 있었다. 은수는 천성이 유순한 탓인지 미련한 탓인지, 보육원 원장의 말처럼 감사하며 열심히 살았다. 덕분에 틈틈이 시간을 쪼개 바리스타 자격증을 따고 카페에 정규직원으로 일하게 되었다. 반면, 세상에서 의지할 곳 하나 없는 외톨이라는 사실이 견딜 수 없었던 나는 악착같이 엄마를 찾아다녔다. 그렇게 만난 엄마는 속죄라도 하려는 듯 무엇이든 도와주겠다고 약속했다. 남들은 다 가지고 있는, 든든한 보험 같은 부모가 비로소 생긴 것이었다. 그렇게 엄마의 지원 덕분에 일하지 않고 공무원 시험 준비를 할 수 있었다. 공무원이 되고 난 이후, 나는 보육원 친구들과 연락을 끊었다. 힘들게 지운 오래된 얼룩이 다시 묻을 것 같은 생각 때문이었다. 다만 은수에게만은 그럴 수 없었고, 그러면 안 될 것 같았다. 은수는 보육원에서 늘 외톨이였던 내게 손을 내민 유일한 친구였기 때문이었다. 은수는 언제나 나를 먼저 생각했다. 어릴 때는 소꿉놀이를 좋아하면서도 내가 좋아하는 인형 놀이를 함께 했고, 보육원을 나와 함께 지낼 때는 생선을 싫어하는 나 때문에 집에서는 한 번도 생선을 굽지 않았다. 은수는 비단 내게만 그런 것이 아니었다. 모든 사람에게 마음을 다했다. 나는 그런 은수가 타인에게 쓸데없는 인정을 소비하는 것이라고 생각했다. 나는 그렇게 살고 싶지 않았다. 자신과 타인 사이에 적당히 거리를 두었고, 남을 위해 내 마음을 허비하지 않았다. 하지만 은수를 볼 때마다 내가 나쁜 사람인 것 같은 느낌이 들었다. 그것만으로도 은수가 불편했다. 가장 가깝고 친하지만 함께 있으면 있을수록 마음을 불편하게 만드는, 은수는 그런 친구였다.

새벽부터 일어나 따뜻한 밥에 된장찌개를 끓여놓은 은수 덕분에 모처럼 든든하게 아침을 먹고 주민자치센터로 향했다. 은수의 음식솜씨가 여전하다고 생각하면서도 행여나 함께 지내자고 할까 봐 신경이 쓰였다. 주민자치센터에 도착했을 때 컴퓨터 위에 메모지가 하나 붙어 있었다.

－강성재라는 사람 전화 왔었음－

옆자리에 앉은 공익근무요원 기태가 말했다.

"출근하자마자 전화가 왔었어요. 정 주무관님 주소 가르쳐 달라고요. 얼마나 소리를 지르는지 전화기가 터지는 줄 알았다니까요."

은수의 남편이었다. 우리 집에 은수가 있을 것이라고 짐작하고 전화한 모양이었다. 나는 신경질을 내며 은수에게 전화했다.

"은수야. 네 남편이 주민자치센터로 전화를 했대. 우리 집 주소 알려달라고. 여기까지 찾아와서 행패 부리면 어떡할 거야?"

"그, 그래. 미, 미안해. 지금 경찰에 신고할 생각이야. 모아 둔 돈으로 살 집도 마련할게. 정말, 정말 미안해."

전화를 끊고 나자 은수에게 미안한 마음이 들었다. 그렇게 화를 낼 것까지는 없는데, 숨겼던 본심이 드러난 것 같아 얼굴이 화끈거렸다. 나는 은수를 걱정하는 것보다 은수로 인해 내가 입을 피해를 먼저 걱정하고 있었다. 문득 보육원에 찾아와 우리의 처지에 마음이 아프다며 눈물을 짜내던 사진 속 정치인의 모습이 떠올랐다. 그때였다. 주민자치센터 앞에서 한바탕 소란이 일었다. 궁금증을 참지 못하고 밖으로 나갔다. 주민자치센터 앞 주차장 한가운데에 김 할머니가 폐지를 가득 실은 수레를 세워놓은 게 소란의 발단이었다. 주민자치센터에 들른 민원인은 주차할 공간이 없자 김 할머니에게 수레를 옆으로 치우라고 했고, 김 할머니는 그럴 수 없다며 떼를 쓰고 있었다. 나는 행여나 김 할머니와 눈이라도 마주치면 날 붙잡고 생떼를 쓸 것 같아 얼른 자리로 돌아갔다. 결국엔 박 계장이 나서서 김 할머니의 수레를 주민자치센터 잔디밭으로 옮긴 후에야 소란이 멈췄다. 김 할머니는 주민자치센터에 들어오자마자 내게 다가왔다.

"알아봤어? 어떻게 됐어? 수급자 해준데?"

눈빛에 기대를 가득 담은 김 할머니가 고분고분 물었다. 나는 다시 알아보지도 않았다. 아니, 알아볼 생각도 없었다. 나는 내 일만 하면 그만 아닌가. 나는 김 할머니가 알아들을 수 없는 복잡한 말로 소득 인정 조건을 들먹였고, 법적인 부양의무자가 있어서 안 된다는 말로 쐐기를 박았다. 김 할머니는 고개를 절레절레 저으며, 그러니까 왜 안되느냐며 똑같은 말만 반복했다. 나는 그런 김 할머니의 태도에 그만 화가 치밀어올랐다.

"할머님 아드님 있으시잖아요, 아드님은 연 소득이 자그마치 오천만 원이 넘어요. 그러니까 주민자치센터에 와서 이러지 마시고 아드님한테 생활비를 달라고 하세요."

그런데 웬일일까. 이전의 김 할머니라면 고래고래 소리를 지르며 따질 게 분명한데 그러지 않았다. 김 할머니는 아들이라는 말에 움찔하더니, 어느새 흰자위가 벌겋게 변하기 시작했다. 그리고는 무슨 말을 꺼내려는 듯 마른 입술을 몇 번 축이다가 이내 풀이 죽은 채 돌아갔다. 문을 나가는 김 할머니의 굽은 허리가 오늘따라 더 접혀 있는 것 같아서 마음이 조금 불편했지만, 그런 것까지 마음에 담기엔 오늘 하루에 처리해야 할 일이 너무 많았다. 박 계장이 김 할머니의 수레를 큰 네거리까지 밀어주고 주민자치센터로 들어왔다. 그러자 아까부터 박 계장을 찾고 있던 이 계장이 신경질을 내며 주민자치회 물품이나 빨리 기안하라고 다그쳤다. 박 계장은 잔뜩 기가 죽어 알겠다고 하고는 슬며시 내게 다가와 말을 걸었다.

"김 할머니 말이야, 혹시 말하기 힘든 사정이 있는지 내가 한번 알아볼까?"

뭐라고 말을 해야 할지 몰라 우물쭈물하는 사이, 이 계장이 박계장을 노려보며 대답을 가로챘다.

"김 할머니 찾아와 앓는 소리 하는 거 한두 번도 아니잖아요. 우리가 무슨 성직자도 아니고, 자치센터 찾아오는 민원인들 사정 일일이 신경 쓴다고 월급을 더 받기라도 해요? 쓸데없는 인정이나 베푸느라 시간 낭비하지 마시고 계장님 일이나 빨리 끝내주세요. 그래야 저도 일찍 퇴근하죠."

이 계장의 퉁에 무안해진 박 계장이 할 말이라도 있는 듯 우물거리다 아무도 들을 수 없을 만큼 작은 소리로 혼잣말을 했다.

"그래도 김 할머니가 무슨 사연이 있는 게 아닐까 싶어서……."

그런 박 계장을 보며 이 계장이 내게 다가와 귀에 대고 속삭였다.

"박 계장 저러는 거 신경 쓰지 말아요. 저렇게 챙기는 게 어디 김 할머니뿐이야? 우리조차 외면하면 저런 사람들 사정은 누가 들어주냐며 저렇게 지극정성으로 챙긴다니까."

박 계장의 뒷모습을 물끄러미 바라보았다. 미련스러워 보인다는 생각을 하면서도 왠지 모를 온기가 느껴졌다.

퇴근하고 집으로 들어가자 삼겹살에 상추까지 푸짐하게 차려 놓고 은수가 나를 기다리고 있었다. 은수는 구운 삼겹살을 잘라 내 밥 위에 얹어주며 잇몸이 다 드러날 정도로 환하게 웃으며 말했다.

"경찰에 가정폭력으로 신고도 했고, 접근금지 가처분신청인가 그것도 했어. 게다가 경찰이 당분간은 이 주변에 순찰도 자주 다 닐 테니까 안심하라고 했어. 얼마나 감사한지 모르겠어. 오늘은 정말 잠이 잘 올 것 같아."

우리는 오래간만에 어린아이처럼 깔깔대며 수다를 떨었다. 그냥 잠들기가 아쉬웠던 은수가 맥주를 좀 사 오겠다며 밖으로 나갔다. 나는 맥주와 함께 먹기 위해 냉동실에 있던 만두를 꺼냈다. 기름을 부은 프라이팬에 만두를 넣고 뚜껑을 덮자 프라이팬 속의 만두는 전쟁이라도 일어난 듯 탕탕, 총소리를 내며 익어갔다. 노릇하게 잘 익은 만두를 체크 무늬 쟁반에 예쁘게 담는 중이었다. 갑자기 요란한 앰뷸런스 소리가 들렸다. 나는 불길한 예감에 밖으로 뛰쳐나갔다. 빌라 앞 공터에서 은수가 들것에 실려 앰뷸런스에 오르고 있었다. 경찰의 얘기로는 지나가던 행인이 어떤 남자에게 맞고 있는 은수를 보고 112에 신고했다는 것이었다. 나는 서둘러 은수가 있는 병원으로 향했다. 은수는 퉁퉁 부어 일그러진 얼굴로 팔에 깁스를 하고 누워있었다. 처참한 몰골로 누워있는 은수를 보며 과거 은수의 결혼을 막지 못했던 게 원망스러웠다.

은수는 자신이 일하던 카페의 사장과 결혼을 했다. 사장은 이미 두 번의 이혼 경력이 있었고, 술을 마시면 가끔 폭력적으로 변한다는 사실을 은수도 이미 알고 있었다. 나는 그런 은수를 말려보기도 했지만, 은수는 두 번이나 버림받은 사장을 자신도 버리고 싶지 않다며 굳이 그를 택했다. 어쩌면 내가 더 격렬하게, 아니 더 간절하게 말렸다면 결혼하지 않았을지도 몰랐다. 하지만 거기까지였다. 나는 친구로서 할 수 있는 최선을 다했다고 스스로 정당화하며 은수가 불행을 향해 걸어가는 것을 알면서도 더는 나서지 않았다.

병원에서 퇴원한 지 한 달쯤 지나자, 은수는 얼굴의 멍 자국이 옅어지듯 끔찍했던 그 날 밤의 일도 점점 잊어갔다. 예전의 웃음을 조금씩 되찾기 시작했고, 새로운 카페에 취직도 했다. 나는 퇴근하자마자 은수가 새로 취직한 카페로 향했다. 은수가 살 집을 함께 알아보기 위해서였다. 내가 카페에 들어서자 은수는 환하게 웃으며 잠시만 기다리라고 손짓했다. 마침 중년의 여자 손님이 들어온 까닭이었다. 다양한 커피 종류 앞에서 무엇을 주문해야 할지 몰라 주저하는 손님에게 은수는 메뉴판의 커피를 하나하나 가리키며 설명하기 시작했다. 커피의 원산지에 대한 설명부터 손님이 즐길만한 커피를 추천하기까지, 지나치리만큼 친절하고 차분하게 설명을 이어갔다. 손님은 만족스러운 표정을 지으며 은수가 추천하는 커피를 받아들고 돌아갔다. 지원은 겨우 커피 한 잔을 팔기 위해 저렇게까지 상세하게 설명할 필요가 있냐고 생각하면서도 은수에게는 아무 내색도 하지 않았다. 은수와 함께 차에 오르며 말했다.

"와, 이 차야? 너무 멋있다."

"그렇지? 이 차가 소형차 중에서 가장 튼튼한 모델이래. 게다가 에어백도 전 좌석에 장착이 되어 있어. 왠지 든든하지?"

"맞아. 든든하네. 그리고 보니 나도 에어백 같은 거 생겼어."

"에어백 같은 거?"

은수가 방긋 웃으며 손목을 내밀었다.

"이거 보여? 위치추적기야. 내가 무슨 일이 생기면 이 위치추적기를 보고 경찰이 오 분 내로 달려온대. 이걸 차고 있으니까 안심이 되는 거 있지."

우리는 서로 마주 보며 환하게 웃었다. 차가 출발한 지 얼마 되지 않았는데 앞차들이 하나둘 속도를 줄이기 시작했다. 뒤이어 여기저기서 빵빵거리는 경음기 소리가 들렸다. 차창을 내리고 옆을 보자 폐지를 잔뜩 실은 수레가 도로 한복판에 세워져 있었다. 그 와중에 굽은 허리로 나뒹구는 박스를 줍고 있는 노인이 보였다. 김 할머니였다. 차들은 신경질적으로 빵빵거렸고, 간혹 창문을 열어 욕설을 뱉어내는 사람도 있었다. 그러나 김 할머니는 아랑곳하지 않고 오리처럼 기우뚱거리며 느릿느릿 도로 한복판을 걸어 다녔다. 시선을 바닥에 고정한 채 한 손으로 굽은 허리를 받치고 다른 한 손으로는 도로 가운데 떨어진 종이를 주우며…….

경음기 소리도 먹히지 않는다고 생각한 차들이 하나둘 깜빡이를 켜고 다른 차선으로 넘어갔다. 나도 다른 차를 따라 차선을 바꾸며 창밖의 김 할머니를 보았다. 가로수들마저도 칼바람에 거적옷을 입고 있는데, 김 할머니는 보풀이 일어난 얇은 외투 하나만 걸치고 있었다. 차를 몰고 가는 내내 김 할머니의 모습이 떠올라, 눈에 날아 들어온 티끌처럼 나를 불편하게 했다.

나는 이불이 침대 바닥에 떨어져 있는 줄도 모른 채 기절한 듯 잠들어 있었다. 그런 나를 깨운 것은 핸드폰 알림음이었다. 반쯤 감은 눈으로 핸드폰을 확인하자, 핸드폰 창에는 '박 계장 아들 돌잔치 11시'라고 적혀 있었다. 돌잔치까지 한 시간도 채 남지 않았다는 사실에 깜짝 놀라 벌떡 일어났다. 겨우 세수를 하고 화장도 하지 못한 채 머리에 헤어 롤을 말고 차에 올라 시동을 걸었다.

차는 막 깨어나 투정 부리는 아이처럼 앙— 소리를 냈다. 급하게 내비게이션에 목적지를 검색하고 출발하던 참이었다. 은수로부터 전화가 왔다.

"지원아. 나 좀 무서워. 왠지 남편이 근처에서 보고 있는 것 같아. 어떡하지? 좀 와줄 수 있어?"

"최근에는 연락도 안 했다면서? 네가 너무 예민한 거 아니야? 정 불안하면 경찰에 전화해서 순찰 좀 와달라고 해. 난 지금 약속이 있어서 곤란해."

"아, 미안해. 내가 너무 귀찮게 했지? 그, 그런데……."

"뭐라고? 잘 안 들려. 하여튼 지금 운전 중이거든. 나중에 다시 걸게."

은수가 무슨 말을 하려는 것인지 잘 들리지도 않았지만, 굳이 다시 통화할 것까지는 없다고 판단했다. 은수에게 잠깐 들를까 생각을 하긴 했지만, 그랬다간 돌잔치에 늦을 게 분명했다. 삼십여 분 차를 몰자 목적지에 도착했다는 내비게이션의 안내가 나왔다. 장소는 돌잔치 전문 뷔페였다. 곧바로 함께 일하는 동료들이 있는 테이블로 향했다. 뒤이어 사회자의 안내와 함께 화려한 분홍빛 개량 한복을 맞춰 입은 박 계장의 가족이 홀 가운데를 가로질러 입장했다. 사람들은 그들을 향해 손뼉을 쳐 줬고, 엄마 품에 안겨 있던 아기가 놀라서 앵, 하고 울음을 터뜨렸다. 사람들은 그 모습이 귀엽다며 더 크게 손뼉을 쳤다. 돌잔치는 주인공인 아기의 일 년을 보여주는 영상으로 시작되었다. 그 영상을 보던 박 계장의 아내가 한복 소매로 눈물을 닦았다. 그런 아내를 살포시 안아주는 박 계장의 어깨도 미세하게 들썩였다. 문득 박 계장을 꼭 닮은 아이라면 얼마나 따뜻한 마음을 가진 사람으로 자랄까 생각했다. 그러다 사진으로만 남아있던 자신의 돌잔치를 생각했다. 엄마도 저렇게 눈물을 훔쳤을까? 문득 엄마를 만난 때를 떠올렸다. 엄마가 나를 보자 가장 처음 한 말은 '어쩔 수 없었어.'였다. 그다음은 '보고 싶었다'였고, 그리고 그다음은 '사랑한다'는 말이었다. 하지만 내게는 이상하게도 그 소리가 자꾸만 '사랑합니다, 고객님'이라고 말하던 콜센터 직원의 일상적 단어처럼 느껴졌다. 커피숍에서 마주 앉아 엄마와 얘기를 하고 있는데, 때마침 엄마의 핸드폰 벨이 울렸다. 엄마는 나의 눈치를 살피며 급히 전화를 받았다. 전화기 액정에는 '사랑하는 딸'이라고 적혀 있었다. 엄마는 밖에서 사 먹지 말고 차려놓은 밥을 꼭 챙겨 먹고 학원에 가라고 말했고, 아침에 생리통이 심했는데 지금은 좀 괜찮으냐고도 물었다. 그리고 학원 마칠 때쯤 데리러 간다는 말로 통화를 끝냈다. 전화기 너머의 딸의 귀찮은 듯 '네, 네'하는 대답만 어렴풋이 들렸다. 그런 모습을 보며 엄마의 '사랑한다'는 말이 왜 낯설게 느껴졌는지 비로소 그 이유를 알 것 같았다. 문득 찬바람이 옷 사이로 스며드는 것 같았다. 점퍼의 지퍼를 끝까지 올렸지만, 한기는 가시지 않았다.

아이의 영상을 보면서 눈물을 훔치는 박 계장의 아내처럼 나도 모성애라는 이름의 사랑을 받아보고 싶었다. 명절이면 나눠주는 흔한 선물세트처럼 허울뿐인 사랑이 아닌……. 하지만 엄마에게 사랑을 요구할수록 결국 사랑을 가장한 선물세트만 받게 될 것이라는 사실을 그때 깨달았다. 엄마로부터 경제적인 지원을 약속받았지만 정작 받고 싶은 것은 받을 수 없다는 생각에 가슴이 서늘해졌다.

둥근 테이블에 둘러앉은 지원과 주민자치센터 직원들은 식사를 끝내고 커피를 마시거나 디저트로 조각 케이크나 쿠키를 먹고 있었다. 문득 식당의 소음도 집어삼킬 듯 핸드폰이 질기고도 시끄럽게 계속 울려댔다. 처음 본 번호였다. 전화를 받자 낯선 남자의 사무적인 목소리가 이어졌다.

"북부경찰서 강철민 형사입니다. 신은수 씨 아시죠? 최근에 통화한 기록을 보고 전화 드렸습니다."

남자의 목소리를 듣는 순간, 심장이 먼저 반응하기 시작했다. 우리에서 도망친 경주마처럼 날뛰었다. 그는 은수의 신변에 문제가 있으니 병원으로 와달라고 했다. 나는 성급히 자리에서 일어나 급히 병원으로 달려갔다. 병원에서 나는 안치실에 누워있는 은수와 마주했다. 형사는 가해자인 은수의 남편을 이미 체포했으며, 내게 그와 관련된 몇 가지 사실만 확인하고 돌려보내 주겠다고 했다. 나는 형사의 팔을 거칠게 잡아당기며 소리를 질렀다.

"경찰은 뭐한 거예요? 위치추적기인가 그거 있다고 얼마나 안심했는데……. 애가 이렇게 죽어가는 동안 뭐한 거냐고요?"

형사는 아무런 표정의 변화도 없이 기다렸다는 듯 대답했다.

"경찰에서는 고인의 요청에 따라 순찰을 강화했고, 시시티브이도 이미 집 앞에 설치해 놓았습니다. 위치추적기를 확인하고 찾아갔을 땐 이미 사건이 벌어진 후였습니다. 유감입니다만, 저희는 할 수 있는 최선을, 다 했습니다."

"최선? 최선이라고 하셨어요? 그래요, 최선을 다했겠죠. 당신들이 말하는 최선이 어떤 것인지 아주 잘 알아요, 제가 말이죠. 제가……."

나는 더 이상 말을 잇지 못했다. 아니, 할 수가 없었다. 형사의 눈빛이 '너는?'이라고 말하는 것 같았기 때문이었다.

차를 몰고 집으로 돌아가는 내내 입을 꼭 다물고 누워있던 은수의 창백한 얼굴이 떠올랐다. 웃음이 너무 헤프다고 타박을 받으면서도 입가로 새어 나오는 웃음을 막지 못하던 친구. 은수에게서 걸려온 마지막 통화에서 전화기 너머 은수의 떨림을 분명히 느끼고 있었다. 그 떨림의 이유에 대해 조금만 더 알아보려고 할 수도 있었을 텐데. 아니, 은수의 집을 향해 차를 돌렸어야 했는데…….

그 바보 같은 웃음을 다시 볼 수 없게 된 건 모두 나 때문이었다. 은수에 대한 죄책감이 발끝부터 조금씩 차올라 결국엔 눈물로 터져 나왔다. 눈물은 끝도 없이 콸콸 쏟아져 나왔다. 옷소매로 닦아 보았지만, 소용이 없었다. 자동차 앞 유리창이 일렁였다. 와이퍼로 닦아도 닦이지 않았다. 어렴풋이 도로가 건물의 '가족처럼 노인요양원'이라든가 '사랑으로 가르치는 학원'이라는 간판이 흐릿하게 반짝였다. 때마침 네거리의 신호등이 막 노란 불에서 빨간 불로 바뀌고 있었다. 순간 왼쪽에서 은빛 차량 한 대가 나를 향해 돌진했다. 눈앞이 아득해졌다. 눈물이 온 세상을 집어삼키는 것 같았다. 온몸이 심연으로 가라앉는 느낌이 들었다. 그러다 모든 것이 사라졌고, 이내 캄캄해졌다.

눈을 떴을 때, 눈앞에는 형광등 불빛과 심장 모니터에서 들려오는 규칙적인 소리만이 들렸다. 초록 가운에 마스크를 한 간호사가 시야에 조금씩 나타나기 시작한 것은 그다음이었다.

"정지원 씨, 저 보이세요?"

나는 보름 만에 깨어났다고 했다. 의사는 처음 내가 병원에 실려 왔을 때의 상황을 설명해 주었다. 외상은 심각하지 않았으나 심장이 멈춰 몇 번의 심폐소생술로 간신히 위기를 넘겼다고 했다. 그때의 긴박했던 상황을 설명하듯 몸을 조금만 움직여도 부러진 갈비뼈에서 통증이 느껴졌다. 의사는 심장이 멈췄던 까닭이 에어백에 의한 가슴 압박이라고 했다. 나의 생명을 지켜주기 위해 장착된 에어백이 나를 죽음으로 몰고 갈 뻔한 가장 큰 원인이었다니……. 할 수만 있다면 에어백에게 책임을 묻고 싶었다. 하지만 돌아올 대답은 뻔했다. 사고의 순간 자신의 역할에 최선을 다해서 부풀었을 뿐이라고 말할 것이다. 최선이라는 그 말이 얼마나 무의미한 단어인지 나는 너무도 잘 알고 있었다. 나는 희미한 목소리로 겨우 입을 뗐다. 하지만 그 소리는 밖으로 새어 나오지 못한 채 산소호흡기 안에서 뿌연 김만 서렸다 사라지기를 반복했다.

"뭐라고요, 정지원 씨? 방금 뭐라고 말씀하셨어요?"

의사가 다그치듯 물었다. 그러나 나는 여전히 의사의 귀에 들리지 않을 작은 소리로 속삭였다.

"추워요, 너무 추워요."

피규어

명품 니트에 클러치 백을 옆구리에 낀 성재가 구둣발을 딱딱거리며 현관에서 나를 재촉했다. 오늘 왠지 마음에 드는 여자를 건질 것 같다고 말했는데, 그 목소리가 유난히 들떠 있었다. 성재의 성화에 못 이겨 가죽 재킷을 집어 들고 뒤따라 나섰다. 제멋대로 벗어둔 신발을 견디지 못해 신발코가 앞으로 향하게 일렬로 정리했다. 현관문을 나서는데 옆집 여자와 눈이 마주쳤다. 여자는 귀와 꼬리를 분홍빛으로 물들인 하얀 강아지를 품에 안고 있었다. 여자는 치아에 묻은 빨간 립스틱 자국이 보일 정도로 환하게 웃으며 우리에게 인사했다. 뒤이어 강아지의 얼굴을 쥐고 우리를 향하도록 돌리며 말했다.

"쫑아, 인사하렴. 옆집 사는 오빠들이야."

성재와 나는 개에게 인사를 건네야 하는 건지 잠시 망설였다.

그 사이 여자의 품에 있던 쫑이가 신발 신은 발을 버둥거리며 낑 낑거렸다.

"우리 쫑이 배고파? 얼른 가서 맛있는 간식 먹자."

여자가 집으로 들어가자, 성재가 문 닫힌 옆집을 향해 키득거리며 말했다.

"봤냐? 쫑인지 뭔지 버둥거리는 발에 신겨놓은 보석 박힌 신발. 그거 신고 산책한다면 기분 더러울 것 같지 않냐? 땅 한번 못 밟아보고."

"그나저나 강아지가 밤마다 낑낑거리는 건 아는지 몰라."

내가 말을 덧붙이자, 성재가 혀를 차며 말했다.

"그러게 말이야, 나라면 불쌍해서라도 안 키우겠다."

금요일 밤 클럽은 입구부터 긴 줄이 늘어설 정도로 붐볐다. 클럽 안으로 들어서자 귀청을 파고드는 뾰족한 전자음에 맞춰 사람들이 몸을 흔들고 있었다. 땀구멍조차 모두 막아버릴 듯 몸에 딱 달라붙는 줄무늬 원피스를 입은 여자. 가느다란 다리가 힘겹게 지탱하고 있는 커다란 엉덩이를 좌우로 흔드는 여자. 기다란 봉을 붙잡고 똬리를 트는 뱀처럼 몸을 말고 있는 여자. 그리고 먹잇감을 찾는 독수리처럼 여자들을 응시하는 남자, 초점 없는 눈빛으로 바람에 흔들리는 버드나무처럼 흐느적거리는 남자. 그들은 마치 서로 자신을 선택해달라고 아우성치는 진열대 위의 상품 같았다. 성재는 가격표가 어디에 붙어있나 찾는 손님처럼 여자들의 몸을 구석구석 훑으며 돌아다녔다. 나는 번쩍이는 미러볼처럼 들뜬 성재와는 달리 심드렁하게 앉아 접시 위에 놓인 커피콩만 깨지락거렸다. 얼마 지나지 않아 얼굴이 벌겋게 상기된 성재가 내게 다가와 옆 테이블을 가리키며 말했다.

"난 저 여자들이랑 합석할 건데, 같이 가자. 옆에 앉은 친구 좀 맡아줘. 그래야 내가 저 글래머랑 잘해볼 것 아니야?"

"아니야, 난 먼저 들어갈게. 들러리 노릇 할 기분이 아니라서."

성재는 붙잡아도 소용없는 것을 아는지, 이내 고개를 끄덕이며 술잔을 들고 여자의 일행이 있는 테이블로 향했다. 이윽고 함께 술을 마시는가 싶더니 여자의 손을 잡고 스테이지로 올라갔다. 미러볼 그림자는 그들의 몸을 도화지 삼아 요란한 색을 그렸다. 여자와 성재는 서로의 가슴을 밀착시킨 채 연체동물처럼 흐느적거리기 시작했다. 음악은 이내 클라이맥스에 이르렀다. 그녀의 허리를 안은 성재의 손도 덩달아 미끄러지듯 엉덩이를 향해 내려가기 시작했다. 이 공간에 어울리지 않는 것은 나 혼자뿐인 듯 여겨졌다. 내 마음은 멋대로 부유하는 먼지처럼 좀체 가라앉지 않았다. 그것은 시끄러운 음악 때문도, 흥에 겨워 소리를 질러대는 사람들 때문도 아니었다. 머릿속은 온통 그녀의 잔상으로 가득했다. 테이블 위 늘어나는 맥주병의 개수와 상관없이 정신은 되레 또렷해져 갔다. 결국 성재를 버려둔 채 클럽을 나왔다. 내 발걸음은 당연하다는 듯 회사 앞 삼겹살집으로 향했다. 시계는 막 11시를 넘어가고 있었다.

그녀를 처음 본 것은 동료들과 소주 한잔을 하기 위해 들어간 고깃집이었다. 그녀는 빨간 앞치마를 두른 채 주문을 받기 위해 우리 테이블로 왔다. 동료는 젊고 이쁜 아가씨가 들어와서 장사가 잘되겠다며 시답잖은 농담을 걸었다. 그녀는 아무 대꾸도 없이 테이블을 떠났다. 한참 통화를 하던 중이어서 그녀를 보지 못했던 나는, 밑반찬을 가지고 오는 그녀를 그제야 쳐다보게 되었다. 순간 영화처럼 온 세상이 정지했다. 슬로비디오처럼 그녀만이 천천히 나를 향해 다가왔다. 그녀의 뒤로 삼겹살 굽는 연기가 자욱하게 깔리며 덩달아 신비스러운 기운까지 느껴졌다. 마르고 작은 키의 그녀가 무표정한 얼굴로 반찬을 하나씩 내려놓기 시작했다. 그녀가 고개를 숙이자 가느다란 목선과 쇄골뼈가 보였으며, 우유처럼 새하얀 가슴골이 드러났다. 그녀가 쟁반을 옆에 끼고 질끈 묶은 갈색 머리를 찰랑거리며 뒤돌아 걸어가는 순간, 계절에 어울리지 않는 빗줄기가 두둑, 둑 유리창을 두드렸다. 덩달아 그녀가 빗줄기처럼 내 마음속으로 떨어졌다.

내가 식당 앞으로 갔을 때, 식당은 이미 문을 닫은 후였다. 그녀는 텅 빈 식당에서 대걸레를 들고 바닥을 닦고 있었다. 당장이라도 다가가 그녀 대신 걸레질을 하고 쓰레기봉투를 버려주고 싶었다. 얼마 후 그녀는 땀을 닦으며 빨간 앞치마를 카운터에 가지런히 벗어두고 식당을 나왔다. 버스정류장에서 그녀와 일 미터 정도의 거리를 둔 채 그녀의 옆모습을 쳐다보고 있었다. 그녀는 내 눈빛을 의식했는지 힐끔거리다가 버스가 오자 서둘러 올라탔다. 막차인 까닭에 버스 안은 만원이었다. 사람들 틈에서 그녀를 찾으려 애썼지만, 버스는 나의 간절함과 무관하게 서둘러 출발해버렸다. 나는 취기 때문인지 그녀에 대한 감정 때문인지 한동안 혼란스러운 마음을 주체하지 못한 채 멍하니 서 있다가 오피스텔로 돌아왔다. 그런데 웬일일까. 방에는 오늘 밤 들어오지 않을 것 같았던 성재가 혼자 맥주 캔을 홀짝이며 잔뜩 독이 오른 코뿔소처럼 씩씩거리고 있었다.

"오늘 분위기 완전 좋았는데, 갑자기 그 계집애가 막 순진한 척하면서 빼는 거야. 씨발!"

성재는 애꿎은 맥주 캔을 찌그러뜨리며 괜히 돈만 썼다며 툴툴거리다가 대뜸 내게 물었다.

"넌 뭐하다가 이제 들어온 거야?"

"응. 그 여자가 일하는 식당에."

"번호 땄어?"

"아니, 그냥 보다가 왔어."

"야! 남자란 놈이 찌질하게 그게 뭐냐? 내일 토요일이니까 나랑 같이 가자."

성재는 헌팅의 실패를 벌써 잊은 듯 목젖을 꿀렁이며 맥주를 들이켰다. 그리고 책상 위에 올려둔 만화 여주인공 캐릭터인 나미 피규어를 빤히 쳐다보다가 짓궂은 표정으로 나미의 가슴을 만지작거렸다. 내 표정이 순간 일그러졌다. 성재는 머리를 긁적이며 피규어를 내려놓고 새 맥주 캔을 따서 내게 내밀었다. 성재와는 고등학교 때부터 함께 어울렸다. 나는 남들이 나의 공간을 휘젓고 다니는 것을 극도로 싫어했는데, 뻔질나게 우리 집을 드나들면서도 절대로 나를 화나게 하지 않는 걸 보면 눈치 하나는 타고난 애였다. 나는 맥주 캔을 내려놓고, 피규어를 손이 닿지 않는 장식장 꼭대기 칸에 옮겨놓았다. 머쓱해진 성재가 냉장고에서 안줏거리를 꺼내오겠다고 일어났다. 그때였다. 낑낑대는 소리와 불규칙적으로 벽을 긁어대는 날카로운 소리가 들렸다.

"또 시작됐네, 옆집 강아지."

"그러게 말이야. 오늘도 여자는 안 들어올 건가? 그러면 강아지는 밤새 저러고 있겠지. 구슬프게, 낑낑거리며."

옆집 여자는 밤에 집을 비우는 일이 많았다. 어떤 때는 이틀이고 사흘이고 집에 들어오지 않는 날도 있었다. 그럴 때마다 강아지는 목이 쉬어 더는 나오지 않을 때까지 구슬프게 울었고, 우리는 낑낑대는 강아지 소리 때문에 밤새 잠을 설쳐야 했다. 오늘도 편히 잠들기 힘든 밤이 될 것 같았다.

주말 저녁 뿌연 연기 가득한 식당 한구석에 성재와 둘이서 삼겹살을 사이에 두고 앉았다. 삼겹살이 맛깔스러운 소리를 뱉으며 노릇하게 익기 시작했다. 성재는 여기 온 이유를 상실한 듯 허겁지겁 입에 집어넣었다. 반면 나의 시선은 그녀를 향해 고정되어 있었다. 성재는 삼겹살이라도 뒤집으라며 내게 집게와 가위를 내밀었다. 나는 눈으로 그녀를 쫓으며 어색하게 삼겹살을 자르다 옆 테이블에서 밥을 볶아주고 있는 그녀와 눈이 마주쳤다. 그녀는 얼른 고개를 숙였다. 숯불 때문인지 그녀의 볼이 붉게 물들어 있었다. 나는 갑자기 마음이 급해졌다. 집게를 들어 불판 위에 흩어져 있는 삼겹살을 모조리 집어 성재의 앞 접시에 올렸다. 성재는 입안 가득 상추쌈을 넣은 채 내 얼굴과 접시 위 삼겹살 무더기를 번갈아 쳐다봤다. 나는 아랑곳하지 않고 성급하게 손을 흔들며 볶음밥을 주문했다. 성재는 그제야 알겠다는 듯 씨익 웃었다. 나는 그녀가 어서 우리 테이블에 와 주기를 고대하며 연신 무릎에 손을 비비며 땀을 닦고 있었다. 잠시 뒤 운명처럼 그녀가 테이블로 다가왔다. 그녀가 밥을 볶는 사이 아르바이트 끝나는 시간에 밖에서 기다리겠다는 메모와 연락처를 적어 그녀의 빨간 앞치마 주머니에 넣었다. 그녀의 갈색 눈동자가 당황한 듯 흔들리자 속눈썹이 나풀거렸다. 그녀의 볼이 다시금 발갛게 물들어갔다.

　　식당을 나와 피시방에서 두어 시간을 보낸 나는 성재를 집으로 돌려보내고 그녀를 기다렸다. 곧이어 식당 문이 닫히고 그녀가 밖으로 나왔다. 그녀에게 다가가자, 그녀는 수줍은 듯 고개를 숙였다. 그녀에게 집까지 데려다주겠다며 차 문을 열었다. 그녀가 당황하며 손을 내저었지만, 나는 괜찮다며 슬며시 허리를 밀어 차에 태웠다. 한적한 공원 주차장에 차를 세운 나는, 그녀를 향한 내 마음을 표현했다. 그녀는 정숙한 학생처럼 무릎 위에 손을 가지런히 올려놓은 채 조용히 듣고 있었다. 짧게 손톱을 깎은 조그마한 손도 마음에 쏙 들었다. 이윽고 나의 얘기가 멈추고 차 안이 적막으로 휩싸이자, 나지막한 그녀의 숨소리가 귀에 들어왔다. 내 맥박은 규칙성을 잃고 방망이질하기 시작했다. 그녀에게 들킬까 봐 얼른 차에서 내려 캔 커피 두 개를 사 왔다. 캔 뚜껑을 따서 그녀에게 내밀자, 그녀가 차가운 커피 캔에 입술을 가져다 댔다. 순간 나는 커피에게 입술을 뺏긴 것 같은 질투심을 견디지 못하고 그녀에게 입을 맞추었다. 그녀의 입술에 남은 달짝지근한 커피 향도, 심지어 머리칼에 배어 있는 삼겹살 냄새까지도 사랑스러웠다. 달아오른 마음을 진정시키려 창문을 열었다. 구름에 가려 보일 듯 말 듯한 초승달은 시스루를 입은 여인처럼 나를 더욱 달뜨게 했다. 다시 한번 그녀에게 입술을 가져가자 그녀가 고개를 돌렸다.

"미안해요. 너무 좋아서 그만⋯⋯."

그녀는 발개진 얼굴로 고개만 푹 숙일 뿐 아무 말도 하지 않았다. 그런 그녀를 집에 데려다주고 돌아왔다. 성재는 궁금해 미치겠다는 표정으로 신발도 벗지 않은 나를 붙잡고 물었다. 차 안에서의 첫 키스 얘기를 꺼내자 게임에 승리한 사람처럼 내 손을 번쩍 들어 환호했다. 그리고 이번 여름휴가에 함께 2박 3일 여행을 가려면 자기도 빨리 여자 친구를 만들어야겠다며 설레발을 떨었다. 나는 잠자리에 누워 그녀에게 메시지를 보내고, 그녀의 전화번호를 '나의 나미'라고 저장해두었다. 그때였다. 옆집에서 또 낑낑대는 강아지 소리가 들렸다. 잠시 뒤 '퍽'하는 둔탁한 소리가 나더니, 날카로운 강아지의 비명과 함께 숨넘어갈 듯 헐떡이는 소리가 이어졌다.

"아주 강아지를 패 죽이는구먼. 저 여자 요즘 기분 나쁜 일 있나 봐."

성재가 아무렇지도 않은 듯 말을 내뱉더니 이불을 머리끝까지 뒤집어썼다. 얼마 지나지 않아 우렁차게 코를 골기 시작했다. 나는 벽 너머 들리는 강아지의 비명과 그녀를 향한 설레는 감정이 혼재되어 잠이 오지 않았다. 이대로 잠이 들기를 바라는 건 무리인 듯했다. 하얀 면장갑을 끼고 잘 개어 놓은 극세사 행주를 들고 장식장으로 다가갔다. 유리문을 열어 피규어를 닦기 시작했다. 먼저 백오십만 원을 주고 산 스타워즈 우주선을 시작으로 마블 히어로 시리즈, 드래곤볼의 손오공과 배지터를 닦았다. 다음으로 원피스 주인공인 루피와 에이스를 닦고, 마지막으로 나의 나미를 꺼냈다. 의식을 치르듯 부드럽게 어루만졌다. 행여나 흠집이라도 생길까 봐 내 손놀림은 세밀화를 그리는 화가처럼 정밀했다. 다 닦은 나미를 장식장의 가장 꼭대기에 올려놓았다. 마지막으로 피규어들이 잘 정렬되어 있는지 확인했다. 조금이라도 비뚤어진 것은 다시 꺼내 줄을 맞췄다. 유리 장식장 문을 닫은 뒤 세정제로 유리를 닦는 것도 잊지 않았다. 마지막으로 이리저리 비춰보며 손자국 하나 남지 않은 것을 확인한 후에야 잠자리에 들었다.

그녀는 말이 없고 수줍음이 많았다. 함께 볼 영화를 고를 때나, 식사 메뉴를 정할 때조차 내 의견을 따랐다. 주로 먼저 말을 하기보다는 가만히 듣는 편이었다. 그녀의 어머니는 그녀를 데리고 지금의 아버지와 재혼을 했다. 그녀의 어머니는 자신의 결혼생활에 자식이 걸림돌이 되지 않도록 그녀에게 착한 딸이 될 것을 강요했다. 아버지 말씀에 고분고분해야 하며, 행여나 목소리를 높이면 오히려 여성스럽지 못하다며 꾸짖었다고 했다. 그런 부모님에게서 배운 탓일까? 그녀는 순종하는 게 어느새 몸에 밴 사람 같았다. 나는 그런 그녀에게 깊이 빠져들었다. 내가 입으라는 옷을 입고, 내가 고른 영화를 보며, 조용히 내 말을 듣고 있는 그녀가 사랑스러웠다. 하루라도 그녀를 보지 못하면 견딜 수 없었다. 연말이라 회계 마무리를 위해 할 일이 산더미일 때도 그녀의 아르바이트가 끝날 무렵엔 어김없이 식당 앞에서 기다렸다. 그녀가 조금 부담스럽다고 했으나, 나는 내가 좋아서 하는 일이니까 신경 쓰지 말라고 했다.

그녀에게 줄 새 운동화를 사 들고 아르바이트가 끝나기를 기다리던 날이었다. 그녀가 뒤축이 닳은 자신의 운동화와 내 손에 있는 새 운동화를 번갈아 보다가 고맙다며 눈시울을 붉혔다. 그녀는 어릴 때부터 의붓동생들을 돌봐야 했다. 행여나 동생들이 아프거나 다치면 부모님은 그녀를 꾸짖었다. 가족들은 그녀의 희생을 당연한 듯 여겼다. 그녀는 결국 가족들을 위해 사용되는 소모품처럼 사는 게 지겨워 독립했다고 했다. 나는 가여운 그녀를 가만히 껴안았다. 내 품에 안긴 그녀는 작은 강아지 같았다.

그녀와 헤어지고 집으로 돌아가는 데 낯선 여자가 집 앞을 서성이고 있었다. 성재의 여자 친구라는 그녀는 성재가 연락을 받지 않는다며 혹시 무슨 일이라도 생긴 게 아닐까 걱정이 되어서 찾아왔다고 했다. 나는 성재가 요즘 바빠서 늦게까지 회사에 있다며 둘러댔다. 집에 돌아오자 불이 꺼진 컴컴한 집에서 성재가 핸드폰 불빛에 의지한 채 혼자 맥주를 마시고 있었다. 성재는 아직도 여자가 밖에 있냐고 한숨을 쉬었다. 성재는 여자를 만나는 자신이 마치 게임을 하는 것 같다고 했다. 한 레벨에 성공하면 다음 레벨이 기다리고 있을 뿐 지나간 레벨에서 다시 게임을 할 일은 없다는 것이다. 나는 잘 마무리하라는 말만 한 채 욕실로 향했다. 성재의 마음은 이미 다음 레벨에 이르렀지만, 성재가 돌아오기를 기다리는 여자의 마음이 안타까웠다. 그날 밤도 옆집 강아지는 목이 쉬는 줄도 모르고 밤새 울어댔다.

여느 때처럼 길가에 차를 세워놓고 그녀의 아르바이트가 끝나기를 기다리던 날이었다. 식당 문을 닫을 시간이 다 되었는데도 자리를 뜨지 않는 남자 손님이 있었다. 그를 향해 웃으며 이야기하는 그녀의 모습이 보였다. 나는 식당으로 들어가 다짜고짜 누구냐며 물었다. 그녀는 취업 준비를 위해 가입한 스터디그룹에서 만난 친구라고 했다. 나는 그녀의 손목을 낚아채고 밖으로 나왔다. 그녀를 차에 태우고, 앞으로 그 사람과 가깝게 지내지 않았으면 좋겠다고 말했다. 그녀는 대답 대신 침묵했다. 그녀가 유난히 짧은 치마를 입고 있었는데, 그 치마를 보는 순간 가슴 속에 숨겨두었던 붉은 스위치가 딸깍, 켜지는 것 같았다.

"씨팔, 왜 대답을 안 해!"

걷잡을 수 없이 화가 났다. 그녀를 차에 태우고 거칠게 몰기 시작했다. 무섭다는 그녀에게 보란 듯이 주먹으로 클락션을 내리쳤다. 옆 차의 운전자가 창문을 내리고 뭐라고 욕을 하는 것 같았다. 하지만 신경을 쓰지도 속도를 늦추지도 않았다. 그녀가 조금씩 울먹였다. 한기라도 든 사람처럼 바들바들 떨고 있었다. 그녀는 아주 작은 소리로 자기가 잘못했다고, 다시는 그러지 않겠다고 했다. 나는 다짐을 받고서야 차를 멈췄다. 그리고 그녀를 달래

집까지 데려다주었다.

지난밤 내가 너무 심했다는 생각이 들었다. 그녀의 하얀 목덜미에 어울릴만한 하트 모양의 백금 펜던트가 달린 목걸이를 사 들고 그녀를 찾아갔다. 그리고 말했다. 너무 사랑해서 그랬다고. 그녀는 아무 말이 없었다.

그때부터였을까? 그녀를 향한 나의 사랑은 가속도가 붙은 듯 걷잡을 수 없이 커졌다. 그녀의 숨결이 닿는 모든 세상을 알아야만 직성이 풀렸다. 그녀가 오롯이 내 것이었으면 싶었다. 그녀를 볼 수 없는 동안은 어둠 속에서 길을 잃은 것처럼 두렵고 불안했다. 그녀를 훔쳐보는 짐승들의 눈빛이 떠올랐고, 뭇 남성들을 향해 웃음을 흘리는 그녀를 상상했다. 술에 취해 그녀에게 질 낮은 농담을 건네는 손님과, 그녀의 다리를 훔쳐보는 행인들의 눈길이 떠올랐다. 나중에는 나 몰래 그녀가 누군가를 만날지도 모른다는 의심마저 스멀스멀 올라왔다. 견디지 못한 나는 그녀에게 아르바이트를 그만두라고 종용했다. 다행히 얼마 지나지 않아 그녀가 지원한 회사에 합격 통보를 받았다. 그녀는 자연스레 아르바이트를 그만두게 되었다.

성재가 추천해준 이탈리안 레스토랑에서 그녀를 기다렸다. 표면적으로는 그녀의 입사를 축하하기 위한 것이었지만, 실은 다른 속내가 있었다. 며칠 전이었다. 성재가 섹스야말로 그녀를 갖는 가장 확실한 방법이라고 조언했다. 나는 이번 기회에 그녀를 확실히 내 것으로 만들어야겠다고 생각했다. 성과급으로 받은 돈을 몽땅 털어 백화점으로 향했다. 유리 진열장에 놓인 고가의 명품백을 샀다. 그녀를 기다리며 핸드폰으로 예약해둔 모텔의 위치를 확인했다. 성재가 추천해준 커다란 욕조가 있는 고급스러운 방이었다. 그때였다. 그녀가 질끈 묶은 갈색 머리를 찰랑거리며 걸어 들어왔다. 청바지에 티셔츠 차림의 평범한 모습이었다. 짧은 미니스커트를 입었으면 좋았을 걸 생각했다. 하지만 이내 생각을 바꾸었다. 다른 남자들이 그 모습을 본다고 생각하니까 피가 거꾸로 솟을 것 같았기 때문이었다. 그녀의 벗은 모습은 나만의 것이어야 했다. 걸어오는 그녀를 보며 불그스름한 조명이 감도는 모텔 방에서 그녀의 옷을 하나씩 벗기는 상상을 했다. 그녀가 자리에 앉자 슬그머니 선물을 내밀었다. 선물을 받아든 그녀는 어쩔 줄 몰라 했다. 그런 그녀 특유의 수줍음이 나를 더 숨 막히게 했다. 나는 은은한 재즈 음악이 깔린 고급 레스토랑에서 그녀와 마주 앉아 붉은 피가 살짝 감도는 스테이크의 맛을 음미했다. 거기까지 내 계획은 완벽했다. 하지만 레스토랑을 나서며 계획이 어긋나기 시작했다. 그녀가 모텔로 이끄는 내 손을 뿌리쳤다. 그리고 아주 작게 말했다.

"싫어요."

"뭐라고?"

그녀가 조금 더 크게 말했다.

"싫다구요."

나는 어이가 없는 표정으로 물었다.

"왜? 내가 싫어?"

"아니요, 그건 아니지만……."

"그런데 왜?"

"……."

"씨팔!"

나도 모르게 나온 말이었다. 그녀는 눈을 동그랗게 뜨고 새파랗게 질린 얼굴로 내가 사준 가방을 바닥에 떨어뜨린 채 뒷걸음치다가 도롯가에 서 있는 택시를 타고 떠났다. 그제야 정신을 차린 나는 겁을 먹은 그녀의 표정이 생각났다. 집에 돌아와 장문의 문자를 보내놓고 냉장고를 열어 생수를 벌컥벌컥 들이켰다. 성재가 비아냥거리며 웃자, 순간 화가 나서 장식장에 진열된 나미 피규어를 바닥에 집어 던졌다. 피규어는 목과 다리가 떨어져 나간 채 처참하게 바닥에 나뒹굴었다. 그녀에게 사과하기 위해 계속 전화를 걸었지만 받지 않았다.

나는 화가 나면 장난감을 집어 던지곤 했다. 여섯 번째 내 생일이었다. 아빠는 출장 중이었고, 엄마는 야근하느라 밤늦은 시간까지 집에 오지 않았다. 말귀도 잘 알아듣지 못하는 조선족 도우미 아줌마는 굳이 나를 앉혀두고 케이크에 불을 붙였다. 나는 너무 화가 나서 들고 있던 로봇 장난감을 바닥에 집어 던졌다. 장난감 목이 또르르르 굴러떨어졌다. 그래도 화가 풀리지 않자 장난감 상자를 모두 엎어버렸다. 장난감이 부서지도록 세게 집어던지기 시작했다. 처음엔 모형 자동차를 던졌다. 다음에는 레고블록, 마지막엔 공룡을 집어 던졌다. 조선족 아줌마는 못 알아들을 혼잣말을 중얼거리며 장난감을 줍기 위해 바닥을 기어 다녔다. 그때 엄마가 들어왔다. 엄마는 짜증 섞인 목소리로 내일 아침 갖고 싶은 장난감을 모두 사줄 테니 투정 그만 부리라고 말했다. 그 이후로 나는 화가 나면 눈에 보이는 모든 것을 집어던지며 화났다는 것을 온몸으로 표현했고, 원하는 것을 손에 쥐고서야 멈추었다. 나는 그녀에게 충분한 사랑을 주었는데, 그녀에게 외면당했다는 사실이 견딜 수 없었다. 그럴수록 그녀를 갖고 싶은 마음도 더 커져갔다.

'미안해. 내가 너무 성급했지? 내가 잘못했어.'

'사랑해, 정말 사랑해. 전화 좀 받아.'

'나 너 없으면 못 사는 거 알잖아, 제발 전화 좀 받아줘.'

그래도 그녀는 종무소식이었다. 그녀는 전화를 받지도, 문자에 답장을 주지도 않았다. 그녀에게 외면받는다는 사실이 견딜 수 없었다. 술을 진탕 마시고 그녀가 사는 오피스텔 건물 주차장에 앉아 그녀가 나올 때까지 기다렸다. 전화를 걸고 또 걸었다. 그렇게 한참이 지나서 그녀가 전화를 받았다. 나는 그녀의 목소리를 듣자마자 아이처럼 엉엉 울었다. 죽을 것 같다고, 너 없으면 못 산다고, 고래고래 고함을 쳤다. 결국, 모습을 드러낸 그녀는 용서할 테니 집으로 돌아가라고 했다. 나는 마트 바닥에 드러누워 장난감을 사달라고 조르는 아이처럼, 그녀의 집에서 재워주지 않으면 길에서 자겠다고 떼를 썼다. 지나가는 사람들이 미간을 찌푸리며 우리를 힐끗힐끗 쳐다봤다. 얼마나 지났을까. 나는 그녀의 부축을 받으며 그녀의 집으로 들어갔다. 침대 협탁 위에 놓인 향초가 불빛을 일렁이며 내게 꼬리를 쳤다. 그녀는 나를 침대에 눕히고 바닥에 이불을 깔기 시작했다. 그녀가 허리를 숙이자 그녀의 작은 엉덩이가 나를 향했다. 순간 온몸이 열병에 걸린 듯 부글부글 끓어오르기 시작했다. 나는 참지 못하고 그녀에게 달려들었다. 그녀의 모든 것을 정복했다고 생각될 즈음, 내 온몸은 햇볕에 녹아내리는 아이스크림처럼 나른해졌다. 나는 달콤한 꿈속으로 빠져들었다. 비몽사몽 간에 옆집 강아지의 흐느낌이 들리는가 싶더니 나도 모르게 눈이 떠졌다. 한밤중이었다. 그녀는 속옷 차림으로 잔뜩 웅크리고 기절한 듯 자고 있었다. 그녀의 눈가에 눈물이 말라 덕지덕지 붙어있었다. 조금 미안한 마음이 들었지만, 한편으로는 그 모습이 너무 사랑스러웠다. 나는 이 순간을 기억하기 위해 그녀의 모습을 핸드폰에 담았다.

내가 일어났을 때 그녀는 이미 외출한 뒤였다. 나는 그녀의 살

결처럼 보드라운 이불을 만지고 또 만지다가 겨우 침대에서 일어났다. 집으로 돌아왔을 땐, 성재가 방바닥을 모두 전세 낸 듯 가로 누워 자고 있었다. 그런 그를 밟지 않기 위해 조심조심 외출복으로 갈아입었다. 지난밤 부서진 피규어 대신 새것을 사기 위해서였다. 문을 나서자 옆집 앞에 택배 상자가 수북이 쌓여 있었다. 발신자에 애견용품 전문점이라고 쓰여 있었다. 나는 혀를 끌끌 차며 발걸음을 서둘렀다. 단골 상점에 들어서자마자 주인은 당연한 듯 새로 들어온 나미 피규어를 보여줬다. 이번 물건은 일본 직수입 제품으로 지난번 것보다 훨씬 정교하게 만들어진 것이라고 했다. 당연히 값도 비쌌다. 성인용으로 제작된 나미 피규어는 손을 머리 뒤로 한 채 비키니 차림으로 한껏 부푼 가슴을 요염하게 내밀고 있었다. 피규어를 들고 집으로 돌아오는데, 복도에서 옆집 여자와 다시 마주쳤다. 그녀는 젖은 머리칼을 늘어뜨린 채 목욕 가방을 들고 있었다.

"저기요. 강아지를 키우시려거든 학대는 하지 맙시다."

"학대라뇨? 말이 너무 심하시네요."

"벽 너머로 들리는 강아지 비명소리가 얼마나 듣기 고통스러운 줄 아세요?"

"내가 좋아서 키우는 건데, 무슨 상관이에요?"

여자는 어이없다는 듯 나를 위아래로 훑어보고는 문을 쾅 닫고 들어가 버렸다.

그녀의 입술에 어울릴만한 빨간 립스틱을 사서, 퇴근 시간에 맞춰 그녀의 회사 앞에서 기다렸다. 유리 회전문이 빙글빙글 돌아가자 여직원들이 또각또각 구두 굽 소리를 내며 발맞추어 나오고 있었다. 하지만 그녀의 모습은 보이지 않았다. 한 무리의 사람들이 나가고 난 후, 어떤 남자와 나란히 걸어 나오는 그녀의 모습이 눈에 들어왔다. 그녀가 남자를 향해 손뼉을 치며 자지러지듯 웃었다. 내가 그녀의 이름을 부르자 그녀의 얼굴이 순간 석고상처럼 굳어졌다. 나는 남자를 위아래로 훑어보며 누구냐고 물었다. 그녀는 입사 동기라며 인사를 시켜주었다. 남자는 내 손을 덥석 잡으며 나중에 술이나 한잔하자면서 능글맞게 웃었다. 마치 침을 흘리며 사자의 먹잇감을 엿보는 하이에나 같았다.

"씨팔, 기분 더럽네."

나는 그 남자에게 노골적으로 불편함을 드러냈다. 남자가 머리를 긁적이며 자리를 떠났다. 그녀가 아무 사이도 아니라며 변명했지만, 이상하게 그게 더 화를 돋우었다. 데이트를 즐길 기분이 아닌 나는 그녀를 이끌고 그녀의 집으로 향했다. 그리고는 마치 그 남자가 보고 있기라도 하는 것처럼 보란 듯이 관계를 가졌다. 그녀가 싫다고 했지만, 그런 그녀의 말을 들어 주기엔 내 기분이 너무 엉망이었다. 관계를 끝내고 목이 말라 냉장고에서 물을 꺼냈다. 물맛이 상쾌했다. 그런데 등 뒤에서 훌쩍이는 소리가 들렸다. 나는 고개를 돌려 그녀를 향해 조용히 하라고 소리쳤다. 하지만 점점 더 커진 그녀의 훌쩍임은 어느새 절규에 가까운 울음소리로 변해 있었다.

"조용히 하라니까, 씨팔."

나는 마시고 있던 물병을 바닥에 내던졌다. 바닥에 떨어진 페트병이 꿀렁이며 물을 토해냈다. 그녀도 끊임없이 눈물을 쏟아냈다. 나는 공감할 수 없는 그녀의 울음에 그만 이성을 잃었다. 바닥의 물을 닦기 위해 엎드린 그녀의 허리를 걷어찼다. 그녀는 옆으로 피식 쓰러졌다. 그런 그녀를 향해 주머니에 넣어두었던 립스틱을 바닥에 집어 던진 채 그녀의 집을 나왔다.

장난감을 아무 데나 집어던지는 것만으로 화가 풀리지 않던 나는, 조선족 도우미 아줌마를 향해 장난감을 던지기 시작했다. 도우미 아줌마가 장난감에 맞고 외마디 비명을 지르면 내가 잘못한 게 아닌가 하는 생각이 들기도 했다. 하지만 퇴근한 엄마는 나를 혼내는 대신 도우미 아줌마에게 화를 냈다. 도우미 아줌마는 연신 허리를 굽히며 죄송하다고 말했다.

나는 그녀의 행동 때문에 화가 나는 일이 점점 더 많아졌다. 전화기를 꺼 놓거나, 내 전화를 받지 않았을 때도 화가 났다. 속살이 비치는 원피스를 입고 출근했을 때도, 내게 말도 없이 머리를 자른 날도 그랬다. 내가 키스를 하려고 할 때 고개를 돌리거나, 나도 모르게 원룸의 비밀번호를 바꾼 날도 마찬가지였다. 그중에서 가장 화가 많이 났을 때는 그녀가 헤어지자고 한 날이었다. 성재의 새 여자 친구와 넷이서 강화도의 한 펜션으로 여행을 갔을 때였다. 넷이서 함께 술을 마시다가 슬며시 그녀의 무릎에 내 손을 얹었다. 그녀가 무릎을 빼려 하자, 나는 더 과감하게 그녀의 허벅지 안쪽을 더듬었다. 그 모습을 본 성재가 한쪽 입꼬리를 올리며 씨익 웃었다. 순간 그녀의 얼굴이 잔뜩 일그러졌다. 그리고는 자리에서 일어나 방으로 올라가 버렸다. 나는 미안해하는 성재를 뒤로 한 채 그녀를 따라 방으로 들어갔다. 그녀는 무릎에 얼굴을 파묻고 있다가 고개를 들고 내게 말했다.

"우리 그만 헤어져요."

"성재 앞에서 허벅지 좀 만진 것 가지고 헤어지자고?"

"그것 때문만이 아니에요."

"그럼 뭐? 내가 너한테 뭐 잘못한 거 있어? 너랑 사귀면서 딴 여자 만난 것도 아닌데 갑자기 헤어지자니, 내가 너를 얼마나 사랑하는지 알잖아. 나는 절대 너랑 헤어질 수 없어. 앞으로 그런 말하지 마. 나 정말 폭발할지도 모르니까."

나는 주먹으로 문짝을 쳤다. 문짝 가운데에 주먹 모양의 홈이 생겼다. 그녀는 새파랗게 질린 얼굴로 먹잇감이 된 작은 새처럼 떨었다. 원래도 왜소한 그녀였지만, 쇄골뼈가 선명하게 도드라질 정도로 유독 야위어 보였다. 그런 모습을 보자 미안한 마음이 들었다. 그녀를 꽉 껴안으며 말했다.

"미안해. 내가 잘못했어. 헤어지자는 말에 나도 그만……. 앞으로 더 잘할게."

그녀는 아무 말 없이 눈물만 쏟아냈다.

그녀가 임종을 앞둔 할머니를 뵙기 위해 시골로 내려갔다. 나는 주말 내내 방구석에 틀어박혀 핸드폰만 쥐고 안절부절못하고 있었다. 매시간 그녀에게 전화를 걸었다. 한 번이라도 받지 않으면 그녀에게 폭언을 퍼붓고 다시 사과하기를 반복했다. 그때였다. 잠깐 집앞에 나갔다 오겠다던 성재가 난데없이 사내아이를 데려왔다. 그리고는 정신병자처럼 핸드폰만 응시하고 있는 나를 보며 혀를 끌끌 찼다.

"우리같이 능력 있는 남자들에게 옷 벗고 달려드는 여자는 천지에 수두룩해. 그런데 그깟 여자 하나 때문에, 이게 무슨 청승이냐?"

나는 성재의 말에는 대꾸도 하지 않은 채 말똥말똥 눈을 굴리며 서 있는 사내아이를 쳐다봤다. 성재는 그제야 용건이 생각났다는 듯 말했다.

"내 조카야. 누나가 저녁나절만 봐주라고 부탁했는데, 중요한 일이 생겨서 말이야. 잠깐이면 되니까 누나가 데리러 올 때까지만 봐줘라. 응? 그냥 지겨워하면 책 몇 권 읽어주고. 제발 부탁해."

성재의 핸드폰은 성재가 나와 이야기하는 사이에도 쉴 새 없이 울어댔다. 성재는 조카를 내게 맡기고 밖으로 나갔다.

다섯 살 정도 되는 성재의 조카는 탐험이라도 하듯 방안을 돌아다니기 시작했다. 나는 성재의 조카를 따라다니며 헝클어진 물건들을 제자리에 놓기 바빴다. 이윽고 조카의 시선이 장식장에 진열된 내 피규어에 머물렀다. 까치발을 한 채 손을 뻗어 만지려고 안간힘을 쓰기 시작했다. 나는 아이의 시선을 다른 곳으로 돌리기 위해 말했다.

"형이 책 읽어줄게. 마음에 드는 책 골라올래?"

다행히 아이는 이내 장식장에서 시선을 떼고 성재가 놓아둔 종이가방에서 주섬주섬 책 한 권을 가지고 내게로 왔다. 나는 천천히 책을 읽기 시작했다.

"나무꾼은 사슴이 가르쳐준 골짜기로 갔어요. 사슴의 말대로 그곳에는 선녀들이 목욕을 하고 있었지요. 나무꾼은 몰래 다가가 선녀의 날개옷을 훔쳤어요. 목욕을 끝낸 선녀들이 하나둘 하늘로 올라갔지만, 날개옷을 잃어버린 선녀는 하늘로 올라가지 못하고 울고만 있었지요. 그때 나무꾼이 다가갔어요. 날개옷은 제가 가지고 있지요. 저의 아내가 되어 주신다면 날개옷을 드리지요. 선녀는 순순히 나무꾼을 따라갔어요."

성재의 조카는 어느새 바닥에 엎드려 잠이 들었다. 나는 아이를 침대에 눕혀놓고 동화책을 덮으며 혼잣말을 했다.

'선녀와 나무꾼은 행복하게 살았대.'

그날 밤 잠깐이라던 성재는 술에 취해 인사불성이 되어 들어왔다. 방에 들어오자마자 내 발 앞에 고꾸라지더니 어린애처럼 엉엉 울기 시작했다. 나는 현관에 던져진 성재의 신발을 정리하고, 술 냄새가 진동하는 실내를 환기하기 위해 창문을 열었다. 그때 성재가 혼잣말처럼 중얼거렸다.

"걔가 임신했대. 나 어떡하냐?"

성재는 그 애가 좋긴 하지만 책임지고 싶진 않다고, 잠깐 데리고 놀고 싶었을 뿐이라고 말했다. 그런데 생각지도 못한 종신형을 받은 죄수가 된 느낌이라고 했다.

그녀는 할머니의 장례를 치르고 집에 돌아오자마자 내게 전화를 걸어왔다. 나는 그녀의 번호가 찍힌 내 핸드폰만 봐도 여전히 가슴이 부풀어 올라 터질 것 같았다. 하지만 그녀는 나와 달랐다. 아무런 감정도 싣지 않은 듯 건조하게 말했다.

"할 말이 있어요. 잠깐 만나요."

나는 주어만 듣고도 서술어를 알아맞히듯 그녀가 무슨 말을 할지 짐작이 되었다. 하지만 나는 결코 그녀의 서술어를 듣지 않을 요량이었다. 아니, 절대로 그 말을 내뱉지 못하게 하고 말겠다고 다짐했다.

그녀는 우리가 늘 만나던 카페에서 기다리고 있었다. 나는 카페 밖에서 유리창 너머 그녀를 바라보았다. 그녀는 턱을 괴고 생각에 잠긴 듯 멍하니 앉아 있다가 커피잔을 입으로 가져갔다. 커피를 마시는 그녀를 보며, 나는 여전히 그녀의 입술을 훔친 커피에 질투심을 느끼고 있었다. 내가 그녀의 맞은편에 앉자, 그녀는 중요한 말을 꺼내기 위해 잠시 숨을 고르는 것 같았다. 나는 결코 그녀가 말할 타이밍을 얻지 못하도록 서둘러 테이블 위에 반지 케이스를 올려놓았다.

"결혼하자, 우리."

그녀의 얼굴이 창백해졌다. 그리고 천천히 고개를 좌우로 흔들며 울먹이며 말했다.

"제발, 부탁이에요. 나 좀 놔줘요."

"너 없으면 나 죽어. 알잖아?"

"난 당신이 너무 무서워요."

"내가 더 잘할게. 화도 안 낼게. 제발 나랑 결혼해줘."

그녀는 아무 말이 없었다. 나는 창피한 줄도 모르고 울기 시작했다. 사람들이 힐끔거렸다. 그녀는 사람들의 시선을 신경 쓰지 않기로 작정한 듯 보였다. 그녀는 울고 있는 나를 뒤로 한 채 일어났다. 나는 반지케이스를 주머니에 넣고 그녀를 따라나섰다. 그리고 그녀의 앙상한 팔을 거칠게 붙잡았다. 그녀는 경기라도 일으킨 듯 소스라치며 팔을 빼려고 했다. 나는 알았다며 그녀의 팔을 놓았다. 그 순간 그녀의 몸이 순간 휘청거렸다. 그녀를 안심시키며 집에 데려다줄 테니 차에 타라고 했다. 그녀는 잠시 머뭇거리는가 싶더니 차에 올랐다. 나는 차 문을 잠갔다. 그리고 언제 울며 매달렸냐는 듯 얼굴을 바꾸고 가속페달을 밟았다. 차는 성을 내며 질주했다. 새파랗게 질린 그녀가 내려달라고 애원했지만, 아랑곳하지 않고 차를 몰았다. 죽어버리겠다고, 차라리 여기서 함께 죽자고 고함쳤다. 그녀는 사자에게 목덜미를 물린 사슴처럼 제발 놓아달라고 발버둥을 쳤다. 차는 시내를 벗어났고, 나는 속력을 조금씩 줄이기 시작했다. 그녀가 손바닥으로 입을 막으며 훌쩍거렸다. 한적한 외곽의 길가에 차를 세웠다. 그때까지도 그녀는 여전히 훌쩍이고 있었다. 나는 최후의 방법을 쓰기로 했다. 어차피 그녀와 결혼해서 그녀에게 더 잘하면 그만이었다. 그녀에게 내 핸드폰을 내밀었다. 이 핸드폰 속에 우리의 비밀스러운 사랑이 모두 저장되어 있다고 말했다. 영원히 혼자서 간직하고 싶었지만, 그녀가 나를 떠난다면 마음이 바뀔지도 모른다고 했다. 나는 고개를 돌리는 그녀에게 억지로 핸드폰 속의 사진을 내밀었다. 그것을 본 그녀는 숨이 넘어갈 듯 울먹였다. 나는 그런 그녀를 가만히 안았다. 그녀는 버둥거릴 힘조차 남아 있지 않은 듯 내 품에 안긴 채 떨기만 했다. 얼마쯤 지났을까, 그녀가 떨리는 목소리로 말했다.

"결혼할게요."

나는 반지 케이스를 열었다. 떨고 있는 그녀의 손을 꼭 잡고 반지를 끼워주었다. 그녀는 여전히 울고 있었다. 울고 있는 그녀를 보며 생각했다. 비록 아름다운 청혼은 아니지만, 그녀에게 더욱 잘 해주겠다고, 결혼을 후회하지 않도록 마음껏 사랑해주겠다고 다짐했다.

그녀를 집에 데려다주고 돌아오는데, 오피스텔 앞이 한 무리의 사람들로 시끌벅적했다. 차를 세워두고 그들 무리를 향해 다가갔다. 그 가운데 낯익은 얼굴이 보였다. 옆집 여자였다. 옆집 여자의 품에 발갛게 피부가 벗겨진 채 보랏빛 털로 뒤덮인 강아지가 눈에 들어왔다. 옆집 여자를 둘러싼 사람들은 동물보호연대라는 글자가 새겨진 파란 조끼를 입고 있었다. 사람들은 여자에게서 강아지를 뺏으려 했다. 옆집 여자는 강아지를 붙잡고 놔주지 않았다.

"내꺼예요. 건드리지 마요!"

파란 조끼를 입은 남자가 강아지를 가리키며 말했다.

"강아지 상태를 좀 보세요. 사람 염색약 때문에 피부가 모두 벗겨졌잖아요."

옆집 여자는 강아지를 꼭 껴안으며 말했다.

"내가 우리 쫑이를 얼마나 사랑하는데요, 주인에게 버려져 길에서 울고 있는 걸 데려다가 얼마나 애지중지 키운 줄 알아요? 이건 실수예요. 잘 보살펴주면 괜찮아질 거예요. 난 쫑이 없으면 못

산단 말이에요."

남자가 계속 여자를 설득했다.

"당신 감정만 중요해요? 당신과 함께 있으면서 이 지경이 될 때까지, 강아지가 얼마나 고통스러웠을지 한 번이라도 생각해 봤어요?"

그 이후로도 그들은 한참 동안 옆집 여자와 실랑이를 벌였고, 끝내 옆집 여자의 품에서 강아지를 뺏어갔다. 옆집 여자는 자리에 털썩 주저앉아 실연당한 사람처럼 엉엉 울기 시작했다. 그녀의 품을 떠난 강아지는 아무런 힘도 남아 있지 않은 듯 케이지 속에서 떨고 있었다. 그렁그렁 눈물이 맺힌 채 멍하니 먼 산을 쳐다보는 강아지의 텅 빈 눈동자가 내 가슴을 매섭게 찔러댔다.

햄스터

햄스터를 키우는 일은 그리 까다롭지 않다. 적당한 먹이와 물을 케이지 안에 넣어주고, 이따금 누릿한 냄새가 견딜 수 없을 때 톱밥을 갈아주면 된다. 햄스터의 먹이는 다이소에서 오천 원을 주면 살 수 있지만, 선천적으로 잡식성이어서 대체로 아무것이나 잘 먹는다. 한 번은 먹다 남은 생라면을 넣어 줬는데, 먹이통에 가득 든 사료는 거들떠보지도 않고 맛있게 먹는 것을 목격한 적도 있었다. 그 이후로는 이따금 라면을 끓이고 남은 부스러기를 넣어주기도 한다. 햄스터는 원래 사막에서 살던 쥣과의 동물이라고 알려졌지만, 애완용으로 기르기 시작하면서 여러 교배종이 탄생하여 정확한 그 출처는 알 수가 없다. 그래서일까? 햄스터를 따라다니는, 어찌 보면 섬뜩한 설들이 많이 떠돌아다니고 있는 것도 사실이다. 이를테면 이런 것들이다. 햄스터의 먹이를 거른 채 외출했다가 동족상잔의 끔찍한 비극을 목격했다거나, 심지어 자기 새끼의 머리를 통째로 씹어 먹는 광경을 보았다는 이야기 등등이다. 게다가 암수 한 쌍을 기르는 날에는 원주율 소수점처럼 끝도 없이 늘어나는 어마어마한 번식능력으로 감당할 수 없는 지경에 이르게 된다는 것도 한몫한다. 햄스터는 애완동물이라고 하지만, 딱히 교감을 나눌 만큼 머리가 좋지 못하다. 또 그렇게 사랑받는 존재가 아니어서, 호기심을 느낀 어린아이들의 생떼를 견디지 못한 부모가 마지못해 사 주는 경우가 대부분이다. 아니면 과학 탐구라는 명목으로 학원이나 학교 방과 후 수업에서 관찰용으로 사용하다 나눠주는 경우가 있는데, 햄스터는 아이들이 수업을 신청하도록 하는 미끼가 되기도 한다. 결론적으로 햄스터는 동물보다는 장난감에 가까우며, 애초부터 싸구려라는 인식이 강해서 그리 애지중지 키우지 않아도 되는 동물로 취급된다. 그래서일까? 강아지나 고양이를 키우겠다고 떼를 쓰는 아이들에게 대용품 정도로 쉽게 사 주지만, 결국 나중엔 처치하기 곤란한 애물단지로 전락하는 경우가 대부분이었다.

지금 내 방에 있는 햄스터 두 마리도 그렇게 기르기 시작했다. 김치가 떨어져 언니네 집에 얻으러 간 날이었다. 언니 집에 도착하자마자 볼 일이 급해서 화장실에 들어갔는데, 화장실 구석의 플라스틱 상자 안에서 바스락거리는 소리가 들렸다. 깜짝 놀라 들여다보니, 자그마한 햄스터 두 마리가 있었다. 얼떨결에 햄스터에게 볼일 보는 장면을 들킨 나는 화장실을 나오자마자 언니에게 물었고, 언니는 한탄하며 내게 그 경위를 설명했다.

"네 조카가 방과 후 과학교실에서 가져온 거야. 그런데 며칠이 지나지 않아 네 형부가 술김에 강아지를 사 들고 왔지 뭐니. 강아지가 들어 온 그날부터 관심에서 멀어졌지 뭐. 안 그래도 쥐처럼 생겨서 만지기도 싫었는데. 강아지까지 자꾸 햄스터 우리를 건드리잖아. 그래서 어쩔 수 없이 화장실에다 갖다 놓은 거야. 살아 있는 동물이라 마음대로 할 수도 없고…….."

"그래도 동물인데 화장실은 좀 너무한 거 아니야?"

언니가 정성스레 닭가슴살을 찢어 강아지의 밥그릇에 넣어주며 말했다.

"몰라, 몰라. 난 정말 저거 생각만 해도 머리가 지끈거려. 네가 좀 가져가면 안 되냐? 키우는 건 어렵진 않아. 그냥 물이랑 먹이만 넉넉하게 넣어주고 가끔 톱밥만 갈아주면 돼."

"내가 왜? 나 한가하게 저런 거 키울 시간 없는 거 알잖아. 게다가 내일부터 출근도 해야 해. 화초도 매번 말려서 죽이는데, 동물이 웬 말이야."

강아지가 사료 그릇에 얼굴을 묻고 찹찹거리며 닭가슴살을 먹고 있었고, 언니는 사랑스러워 미치겠다는 눈빛으로 그 모습을 쳐다보다 내게 말했다.

"행여나 굶어 죽어도 나 아무 말 안 할게. 제발 우리 집에서 치워주라, 응? 그럼 냉장고의 불고깃감 너 다 줄게."

마침 나는 며칠째 캔 참치와 조미김으로 식사를 해왔다는 사실이 떠올랐고, 달콤한 불고기에 김치가 함께 놓인 식탁을 상상했다. 결국 한 손에는 햄스터가 든 상자를, 다른 한 손에는 김치와 불고기가 든 보자기를 들고 집으로 돌아왔다.

그래도 생명이 있는 동물인데, 플라스틱 상자에 넣어 두는 건 너무 몰상식한 것 같았다. 집에 도착하자마자 반찬을 냉장고에 넣어두고 다이소로 향했다. 햄스터를 키우는 데 필요한 케이지와 톱밥, 먹이를 샀다. 햄스터는 케이지에 들어가자마자 신이 난 듯 온몸을 톱밥에 비벼대기 시작했다. 한 놈이 분홍 코를 씰룩이자 가느다란 수염이 위아래로 꼬물꼬물 움직였고, 마치 대화라도 하는 양 다른 한 놈도 코를 찡긋댔다. 이놈들은 한시도 가만히 있는 법이 없이 분홍 손으로 볼을 비비거나 입을 오물거렸다. 두 마리 모두 배가 흰색이고 등에 갈색 털이 섞여 있는데, 한 놈은 등에 갈색 털이 더 많아 다람쥐 같아 보였고, 또 다른 놈은 갈색 털에 회색 털이 많이 섞여 쥐에 가까운 느낌이 들었다. 하지만 튀어나온 젖꼭지처럼 짤막한 꼬리가 다람쥐도 쥐도 아니란 걸 증명하듯 어정쩡하게 달라붙어 있었다.

햄스터는 톱밥에 몸을 비벼대거나 구석구석 쏘다니며 새로운 집을 탐색하는 듯했다. 잠시 후 덩치가 조금 큰 놈이 쳇바퀴 위에 올라섰다.

달각, 달각, 달그각, 달그각

햄스터가 발을 놀리자, 철창 사이에 걸려있는 쳇바퀴가 움직이기 시작했다. 그리고,

찍찍, 찍찍찍.

귀를 기울이지 않으면 못 들을 법한 작은 소리도 들렸다. 신기하기도 하고 귀엽기도 해서 한참 동안 햄스터가 하는 양을 지켜봤다. 둘은 사이좋게 번갈아 가며 쳇바퀴에 올랐다. 마치 자신을 보라는 듯 잠깐 멈춰 고개를 갸웃거리다 다시 쳇바퀴를 굴렸다. 호기심이 생긴 나는 철창 사이로 손가락을 집어넣었다.

찍ㅡ

코를 씰룩쌜룩하더니 느닷없이 내 손가락을 깨문 것이다. 반지름 영 점 영오 정도의 핏방울이 맺혔다. 바늘에 찔렸을 때 정도의 아주 짧은 통증이었지만, 애정을 베풀어주려는 주인을 물었다고 생각하니 첫날부터 정나미가 딱 떨어졌다. 신경질적으로 케이지를 툭, 치자 두 마리가 번갈아 가며 찍찍, 찍찍찍, 찟. 하고 소리를 질렀다. 제 딴에 큰 소리로 신경질을 낸 것일 테지만, 귀를 기울이지 않으면 들리지 않을 소리였다. 햄스터의 수명이 그리 길지 않다고 하니까, 적어도 굶어 죽지는 않을 정도만 데리고 있겠다는, 딱 그만큼의 마음을 먹고 잠자리에 들었다.

핸드폰 알람을 맞춰 놓고 잤지만, 불안한 마음에 새벽녘 몇 번이나 잠에서 깼다. 다시 잠이 들면 어김없이 출근 준비를 하는 꿈을 네댓 번은 꾸고서야 겨우 눈을 떴다. 첫 출근을 하는 날이다. 지하철역까지 걸어가는 시간 십오 분, 지하철을 타고 오십 분, 넉넉잡아 한 시간 삼십 분쯤 일찍 나섰다. 지하철을 타는 게 익숙할 만도 하지만, 대학을 졸업할 때까지 서울 땅을 밟아 본 적 없는 나에게 지하철은 큰 미션이었다. 지하철 노선은 미로만큼 복잡했고, 목적지를 가기 위해서는 꼭 한 번 갈아타야 했으니까. 하지만 이번 학교는 지하철을 갈아탈 필요가 없었다. 2호선만 타고 쭉 가다가 내리면 되는 것이었다. 게다가 번번이 지하철 방향을 거꾸로 타곤 했던 나에게 신이 내린 축복인 듯 아무 방향이나 잡아타고 가도 목적지에 도착한다는 순환선이었다. 겨우 석 달 정도 쉬다가 다시 출근하는 것인데도, 가슴이 뛰고 설렜다.

이번 학교는 중학교였다. 북한도 무서워서 못 쳐들어온다는 중학교 2학년 담임. 개학한 지 보름 만에 아이들의 담임이었던 교사가 덜컥 5개월의 육아휴직을 냈다고 했다. 학교에서는 하루라도 빨리 와 줄 수 있는 기간제교사를 급히 구했고, 다른 학교에 모두 떨어져 낙심하고 있던 나에게 그 자리가 오게 되었다.

중간에 투입되는 교사는 첫날 아이들과의 기 싸움에서 이겨야 남은 시간이 편안해지는 법이다. 지는 날에는 계약 기간이 끝나는 날까지 질질 끌려다니게 된다. 어려 보이게 꾸미던 평소의 패션스타일을 버렸다. 아이들에게 만만하게 보이지 않기 위해 아주 고리타분하면서도 찔러도 피 한 방울 안 날 것 같은 철벽녀 스타일로 차려입었다. 작은 옷장의 몇 안 되는 옷들을 한참이나 스캔한 후, 요즘 치마치고는 조금 긴 중간 길이의 에이라인 스커트에 금장 단추가 박힌 검은색 더블버튼 재킷으로 결정했다. 거울을 보며 머리를 매만지다가 문득 나도 모르게 한숨을 크게 내쉬었다. 번듯한 가게 없이 이리저리 옮겨 다니는 보따리장수처럼 학교를 옮겨 다닌 게 벌써 일곱 번째였다. 기간제교사를 시작한 지 겨우 삼 년 만에 나는 이미 여섯 학교를 경험한 것이다.

나는 대구를 비롯한 경북권에서는 알아주는, 하지만 서울에서는 명함조차 내밀 수 없는 지방대 국어교육학과를 졸업했다. 임용고시에 두 번 떨어지고, 슬슬 부모님의 눈치가 견딜 수 없을 즈음 나는 나의 거취를 심각하게 고민하지 않을 수 없었다. 그래서 택한 것이 서울행이었다. 족집게 강사가 있는 임용고시 전문 학원에 다니면서 기간제교사 자리라도 알아보려면 좁은 대구보다는 서울이 나을 거라고 부모님을 설득하는 것은 그리 어렵지 않았다. 언니가 서울에 산다는 사실이 도움이 되었을 뿐만 아니라, 임용고시에 떨어질 때마다 히스테리를 부리는 나를 곁에 두고 싶지 않은 것도 부모님이 동의한 이유일 것이다.

나에게 서울 생활은 그리 만만하지 않았다. 처음으로 기간제교사 자리를 알아봤을 때부터 그 벽을 실감했다. 서울과 경기권에는 어마어마하게 많은 학교가 있었고, 매년 2월이면 교육청 홈페이지가 다운될 정도로 기간제교사 구인 광고가 올라왔다. 이렇게 많은 학교 중의 하나는 걸리겠지, 하는 마음으로 열 개 정도 지원서를 넣고 그 중 네 군데에서 면접을 보았다. 하지만 결과는 한 군데도 연락이 오지 않았다. 나중에 알게 된 것은 기간제교사를 뽑는 암묵적인 룰이 존재한다는 것이었고, 그 룰대로라면 나는 가장 마지막 순번이었다. 가장 치열한 일 년짜리 기간제교사는 첫 번째 순위가 남자 교사였다. 남자가 턱없이 부족한 학교 현실에서 기간제교사라도 남자를 뽑고자 하는 학교가 대부분이었다. 두 번째는 경력이었다. 경력이 있는 사람 위주로 뽑다 보니, 서울에서 기간제 경력이 없던 나에게는 그 첫 경력을 쌓는 것이 가장 힘들었다. 처음이 있어야 경력이랄 것도 생길 텐데, 어느 학교도 그 처음을 쉽게 내어주지 않았다. 그 세 번째는 물론 명문대 출신이었다. 이렇게 좋은 학교 출신이 왜 기간제 자리를 구하는 것이냐고 물으며 그 사람의 인성을 의심하는 경우를 제외하고는 대부분 좋은 학교 출신을 선호했다. 그러나 그 모든 것에 우선하는 것이 있었다. 그것은 다름 아닌 학교끼리 알음알음 소개를 해주는 경우였다. 따라서 교육청 홈페이지에 올라온 대부분의 구인란에는 이미 암묵적으로 내정자가 결정되어 있었다. 나는 몇 번의 좌절 끝에 사람들이 비교적 선호하지 않는 6개월짜리 기간제교사를 구하는 학교에 원서를 넣었고, 그것이 첫 경력이 되었다. 이후로 일 년짜리는 한 번도 구하지 못했고, 그나마 6개월이나 한 달또는 석 달짜리를 옮겨 다니는 신세가 되었다. 어떤 경우는 분명일 년 동안 일하는데, 한 학기씩 나누어서 방학을 빼고 계약하는경우도 있었다. 근무하지 않는 방학에는 정교사가 복직해서 월급을 챙겨가기 위해서였다. 나는 방학 동안 수시로 반 아이들과 통화를 하거나 과제를 가르쳐주며 아이들을 챙겼다. 물론 그 한 달동안 내가 그들의 담임교사가 아니라는 사실을 그들은 전혀 알지못했고, 나는 이제 그런 상황조차도 익숙한 경지에 이르게 되었다. 그나마 시간제 월급을 받으며 며칠만 일하는 강사 자리가 아니라 기간제교사 자리를 얻게 된 것만도 운이 따라야 가능한 것이며, 오늘 출근하는 것은 그 일곱 번째 학교였다.

교무실에서 교사들과 첫인사를 했다. 교무실 옆자리의 음악교사와는 겨우 통성명만 한 채 딱히 대화를 나눌 새도 없이 곧바로교실로 들어갔다. 매번 보는 아이들이지만, 내 심장은 금방 사랑에 빠지는 철부지 소녀처럼 콩닥콩닥 뛰었다. 한 번 숨을 크게 내쉰 후 간단히 내 소개를 하는 것으로 조회시간이 시작되었다. 처음 인사할 때까지만 해도 참하게 앉아 있던 아이들은 자습시간이시작된 지 십 여분이 흐르자 본색을 드러냈다. 소곤거리던 소리가 점점 커지고, 몸을 들썩이며 가만히 앉아 있지 못했다.

244

"조용해요."

아이들은 큰 소리에 놀라서 딱 한 번 내게 주의를 집중했으나, 다시 시끌벅적해지는 데는 고작 오 분도 걸리지 않았다. 조회를 시작으로 시작된 나의 하루는 고속열차처럼 쉼 없이 지나갔다. 점심시간에는 사내아이들이 밥을 먹다가 주먹다짐을 하는 바람에 밥을 반도 못 먹고 일어나야 했고, 쉬는 시간에는 반별로 진도를 체크하며 수업 준비를 하느라 바빴다. 청소시간에는 한 학생이 청소하지 않고 도망갔고, 남아 있는 학생의 볼멘소리를 들으며 함께 교실 청소를 했다. 쓰레기통을 뒤집어 쓰레기봉투에 비우는데, 쓰레기통 벽에 붙어있던 껌이 검정 재킷 소매에 달라붙고 말았다. 나는 급한 마음에 손톱으로 긁어 껌을 떼어냈지만, 찐득하게 번진 껌 자국이 남고 말았다. 내가 껌과 사투를 벌이고 있는 사이, 청소하던 학생은 빗자루를 옆에 끼고 핸드폰을 보고 있었다. 내가 그만 가도 된다고 하자, 오늘 하루 중 가장 환한 얼굴로 교실에서 사라졌다. 청소가 모두 끝나고 교무실로 돌아와 커피나 한잔해야겠다고 생각한 때는 어느덧 퇴근 시간이 얼마 남지 않았다. 책상 가득 쌓여있던 책과 서류 더미를 정리하고 퇴근하려고 하는 찰나였다. 부장교사가 음악교사를 나무라는 소리가 들렸다.

"교통지도를 또 빼먹으시면 어떡해요."

"그게 아니라, 요즘 몸이 너무 안 좋고 집도 멀어서 아침 일찍 오는 게 힘들단 말이에요."

부장교사는 되려 신경질을 부리는 음악교사를 향해 할 말이 없다는 듯 고개를 흔들며 은근슬쩍 나를 쳐다보았다.

"그거 내일 아침부터 제가 할게요. 전 집도 그다지 멀지 않으니까 괜찮습니다."

"어! 정말 그래 줄 텐가? 나야 고맙지만……."

내 말이 끝나기도 전에 부장교사는 아침에 해야 할 일들을 쏟아내며 교통지도 일지를 내게 내밀었다. 난 절대 억지로 하는 게 아니라는 듯 환한 웃음을 지으며 일지를 건네받았다.

각다분한 하루가 지나고, 나는 시금치 다발처럼 축 늘어진 채 지하철에 올랐다. 나와 마찬가지로 피곤을 짊어진 사람들 틈에 이리저리 치이다가 겨우 자리를 차지하고 앉았다. 금세 졸음이 쏟아졌고, 나도 모르게 잠이 들었다. 얼마나 잠들어 있었을까? 눈을 뜨자마자 역을 확인했고, 그곳은 내가 출발한 역이었다. 그러니까 나는 한 바퀴를 돌아 다시 학교 앞으로 온 것이다. 지하철에서 조느라 두 시간가량의 시간을 허비했다는 사실을 깨닫자, 잠은 완전히 달아나 있었다. 핸드폰으로 뉴스 기사를 읽었다. 어느 학교에서 기간제교사를 채용했는데, 학생들을 성추행하다 걸리자 학교를 그만두고 다른 학교에 취직해서 똑같은 짓을 했다는 사실이 밝혀졌다는 내용이었다. 벌써 댓글이 여러 개 달려 있었다.

—기간제라서 책임감이 없다.

—기간제교사들은 대충 시간만 때우다가 그냥 가는 사람임.

―왜 기간제에게 담임을 줌? 기간제교사에게 담임을 시키는 학교가 잘못임.

―나는 옛날에 어떤 성추행범이 일부러 기간제교사로 취직해서 학교에 들어갔다는 얘기를 들은 적도 있음.

―나는 기간제교사가 내 담임이면 싫을 거 같다.

눈살을 찌푸리며 댓글을 읽어내려갔다. 행여나 옹호하는 댓글이라도 있을까 봐 마지막 댓글까지 다 읽었지만, 그런 말은 보이지 않았다. 씁쓸한 마음에 핸드폰을 가방에 던져 넣었다. 마침 내릴 역 안내 멘트가 흘러나왔다.

원룸의 현관문을 열자마자 규칙적인 작은 소음이 들렸다.

달그걱, 달각, 각, 달각…….

햄스터가 쳇바퀴를 굴리는 소리였다. 내가 들어오는 것을 반겨줄 것을 기대하진 않았지만, 햄스터는 주인의 등장에도 아랑곳하지 않고 퉁퉁한 갈색 엉덩이를 씰룩이며 열심히 쳇바퀴를 굴리고 있었다. 누가 알아주는 것도 아닐 텐데, 철창 케이지 사이에 걸린 플라스틱 쳇바퀴는 끊임없이 소리를 내며 돌아갔다. 안 그래도 피곤을 짊어지고 퇴근하는 길인데, 햄스터마저도 나의 피곤함에 무게를 더하는 것 같아 짜증이 올라왔다. 나는 저녁을 먹을 생각도 없이 쳇바퀴 돌아가는 소리를 자장가 삼아 자리에 누웠다. 간혹 쳇바퀴가 멈추면 찍, 찌찍, 소리가 들리는 듯 느껴지기도 했지만, 작은 소리에 귀를 기울일 만큼의 여유 따위는 없었다. 냉장고 속 불고기를 꺼내 먹어야겠다고 잠시 생각했다. 하지만 몸은 꼼짝도 하지 않았고, 그렇게 잠이 들고 말았다.

출근하자마자 학부모로부터 연락을 달라는 메모가 와 있었다. 전화를 걸어보니, 부모는 16분음표의 속도로 아이가 어젯밤 집에 들어오지 않았다는 얘기를 꺼냈다. 공부를 잘 하지도 않으면서 부모가 하라는 대로만 하는 게 뭐가 어렵다고, 한 회에 십만 원이 넘는 고급 그룹과외까지 빼먹으며 가출을 감행할 수가 있냐고 퍼부었다. 아이의 가출이 정말 문제인지, 아이에게 들어가는 돈에 비해 아이의 실력이 나아지지 않는 게 문제인지 구분이 되지 않았다. 어쨌든 절대 문제를 크게 만들면 안 된다는 사실만 떠올랐다. 학급에 어떤 사건이 생기면 그것은 으레 담임교사의 학생 지도 능력을 평가하는 척도로 삼곤 하는데, 더군다나 기간제교사에게는 그것이 다음 계약의 걸림돌이 될 수도 있다. 문제를 해결하기 위해서는 그 아이가 왜 가출했는지 알아내는 게 급선무였다. 쉬는 시간마다 친한 아이들을 한 명씩 불러 상담했다. 점심은 거를 수밖에 없었다. 아이들의 의견을 종합해 본 결과, 학원을 많이 다니느라 힘들어했다는 것 말고는 별다른 원인을 찾을 수 없었다. 그럼 도대체 왜 가출을 했단 말인가. 퇴근도 하지 못한 채 골몰해 있는데, 옆자리의 음악교사가 내게 말을 걸었다.

"뭣 하러 그렇게 열심히 해요, 누가 알아준다고. 그만하고 퇴근이나 해요."

그녀는 나를 생각해서 한 말이겠지만, 나는 그 말을 곧이곧대로 받아들일 수가 없었다. 어차피 임시직인데 그렇게까지 열심히 할 필요가 있느냐는 얘기처럼 들렸다.

혹시나 하는 마음으로 가출한 아이에게 통화를 시도했다. 그런데 웬일일까. 기대도 하지 않았던 아이의 목소리가 전화기 너머에서 흘러나왔다.

"지훈이니? 선생님이야. 어제 인사한 담임선생님."

"……."

얼떨결에 전화를 받은 것을 후회하는지, 짧은 한숨 소리가 얼핏 들리는 듯했다. 행여나 전화를 끊어버릴까 봐 다시 말을 이었다.

"지금 어디야? 그냥 잘 있는지 확인만 하려는 거야. 부모님께는 알리지 않을게."

지훈이는 친구의 전화를 기다리다가 실수로 전화를 받은 것뿐이라고 했지만, 내게 별다른 경계심을 드러내지는 않았다. 나는 얼굴만 보고 오겠다며 설득했고, 지훈이가 있다는 친구의 집까지 찾아갔다. 배가 고프다는 지훈과 함께 피자가게로 향했다. 지훈이는 금방이라도 눈물을 터뜨릴 것 같은 얼굴로 피자를 입안 가득 구겨 넣으며 말했다.

"학교 갔다 학원 갔다 집에 들어가면 열한 시예요. 그리고 밤새 학원 숙제하고, 또 학교 갔다가 학원 가는 걸 반복하는 거예요. 그 것만 벌써 몇 년째라고요. 겨우 중학교 이 학년인데요. 근데 더 빡치는 게 뭔 줄 아세요? 제 성적이 중간이라는 거예요. 아마 앞으로도 더 잘 나오지는 않을걸요? 이렇게 해서 '인서울'이라도 가겠어요? 언제까지 이 쳇바퀴를 돌아야 하는 거냐고요. 이러다 정말 내가 돌아버리겠다고요."

힘들다고 말했지만, 식욕까지 잃을 정도는 아니었던 모양이었다. 지훈은 처음 한 번 내게 권했을 뿐, 피자 한 판을 모조리 먹어치웠다. 지훈이 콜라가 든 얼음 컵에 빨대를 꽂아 쭉 빨아들였다. 컵 안에는 순식간에 투명한 얼음만 남았고, 나는 내 컵에 남은 콜라를 부어주며 말했다.

"난 너에 대해 잘 모르지만, 세상에 대해선 너보단 알지. 쳇바퀴같이 도는 생활? 물론 힘들지. 하지만 쳇바퀴에 매달려 아등바등 버티기라도 해야 지금 그 자리라도 지킬 수 있는 거야. 희망이라는 따위로 그럴듯하게 포장한 무지갯빛 미래? 그런 건 없어."

빨대를 따라 시원하게 올라가던 소리가 뚝, 멈췄다. 따뜻한 코코아 한 잔으로 몸을 녹여주길 기대한 지훈에게 나는 차가운 콜라를 뿌린 격이었다. 지훈은 하얗게 질린 얼굴로 씩씩거렸다. 계산하고 피자가게를 나오면서 나는 내가 왜 그런 말을 했는지 알 수 없었다. 겨우 그런 일로 가출을 해서 나를 힘들게 한 것에 대한

심술이었을까? 어쩌면 지훈이 아니라 나에게 던진 말이었을 지도 모른다. 담임교사로서 교과서적인 위로와 격려면 충분했다. 행여나 지훈의 부모로부터 원망이라도 듣게 될 말을 해서는 안 되었다. 하지만 분명한 것은 그게 진심이었다는 것이다.

학창시절 나도 지훈이와 같았다. 없는 살림에 대형 학원 단과반에 보내준 부모님께 감사하며 열심히 공부해 대학에 들어갔다. 대학 시절에도 강의 한 번 빼먹은 적 없이 평균 학점 4점을 유지했으며, 졸업 후에도 쉬어 본 적이 없었다. 분에 맞지 않는 행운 따위는 기대하지도 않았다. 하지만 성실히 걸었던 그 길이 '나 같은 사람'이 되는 길이라는 것을 알았다면, 그래도 그렇게 살았을까?

지훈이와 헤어져 집으로 돌아오는 지하철 안에서 지갑을 열어 보았다. 택시 값으로 만 원을 지불했고, 피자값으로 삼만 원을 썼다. 당분간은 친구와 약속 같은 건 잡지 말아야 한다. 인터넷 쇼핑몰의 카트에 담긴 블라우스도 당분간은 사지 못할 것이다. 고작 피자 한 조각에 배는 하나도 부르지 않은데, 눈치 없이 신트림만 자꾸 올라왔다.

현관을 들어서자 어김없이 햄스터가 쳇바퀴를 돌리는 소리가 들렸다.

닥,닥, 달그각, 달각, 닥 닥

그 소리가 침묵보다 반가워 가방을 내려놓자마자 햄스터에게

다가갔다. 그러자 쳇바퀴를 돌리던 햄스터가 내게 다가오는 게 아닌가?

찍, 찌찟, 찍, 찌, 찌, 찌찍…….

마치 나를 올려다보며 말을 하는 것 같았다. 나를 반기는 것 같은 그 행동이 기특해서 라면 봉지를 하나 뜯어 부스러기를 던져 주었다. 햄스터는 그게 뭔지 알고 있는 듯했다. 먹이통의 먹이는 거들떠보지도 않은 채 어느새 양손으로 거머쥐고 갉아먹기 시작했다. 그리고는 다시 쳇바퀴에 올라갔다.

"뭣 하러 그렇게 열심히 쳇바퀴를 굴리니? 누가 알아준다고."

나는 말귀도 알아듣지 못하는 햄스터에게 혼잣말을 건넨 후, 불현듯 쳇바퀴를 없애버려야겠다는 생각이 들었다. 그렇게 하면 좀 더 편안해지지 않을까. 철창 사이에 끼어 있는 쳇바퀴를 빼내 바닥에 내려놓았다.

뜯어놓은 라면 봉지를 보자, 라면 생각이 간절해져 냄비에 물을 끓이기 시작했다. 나는 불은 라면을 싫어했다. 조금 덜 익어 꼬들꼬들해진 그 맛을 즐겼다. 라면이 너무 익기 전에 불을 껐다. 그때였다. 젓가락을 드는데 핸드폰이 울렸다. 지훈의 엄마였다.

"선생님께 말씀은 드려야 할 것 같아서요. 지훈이가 들어왔어요. 그동안 펑크 난 영어 레벨 테스트 날짜도 다시 잡아야 하고, 수학 과외 보충도 해야 하고, 곧 있을 과학 토론대회 준비도 해야 하는데, 집에 들어오자마자 침대에 누워서 아주 천하태평이에요. 지한테 들어간 돈이 얼만데, 속상해 못 살겠다니까요. 아 참, 진짜 담임선생님은 언제 오신대요? 그때 상담 좀 신청하려고요."

전화기에 대고 쏟아내는 지훈 엄마의 말을 듣는 동안, 국물을 잔뜩 머금은 라면 면발은 어느새 우동이 되어 있었다. 핸드폰을 내려놓았을 땐 귀까지 먹먹해지는 것 같았다. 진짜 담임은 언제 오냐는 지훈 엄마의 마지막 말이 소맷단에 붙어 떼어지지 않는 껌 자국처럼 가슴 언저리에 탁 달라붙었다. 이대로 불어터진 라면을 먹었다가는 체하고 말 것이다. 라면을 싱크대에 버리는데, 하필이면 지훈이의 말이 떠올랐다. 아무리 열심히 공부해도 성적이 나아지지 않는다는 것이었다. 학교 다닐 때 공부 계획표를 적어놓은 다이어리를 꺼내 가방에 넣었다. 지훈이가 공부 방법을 깨우치는 데 도움이 될까 싶은 마음이 들어서였다. 하지만 가짜 소리나 듣는 주제에 뭐 하는 짓이냐는 생각이 들자 나도 몰래 쓴웃음이 터져 나왔다. 낮에 누군가 등 뒤에서 했던 말이 생각났다.

"진짜 담임도 아닌 주제에."

염색 머리를 지적한 것뿐이었다. 난 분명히 들었지만, 못 들은 척했다. 생각 같아서는 그 아이를 불러다 멱살이라도 잡고 야단을 치고 싶었다. 하지만 그 아이의 말대로 나는 진짜 담임이 아니었으며, 또 행여나 학생과 큰 소리를 내며 싸웠다는 소문이라도 나서 다음 계약에 지장이 생기는 게 아닐까 걱정이 먼저 들었다. 그리고 그런 생각을 하는 내가 더 싫어졌다. 생각할수록 기분이 안 좋아졌다. 차라리 잠이나 자야겠다고 생각하며 막 불을 끄려던 참이었다. 진도가 빨라 새 단원을 가르쳐야 하는 반이 있다는 사실을 깨달았다. 다시 일어나 컴퓨터를 켜고, 새 단원에 맞추어 파워포인트 자료를 만들었다. 내일 아침 일찍 교통지도를 위해서라도 이젠 정말로 잠자리에 들어야 한다고 마음먹은 시간은 새벽 세 시였다.

지하철 순환선은 어김없이 나를 태우고 학교가 있는 정류장에 나를 두고 떠났다. 지하철이라는 놈은 항상 정확한 시간에 나를 열심히도 데리고 다니는구나, 하는 생각을 하며 피로감에 자꾸만 아래로 내려오는 어깨를 추어올렸다.

학교에 도착하자마자 빨았던 적이 있었나 싶을 정도로 꼬질꼬질한 노란색 조끼를 꺼내 입었다. 그리고 학생 지도일지를 옆구리에 끼고 교문으로 향했다. 겨울잠을 자던 개구리도 잠에서 깬다던 경칩이 지났다는데, 입에서는 입김이 뿜어져 나올 정도로 쌀쌀한 날씨였다. 멋 부린다며 입은 스커트 아래 다리가 점점 얼어가는 것 같았지만, 매의 눈으로 등교하는 아이들을 스캔하길 멈추지 않았다. 숨은그림찾기처럼 아이들 속의 숨은 그림을 찾아야 했다. 치마가 짧은 학생, 실내화를 신고 등교하는 학생, 염색 머리, 화장 등등……. 한시라도 눈을 떼면 안 된다. 나는 한 명의 누락도 없이 학생들을 찾아내 이름을 적으려 노력했다. 내 뒤통수에 쏟아지는 아이들의 따가운 레이저 따위는 아무 상관이 없었다. 다만 그 사이로 교장의 승용차가 들어오자, 나도 모르게 괜히 과장된 몸짓과 더 큰 소리로 아이들을 훈육했다. 그러다 문득 그 승용차에 시선을 고정하고 있는 내 꼴이 우스워 실소를 터뜨렸다. 교통지도를 끝내고 교무실로 들어서자 어제 본 드라마의 여주인공과 똑같은 귀걸이를 한 음악교사가 급하게 나를 불렀다.

"자기야, 여기 어때? 나 이번 방학 때 유럽 여행 가려고 하거든. 육 개월 할부로 결제하고 갔다 올 생각이야. 방학이 다 되어갈 때쯤 알아보면 좋은 곳은 이미 마감되거든. 어때, 괜찮지?"

나는 육 개월이라는 말이 귀에 꽂혔다. 육 개월은 내 계약 기간에 한 달을 더한 기간이다. 그때쯤이면 나는 또다시 교육청 홈페이지를 뒤적이는 실업자 신세로 전락해 있을 것이고, 그동안 벌어놓은 돈으로 버텨야 한다. 다시 일할 수 있다는 보장이 없기에 여섯 달 후의 일은 미지수이다. 그래서 언제부턴가 할부라는 건 생각하지도 않게 되었다. 지금 있는 돈으로 살 수 있는 물건만 살 뿐이지, 감히 할부로 물건값을 계산한다는 것을 생각해본 적이 없었다. 앞날이 보장되지 않은 자리에 있다는 건, 작게는 카드를 할부로 계산할 수 없다는 뜻이며, 크게는 미래를 설계할 수 없다는 말과도 같다.

그때였다. 음악교사는 갑자기 무슨 중요한 생각이라도 났는지 주위를 살피더니 내게 귓속말을 했다.

"부장님이 자기 열심히 한다고 엄청나게 칭찬하시더라. 어제 저녁에 부장님이 교장 선생님과 회식을 했는데, 자기가 출근하자마자 가출한 학생 찾아 나선 거 다 얘기했나 봐. 그러니까 교장 선생님도 엄청 흡족해하셨대. 혹시 알아? 나중에 정식 채용될지도⋯⋯."

귀가 솔깃했다. 음악교사의 말에 작은 희망이 생겼다. 지금 있는 학교가 사립학교라는 점도 기대감을 높였고, 그런 만큼 더 열심히 해야겠다는 의욕도 강하게 타올랐다.

조회를 위해 교실로 들어갔다. 사뭇 진지한 표정으로 앉아 있는 지훈을 보며 뿌듯함과 보람됨 같은 묘한 감정이 잠깐 밀려오긴 했지만, 그런 감정 따위에 취해 있기엔 나의 하루가 너무 중요했다. 이 하루는 나에게 5개월 후를 결정할 수 있는 중요한 하루이며, 사명감 따위로 이 일의 가치를 논하는 것은 무의미했다. 나는 최선을 다해야 하며, 그리고 최선을 다하는 것처럼 보여야 한다. 학생 지도가 담당인 나는 쉬는 시간에도 쉬지 않고 복도를 돌며, 화장한 아이들을 단속하거나 뛰어다니는 아이들을 지도했다. 수업시간에는 엎드려 자는 학생들을 일일이 깨웠다. 등 뒤에서 '선생도 아니면서'라는 말이 들렸지만, 나는 애써 못 들은 척 수업을 계속했다. 공강인 시간엔 틈틈이 음악교사 대신에 만들기로 한 안전지도계획 보고서를 작성했고, 그것은 퇴근 시간 직전까지 이어졌다.

모든 선생님이 다 퇴근한 후에야 학교를 나섰고, 마침 정류장에서는 지하철이 들어오는 소리가 들렸다. 지하철에 무사히 올랐지만, 나는 또 정상적인 하차에 실패하고 말았다. 순환선 지하철 좌석에 앉아 깜빡 잠이 들었다가 다시 눈을 떴을 때, 나는 어제와 똑같이 또 지하철 출발역에 와 있었던 것이다. 결국, 나는 그렇게 한 바퀴를 마저 돌고 난 뒤에야 지하철에서 내릴 수 있었다.

방안으로 들어서자마자 햄스터에 눈이 갔다. 신경을 긁는 듯한 불규칙한 소리 때문이었다.

닥, 다닥, 깍, 칵, 탁, 닥닥, 달그극, 카칵, 탁각그극, 닥탁, 칵, 각각, 탁각, 탁

햄스터는 쳇바퀴가 없는 케이지 안에서 철창에 매달려 철창을 갉아대다가, 갑자기 정신없이 왔다 갔다 뛰어다니다가, 또다시 철창을 갉아댔다. 날카롭고 신경질적인 소리를 내며 배를 뒤집고 넘어지기도 하고, 톱밥을 마구 헤집는 통에 밖으로 톱밥이 튀어 나오기도 했다. 그리고

찌찍, 찟, 찟, 찌찟. 찍찍찍, 찍, 찟찍, 찟찌찌찍, 찟찍찍,찌찍,찍, 찌찍,찍, 찍찍,찟

그것은 마치 결벽증 환자가 더러운 화장실에 들어간 것처럼 견딜 수 없는 어떤 지경에 이른 것 같아 보였다.

"좀 쉬라고 쳇바퀴를 빼놓은 건데, 이 난리를 만들어 놓으면 어

떻게 하냐? 이런 분탕질이라도 열심히 해야겠다는 거야?"

나는 두 손 두 발 다 든 심정으로 쳇바퀴를 원래 자리에 끼워놓았다. 그러자 햄스터는 제 위치가 정해져 있기라도 하는 듯 쳇바퀴에 올라 발을 굴리기 시작했다.

달각, 닥닥, 달그각, 달각, 달각, 닥닥, 달그각, 닥닥

한 마리가 물이라도 마시려 쳇바퀴에서 내려오면, 다른 한 마리가 다시 이어서 쳇바퀴를 굴렸다. 마치 절대로 쳇바퀴를 멈추면 안 되는 의무라도 있는 것처럼……

오 개월이 지나갔다. 내 기대와는 달리 학교는 나를 정식으로 채용해 줄 생각이 없는 듯했다. 끝내 나는 그들의 우리 안에 들지 못했고, 복직하는 교사를 위해 묵묵히 책상을 정리해야 했다. 그들은 우아하게 커피를 내리며, 이런저런 수다를 떨다가 나와 눈이 마주치자 안타까워하는 표정을 지으며 '기회가 되면 다시 만나요'라며 3초 정도 내 손을 잡아주었다. 나는 쓸모가 없어진 일회용품처럼 그렇게 조용히 이 공간에서 사라져야 한다. 그리고 얼마 지나지 않으면 저들의 기억 속에서 나의 존재조차 희미해질 것이다. 내가 오 개월 동안 매일같이 러닝머신 위를 달리듯 지치지 않고, 속도를 늦추지도 않고, 열심히 보냈다는 사실도 함께……

복직하는 교사에게 인수인계하기로 한 전날 밤, 나는 밤새 아이들에게 편지를 썼다. 처음에는 중간에 떠나는 것에 대한 조금의 죄책감 때문이라고 생각했는데, 나도 모르게 코끝이 시큰해졌

다. 내 학창시절 다이어리를 보물처럼 여기며 아이들과 돌려보던 지훈의 모습도, 지긋지긋하게 날 들볶던 아이들도, 문득 그리워질 것 같다는 생각에 씁쓸한 웃음이 번졌다. 편지를 다 쓴 후에는 그동안 아이들과 상담했던 내용을 기록했고, 학급별 진도표를 작성했다. 설명이 미흡했다고 생각했던 부분과 시험문제 출제에 도움이 될 만한 중요한 점도 잊지 않고 기록해놓았다.

그렇게 밤을 꼬박 새운 후, 마지막 출근길 지하철에 올랐다. 사람들은 어제와 똑같이 피곤함에 찌든 얼굴로 끝도 없이 쏟아져 들어오고, 쏟아져 내렸다. 당장 때려치우고 싶다며 대화하는 두 직장인의 얼굴을 보면서 나는 고개를 떨어뜨렸다. 그들은 내일 아침에도 이 지하철에서 또 똑같은 투정을 부리며 오갈 것이다. 그러나 나는 내일 아침이면 그들의 얼굴을 다시 보지 못할 게 분명했다.

인수인계할 교사를 만났다. 그는 오랜만에 동료들을 만난 탓인지, 여러 사람에게 악수를 청하며 안부를 묻기에 바빴다. 그의 곁에 앉아 아이들의 상담일지를 펴고 설명을 하려는데 갑자기 눈물이 쏟아질 것 같았다. 아무도 공감해줄 수 없는 나만의 감정을 들킬까 봐 두려워진 나는, 잠시 화장실에 다녀오겠다고 말하며 일어났다. 내가 화장실에서 감정을 누그러뜨리고 다시 그에게 다가갔을 때, 내가 준 상담일지는 이미 서랍에 들어가 있었다.

"설명을 드려야 할 것 같은데……."

"괜찮아요. 제가 나중에 읽어 볼게요. 그동안 수고하셨어요."

그동안의 나의 열정은 '수·고·하·셨·어·요'라는 여섯 마디로 마감되었다.

교장은 선심이라도 쓰는 듯 마지막 날이니 일찍 가봐도 좋다고 했다. 복직하는 교사가 아이들과 인사를 나누겠다며 종례를 하기로 하고, 나는 조금 일찍 학교를 나왔다. 마침 수업을 마치는 종이 울렸다. 저 종소리만이 이 학교를 떠나는 나를 향해 작별인사를 해주는 것만 같았다.

지하철에 올랐다. 퇴근 시간이 되지 않은 지하철은 비교적 한가해서 바로 자리에 앉을 수 있었다. 건너편에 나란히 앉은 노부부를 제외하고 지하철 칸에는 나밖에 없었다. 나를 흘깃거리는 노부부의 눈빛은, 젊은 사람이 대낮에 텅 빈 지하철에 오른 이유를 캐묻는 것만 같았다. 나는 눈을 마주치지 않으려 고개를 숙였다. 지하철이 출발했다. 나를 태운 지하철은 지치지도 않고 정류장들을 돌고 돌았다. 내릴 역은 이미 지나친 지 오래였다. 지하철은 끊임없이 새로운 정차역에 도착했음을 알려주었지만, 나는 내려야 할 곳을 찾지 못했다. 영원히 내리지 않을 것처럼 잠도 자고, 책도 보고, 휴대폰도 만지작거렸다. 지하철은 사람들로 가득 찼다가 빠지기를 반복했다. 얼마나 흘렀을까? 휴대폰 문자메시지 알림음이 들렸다.

"선생님, 저 지훈인데요. 그동안 선생님 힘들게 해드려서 죄송합니다. 그래도 제 얘기 들어주신 거 정말 정말 고마워요."

눈이 따끔했다. 그 순간 가슴 속에 엉켜 있던 핏덩이가 터지며 혈관들을 빠르게 질주하는 듯 열이 올랐다. 갑자기 허기가 느껴졌다. 무작정 다음 정류장에서 내렸다. 지하철 역사를 나오자마자 바로 보이는 분식점으로 들어섰다. 라면과 김밥을 먹으며 임용고시 학원이 즐비한 노량진으로 가는 지하철을 검색했다. 이 길은 종착역이 아니라 또 하나의 순환선일 뿐이다. 하지만 한 번 올라선 이상, 그리 쉽게 내리지 않을 것이다. 그동안 수십 번 이력서를 고쳐 쓰며 얼마나 많은 학교를 더 옮겨 다니게 될지도 모를 일이다. 아니면 만원 지하철 속 직장인들 틈에 섞여 노량진을 오가기를 얼마나 많이 반복해야 할지도 알 수 없다. 하지만 알고 있다. 그것이 마음속 열기가 가리키는 유일한 길이라는 것을.

학원에서 늦게까지 공부를 하다가 마지막 지하철을 타고 집으로 돌아왔다. 그 사이 햄스터는 종족 번식 본능을 충실히 이행했다. 무려 다섯 마리의 새끼들과 좁은 케이지 안에서 몸을 비벼대며 복닥거리고 있었다. 불쌍한 쳇바퀴는 일곱 마리가 번갈아 가며 굴리는 통에 한순간도 쉴 틈 없이 달그락거리며 굴러간다. 그들은 때로는 폭신한 톱밥이 깔린 자리를 먼저 차지하려고 싸우기도 하고, 사랑을 나누는 듯 뒤엉켜 구르기도 했다. 귀를 기울이지 않으면 잘 들리지 않아서 싸우는 건지 노는 것인지 구분이 되지 않았지만, 어쨌든 그렇게 자신의 존재를 알리며 여느 날과 다름 없이 열심히 또 쳇바퀴를 굴렸다.

나는 옷을 갈아입을 새도 없이 먹이 봉투를 열어 먹이 한 주먹을 쏟아부었다. 그들은 기다렸다는 듯이 올망졸망 모여 머리를 먹이통에 집어넣었다. 머리를 집어넣을 공간이 없어진 한 마리는 통통한 엉덩이를 들이밀며 짧은 다리를 버둥대다 다른 놈들의 몸통을 타고 올라가 기어코 먹이통에 자리를 잡았다. 작은 먹이통에 다닥다닥 붙은 통통한 엉덩이들이 씰룩이자, 나도 모르게 피식 웃음이 새어 나왔다. 그때였다. 핸드폰이 요란하게 울렸다. 언니였다.

"너 햄스터 있잖아. 그거 아직 안 죽었지?"

"그럼. 죽긴 왜 죽어? 햄스터가 그렇게 쉽게 죽을 줄 알았어? 얼마나 끈질긴 생명인데……. 지금 새끼도 낳고 잘살고 있어."

"그래? 그거 잘됐다! 그럼, 그거 나 다시 돌려줘. 우리 애가 어디 갖다 줬느냐고 난리다, 난리야."

"형부가 사 온 강아지는?"

"죽었지 뭐야, 얼마나 이뻐했는데……. 그러니까 햄스터 돌려줘."

"못 줘."

단호하게 잘라 말했다. 나도 모르게 튀어나온 말이었다. 강아지든, 고양이든 그 무엇 때문이든 상관없었다. 분명한 것은 다른 무엇의 대용품으로 쓰이다, 다시 화장실에 내던져지는 것만큼은 막아야겠다는 생각뿐이었다.

"뭐라고?"

"못 준다고, 절대로."

악을 쓰듯 말을 내뱉고는 핸드폰의 종료 버튼을 눌러버렸다. 당분간은 전화를 받지 않을 작정이다.

햄스터가 분홍 발을 구르자, 쳇바퀴가 다시 돌아가기 시작했다.

달각, 달각, 달그닥, 닥, 닥…….

햄스터는 쉬는 법이 없다. 햄스터는 자신을 알릴 수 있는 가장 최선의 방법이 쳇바퀴를 굴리는 것이라는 것을 스스로 터득하고 있는 듯했다. 아마도 영의 영, 영, 영, 영, 퍼센트라도 행여나 사랑받는 진짜 애완동물이 될지 모른다는 희망을 안고 멈추지 않는 것은 아닐까.

밤이 깊어가도록 햄스터의 작은 발놀림은 잦아들 기미가 보이지 않는다.

작품해설

비인간적인 사회를 향해 던지는 인간적인 사람들의 이야기
―김나영의 소설집『스마일맨』―

정수남(소설가)

1. 들어가면서

작가에게 첫 소설집이 중요한 이유는 그것을 통해 그의 문학세계가 비로소 세상 밖으로 모습을 드러내기 때문이다. 이는 그 작가가 그동안 숨겨왔던 문학의 뿌리가 어디에 근거하고 있으며, 또 세상을 바라보는 자아의 원류가 어디에 근원을 두고 있는지 한눈에 살필 수 있어 읽는 이들에게도 가슴 설레는 일이다. 그렇게 볼 때 등단 5년 만에 첫 소설집을 엮어내는 김나영 작가의 작품을 읽을 수 있다는 것은 매우 반가운 일이 아닐 수 없다.

소설은 글자 풀이대로 사람이 살아가는 작은 이야기이다. 그만큼 소설은 세상과 삶에 대한 이야기이며, 지금도 많은 소설이 매일 쏟아져 나오는 이유 역시 그만큼 이 세상에는 할 이야기가 많다는 것을 증거하는 것일 터이다. 이는 '세상에는 단 한 종류의 이야기만이 존재한다. 그것은 바로 당신의 이야기'라는 레이 브레드메리의 말을 떠올리게 하는 대목이기도 하다. 김나영의 소설집 『스마일맨』 역시 그 특징은 그와 같은 이야기를 자신의 것으로 이야기하는, 이야기꾼으로서의 탁월한 재능을 드러내고 있다는 점에서 맥락을 같이 하고 있다고 봐야 할 것이다. 소설 9편의 서사 대부분은 그 발화점이 허구인 상상에서 출발하여 현실 세계와 접목되는 구조로 짜여 있는데 그 보여주기의 다양성을 통해 읽는 이들과 공감대를 형성한다. 이는 소설가라면 마땅히 갖춰야 할 중요한 덕목인 셈이다.

우리가 사는 현실은 늘 혼자 감당해야 하는 문제와 혼자서는 도저히 감당할 수 없는 문제들이 혼재되어 있다. 사회의 공정성 문제 또한 사람다운 삶을 살기 위해 몸부림치는 소시민들에겐 감당하기 힘든 것 가운데 하나이다. 따지고 보면 도무지 무너뜨릴 수 없을 것 같은 그것들과의 싸움이 곧 우리가 살아가는 삶의 본질이며, 소설의 자양분이라고 할 수 있는데 김나영의 시선은 늘 그곳을 주시하고 있다. 이는 그만큼 작가가 양극화 현상이 갈수록 심화 되어가는 이 시대에 편승한 형이하학적인 사람들과 거기에서 밀려난 사람들과의 관계를 꿰뚫어 보고 있다는 증거이며, 또 작가라면 마땅히 지녀야 할 텃밭 같은 고유세계라고 할 수 있을 것이다.

또 하나, 김나영의 강점을 들자면 그가 풀어내는 이야기가 대부분 입체적 구조를 띠고 있다는 것이다. 우리가 아는 것처럼 소설은 이야기로 시작하여 이야기로 끝을 맺는다. 이는 소설이란 인간을 떠나서 존재할 수 없기 때문이다. 다만 소설의 두 축이라고 할 수 있는 문제의식과 진정성은 작가가 안고 가야 하는 과제로, 어떤 사람들의 이야기를 어떤 방법과 구조로, 어떻게 말하고, 어떤 관점에서 풀어가는가에 따라 소설의 색깔이 다르게 나타나게 된다. 러시아 구조주의자들이 처음 주장하였던 낯설게 하기도 여기에서 비롯되었다고 할 수 있다. 그런데 그것을 이미 터득하고 있는 듯한 김나영은 교차 되는 서사와 아울러 소도구를 적절히 반복 활용하는 기법을 통해 주제에 대한 오류를 방지하고 있다.

총체적으로 말하자면 김나영 소설 역시 대부분의 제재는 다른 작가들과 마찬가지로 가족과 일터, 기업과 같은 신변잡기에서 크게 벗어나지 못한다. 그러나 그와 같은 제재 속에서 특유의 능청스러움과 냉철함, 그리고 이 세상과 대결하는 주인공의 내면세계를 통해 절망이 절망으로 끝나지 않는 자신의 목소리를 끝까지 견지하고 있다는 게 다르다면 다른 점이 될 것이다. 정형화된 소설의 기법을 이따금 벗어나는 그의 과단성 있는 작의(그래서 때로는 조금 도식적으로 보이기도 하지만) 역시 구태의연함에 매여 있지 않다는 부르짖음으로 핍절한 세상살이 속에서도 자유를 끊임없이 추구하는, 작가의 정신세계라고 볼 수 있다.

2. 소시민의 삶에서 건져 올린 서사와 깨어있는 작가의식

(1)「껍데기」

소설을 창작한다는 것은 레드 스미스의 말처럼 벽돌쌓기와 매우 비슷하다. 벽돌 위에 다른 벽돌을 올리고 모르타르를 두껍게 바르는 것. 다시 말하면 이는 서사를 통해 작가가 전달하고 싶은 말을 좀 더 극명하게 드러내기 위한 방법으로 작가들은 이를 위해 흔히 복합적 구조를 구사하는데, 김나영도 이 점에서는 마찬가지이다. 말하고자 하는 주제를 안고 펼쳐지는 각각의 서사와 그 바닥에 숨어 있는 소도구들이 톱니바퀴처럼 서로 맞물려 있는「껍데기」를 보면 이는 더욱 확실하게 드러난다. 작가는 주인공인 다이아몬드 감정사의 삶과 사랑, 그리고 아버지가 선물한 가짜 다이아몬드 반지를 가지고 살아가는 어머니와 친구를 통해 '가짜'와 '진짜'의 가치관이 과연 무엇인가를 독자들에게 묻고 있다. 또 후경으로 티브이를 통해 전직 대통령의 재판 과정을 우리에게 가감 없이 보여줌으로써 작품에서 작가가 말하고자 하는 것을 입체적으로 드러낸다.

> "이거랑 디자인이 정말 비슷한 큐빅 반지가 있는데 한번 보실래요? 커팅이 참 세련되게 잘 된 상품이거든요."
> 남자는 끄덕이며 동의했다. 그러나 여자는 싫다는 듯 손사

래를 치며 말했다.

"아니요, 괜찮아요. 어차피 다이아몬드가 아니잖아요. 내가 속아서 다이아몬드인 줄 알고 샀다면 모를까, 가짜인 줄 뻔히 알면서 뭣 하러 사요?"

그렇게 예비부부는 결국 저렴한 3부짜리 다이아몬드 반지를 사갔다. 감정서가 있는지 꼼꼼이 확인하면서……. (「껍데기」 중에서)

그렇다면 이 시대를 살아가는 우리는 과연 '진짜'일까, '가짜'일까. 아니, '진짜'로 보일까, '가짜'로 보일까. 이 작품의 백미는 결말에서 보석상 주인의 가짜 사랑을 받아들일 수 없다고 판단한 주인공이 '큐빅은 절대 다이아몬드가 될 수 없다'는 혼잣말을 내뱉으며 사표를 내는 부분으로, 가짜가 판을 치는 세상에서 진짜를 추구하고자 하는 주인공의 결단이 돋보이는 장면이다. 그렇게 보면 '껍데기'라는 제목이 상징하는 의미 또한 작다고는 할 수 없을 것 같다.

(2)「다리, 위의 사람들」

김나영 작가의 등단작인 이 작품은 카메라로 찍어내듯 강물에 뛰어드는 사람들의 이야기를 사실적으로 그려내는 구조적인 특성을 보이고 있다. 그만큼 작품 곳곳에서 자살이라는 마지막 수단을 감행할 수밖에 없는 사람들의 모습을 카메라 앵글은 적절한

270

거리를 유지한 채 따라가고 있다. 대개 이런 경우 관객은 외적 조망에서 판단과 평가를 내리고, 내적 조망에서는 경험을 공유하게 되는데, 이때는 카메라가 움직이는 방향과 관객이 움직이는 방향이 같을 수밖에 없다. 이 소설을 읽는 관객도 '현'과 '명국', '앨비스' 등 3명의 주인공의 비극적 삶을 음울한 분위기에 담아 3인칭 다자시점으로 찍어내는 작가의 '다리 위 풍경'과 '다리 아래 풍경'을 그대로 따라가게 된다.

장면마다 등장하는 안경이라는 소도구가 던져주는 이미지도 강렬하며, '조희팔 사기사건'과 브로커를 통해 어쩔 수 없이 장기밀매조직에 걸려드는 주인공과 어느 병원에서 시행하는 임상시험에 참가해야 할 만큼 마지막으로 내몰린 주인공의 팍팍한 삶이 작품 전체를 덮고 있어 흑백사진을 보는 것 같은 칙칙한 느낌을 주는 것은 사실이지만, 끝없이 추락하는 그들이 결국 선택할 수 있는 마지막 길은 '자살'일 수밖에 없다는 작가의 외침은 우리에게 큰 울림을 던져주고 있다. 이 작품에서 작가는 끝까지 냉정하게 카메라 앵글을 움직이는데, 특히 결말에 찍은 절망적인 장면은 우리의 마음을 더욱 무겁게 하기에 충분했다. 어쩌면 이는 비인간적인 사회에서 인간적인 삶을 위해 발버둥 치다가 그 길을 마지막으로 선택할 수밖에 없었던 인생들의 비극적인 종말을 객관적으로 보여준 작품이라고도 할 수 있다.

그날 밤 다리 위에는 두 사람이 있었다. 그 중 한 명은 현이었다. 두 사람은 바닥에 시선을 둔 채 무심코 걷다가 어깨를 부딪쳤다. 중년 남자의 안경이 바닥에 떨어졌다. 하지만 중년 남자는 넋이 나간 사람처럼 그냥 지나쳐갔다. 현은 멀어져가는 남자의 뒷모습을 응시했다. 문득 가로등 아래 드리워진 그 사람의 그림자가 지나치게 어둡다는 생각이 들었다. 현이 그가 떨어트린 안경을 주우려고 허리를 숙였을 때였다. 정적을 깨는 묵직한 물소리가 들렸다. '풍덩' (「다리, 위의 사람들」 중에서)

(3)「딸꾹질」

페미니즘 계열의 소설은 지금까지 많이 발표되었고 또 많이 읽혔다. 그런 까닭에 읽는 이들에게는 자칫 상투적으로 느껴질 수도 있는 주제이다. 그렇다면 어떻게 해야 그들에게 상투적으로 느끼지 않게 할 수 있을까. 작가도 그 점을 몹시 고민한 듯하다. 그 결과 작가는 주인공이 전생을 기억한다는 낯선 방법으로 남녀에 대한 차별은 옛날이나 지금이나 변함이 없다는 것을, 시공을 초월한 구조로 현재와 교차시켜 또 다른 페미니즘 작품을 창작해냈다. 또 주제를 드러내기 위해 자의식을 일깨우는 상징물로 '딸꾹질'이라는 소도구를 반복한 것도 작가의 작의가 엿보이는 부분으로, 이는 어쩌면 김나영 작가의 내면에 그동안 침잠되어 있던 주장이 아닐까 짐작되기도 하는데, 결말에 이르러 이를 다른 사람, 또는 시대나 사회가 해결해 줄 것이라는 기대를 버리고 스스로 해결하기로 마음을 다잡는 대목에 이르면 이는 더욱 분명해진다.

집에 도착하자마자 옷도 갈아입지 않고 생선부터 씻었다. 달궈진 후라이팬에 갈치를 올리자 맹렬한 소리를 내며 익어갔다. 목이 말랐다. 냉장고에서 찬물을 꺼내 마셨다. 급하게 마신 탓일까. 다시 딸꾹질이 튀어나왔다. 껵, 껵, 딸꾹질을 하다가 문득 딸꾹질 따위는 나에게 아무 것도 아니라는 생각이 들었다. 조금 힘이 들 뿐, 언젠가는 멈출 것 아닌가. 그러자 또 다른 생각이 뒤를 이었다. 전생에 내가 왜 소원을 빌었던 것일까? 누군가가 내 소원을 이루어주길 바라는 멍청한 짓 따위는 왜 했던 것일까? 뒤뚱대며 거실을 가로질러오는 딸아이가 보였다. 딸아이의 앞에는 제 걸음보다 몇 배 더 빠르게 공이 굴러가고 있었다. 그러나 공의 속도 따위는 상관없다는 듯 기를 쓰고 달려가는 딸아이의 발그레한 얼굴빛에 생기가 넘쳤다.
"그래, 달려가. 언젠가는 너의 속도에 공도 따라잡히고 말 거야." (「딸꾹질」 중에서)

(4) 「미로」

김나영이 이 시대의 사회 현상 가운데 특별히 주목하는 것은 합의점을 찾지 못하는 강자와 약자의 불편한 관계인 듯하다. 이 소설은 그런 맥락에서 살펴보아야 할 것 같다. '김 과장'이라는 평범한 소시민을 3인칭 주인공 시점으로 사용한 것도, 또 '미로'라는 제목을 붙인 것도, 이처럼 출구가 보이지 않는 사회 현상을 가리키기 위한 작가의 저의로 보아야 옳을 것 같다. 그렇게 보면 힘의 도미노 현상을 우화적으로 드러낸 이 소설은 강자에게는 약하고, 약자에게는 강한 현대인들의 속성을 잘 그려냈다고 할 수 있다. 약육강식. 물론 주인공 김 과장의 행동이 다소 도식적인 느낌이 드는 것은 사실이지만 이는 주제를 좀 더 확실하게 드러내기 위해 작가가 우화적 기법을 활용한 것이라고 봐도 무방할 것이다.

"여보, 하지 마세요, 정말. 지긋지긋해. 지긋지긋하다구요. 당신이나 벽돌을 던진 그 인간이나 내 눈에는 다 똑같다구요!"
아내가 김 과장의 팔을 거칠게 잡아당겼다. 아내는 이미 정신이 반쯤 나간 사람 같았다. 꺼이꺼이 소리를 내어 울기 시작했다. 아내의 그런 모습을 본 적 없던 김 과장은 바람 빠진 풍선처럼 고분고분하게 수술실 앞 벤치에 주저앉았다. (「미로」 중에서)

(5) 「스마일맨」

소설집의 제목이기도 한 이 작품은 '웃음은 때로 슬플 때도 터져 나온다'라는 서두에서 벌써 작가가 무엇을 말하려고 하는지 그 의도가 분명해진다. 그렇게 보면 또 결구에 특별히 우사체까지 사용하여 '웃는다, 웃는다, 웃는다'를 반복한 것도 작가가 누구를 향해, 어디를 바라보고, 무엇 때문에 웃는 것인지, 또 그 웃음이 어떤 웃음인지 분명해진다.

이와 같은 역설적 기법은 주인공이 아끼는, '노력은 배신을 하지 않는다'라는 액자를 통해서도 잘 나타난다. 이는 결국 이 소설이 아무리 노력해도 세상은 배신할 수 있다는 것을 말해주고자 하는 것으로, 작가가 처음부터 의도하고 있었던 것으로 볼 수 있다. 빛과 그림자. 이는 분명 공존한다. 하지만 시장통에서 만난 동창은 주인공에게 더 큰 좌절과 아픔, 고통을 던져주는데, 이는 비단 주인공뿐만이 아니라 나와 우리, 그리고 이웃의 이야기여서 다시 사회적 갈등으로 비약하는 공감대를 형성한다.

지구에 둘만 남아도 이놈이랑 술 마시는 일은 없을 것이다. 나는 내 소매를 붙잡는 녀석을 물리치고 바쁜 척 핸드폰을 응시하며 잰걸음으로 그 자리를 벗어났다. 돈 많고 재수 없는 건 여전했다. 눈은 쭉 찢어진 멸치같이 생긴 데다 뚱뚱하고 키도 작아서 고등학교 때 미팅 멤버에도 못 끼던 놈이었는데, 쌍꺼풀 수술로 눈은 두 배나 커지고, 피부는 번들번들하니 탱탱해서 십 년도 더 젊어 보였다. 녀석이 물려받은 돈은 황금알을 낳는 거위처럼 가만히 앉아 있어도 알아서 돈을 벌어다 주겠지? 택지지구가 조성될 것이라는 것도 어디서 미리 들었을 것이다. 그런 정보는 가진 놈들에게만 주어지는 것이니…… 빌어먹을. (「스마일맨」 중에서)

소설은 역동적 모티브와 정적인 모티브가 서로 유기적으로 연결되어 서사에 담긴 의미를 더욱 풍성하게 만든다. 그렇게 보면 후반부에 등장하는 가맹점 본부장과 안 대리 등의 행동 또한 주시할 필요가 있다고 여겨진다. 금력을 앞세운 그들의 은근한 횡포와 압력이 지금 우리 사회 전반에 깔린 정서라고 한다면 이 작품은 일종의 풍자소설로도 볼 수 있다.

(6) 「실종」

현대를 사는 사람 대다수는 자기 앞에 닫혀 있는 문을 열기 위해 부단히 노력한다. 그러나 이미 기득권을 가진 자들의 사회는 좀체 그들에게 문을 열어주지 않는다. 그런데도 사회에서 소외되고 도태된 사람들은 더 열심히 두드린다. 그리고 결국 자신의 힘으로는 문을 열 수 없다는 절망을 느꼈을 때 자포자기에 빠지게 된다. 그렇게 보면 김나영 작가가 지닌 닫힌 문에 대한 의식은 다양한 측면에서 작품에 반영되어 있다고 할 수 있다.

이 작품의 두 주인공인 '나'와 '그녀' 역시 그런 인물에 속한다. '아무짝에 쓸모없는 놈', '쓰레기 같은 인생'들이라고 자탄하며 열등감에 빠져있는 두 인물을 1인칭과 3인칭으로 교차시키며, 과거 진행형 문장과 현재형 문장으로 구별하여 직조한 이 소설은 두 사람이 만남을 통해 조금씩 그 문을 열어가는 과정을 보여주는데,

결국은 열지 못하는 것으로 끝난다.

그러나 작가는 여기에서도 여자와 '나'가 문을 열고자 하는 방법에 대해서 다른 시각을 드러내고 있다. 쓰레기를 보면 치우지 않고는 견디지 못하는 여자가 적극적이고 능동적이라면 말더듬이에 지체장애인인 '나'는 매우 소극적인 태도를 보여준다. 그렇다면 '내가' 찾아 헤매는 UFO란 과연 무엇을 의미할까. 현실도피일까, 아니면 이상향에 대한 갈구일까. 또 옷에 달지 않으면 쓸모가 없다는 단추와 이젠 도시에서 그 빛의 가치까지 잃어버린 달은? 소도구를 활용하여 주제를 에둘러 간 점은 이 작품의 백미라고 할 수 있다.

여자는 설거지를 끝낸 후에야 그의 집을 나온다. 남자의 집을 나오면서 달을 올려다본다. 오늘은 쓸모가 있겠다는 남자의 말이 문득 마음에 걸린다. 달이 참 외롭겠구나, 싶다. 쓸모가 있겠다는 말은, 그동안 쓸모가 없었다는 뜻이다. 도시엔 가로등도 달빛보다 밝고, 네온사인은 말할 것도 없다. 그래서 도시는 달빛이 필요없다. 남자는 성치 않은 몸으로 UFO를 찾아다닌다고 한다. (「실종」 중에서)

작가는 이 작품을 통해 바쁜 일상 때문에 현대인들의 뇌리에서 실종된 잃어버린 것들에 대한 인식을 모두에게 다시 각인시켜주고 싶었던 것인지도 모를 일이다. 그렇다면 그는 소설의 서사를 개인적 사유에 그치지 않고, 현재를 함께 살아가는 작고 쓸모 없어 보이는 무명씨들의 삶으로까지 그 지평을 확장 시켜 자신 만의 목소리로 공감대를 형성하는 재능을 지녔다고 볼 수도 있 을 것 같다.

(7) 「에어백」

주민센터 직원들과 김할머니, 그리고 새 자동차를 구입한 주인 공 '나'와 또 '나'의 친구인 은수의 삶이 '에어백'을 매개체로 복합 적인 연결을 보이는 이 작품에서도 작가는 역시 자신이 잘 다루는 주변의 소외된 인물들을 등장시켜 자신이 하고자 하는 말을 전달 한다. '민생을 우선한 든든한 복지, 먼저 시민의 마음을 읽겠습니 다'라고 적힌 현수막의 한쪽 매듭이 풀려있다는 것은 이미 보호 막 역할을 해야 할 '나'와 주민센터가 그 역할을 상실한 것을 암시 하는 대목이며, 결말에서 "추워요, 너무 추워요"라고, 부르짖는 '나' 의 절규 역시 서두의 '아무리 두꺼운 옷을 입어도 나는 언제나 추 웠다'는 것의 설명이 되는 셈이다.

그렇다면 이 작품을 통해 작가가 전하고 싶은 말은 무엇일까. 이 소설은 사회 현상에 대한 부조리와 모순을 작가의 시각으로 재 단하여 전하고자 한 것이라고 할 수 있다. 그것은 다음을 읽으면 더 쉽게 이해가 될 것이다.

의사는 심장이 멈췄던 까닭이 에어백에 의한 가슴 압박이라
고 했다. 나의 생명을 지켜주기 위해 장착된 에어백이 나를 죽
음으로 몰고 갈뻔한 가장 큰 원인이었다니……. 할 수만 있다
면 에어백에게 책임을 묻고 싶었다. 하지만 돌아올 대답은 뻔
했다. 사고의 순간, 자신의 역할에 최선을 다해서 부풀었을 뿐
이라고……. (「에어백」 중에서)

(8)「피규어」

이 세상에는 착한 사람만 존재하는 게 아니다. 오히려 착하지
않은 사람들이 더 많이 존재한다고 할 수도 있다. 그런데 왜 많은
작가들은 착한 사람들의 이야기만을 고집하고 있을까. 그렇게 볼
때 이 작품은 김나영 작가가 처음으로 시선을 달리 한 '착하지 않
은 사람들이 등장하는 소설'이라고 할 수 있다. 사실 사랑도 필요
할 땐 소유하지만 불필요해지면 언제나 버릴 수 있는, 장난감처럼
취급해도 죄의식을 느끼지 않는 것이 이 시대를 살아가는 현대인
들의 속성이라고 할 수 있지 않을까. 이기적이고, 독선적인…….

이 소설의 서사는 어릴 때부터 화가 나면 장난감을 아무 데나
집어던지는 분노조절 장애를 앓고 있는 '나'와 애인을 임신시키
고도 양심의 가책을 느끼지 않는 친구 '성재', 그리고 강아지를 학
대하면서도 그것을 사랑으로 착각하고 있는 옆집 여자로 구성되
어 있다. 그러나 그들이 일으키는 행동은 대립 구조가 아니라 오
히려 동일선상에 놓여있는 구조이다. 그러니까 그로테스크한 느

낌까지 던져주는 이 소설의 갈등구조는 주인공들의 내면세계가
아니라 그들과 연관된 외적 대상, 즉 강아지와 피규어, 그리고 주
인공들이 관계하는 여자들에 있다고 봐야 할 것이다.

어찌 보면 이 소설은 우리가 다양한 동작을 일으키도록 만들어
진 피규어는 아닐까, 하는 의문을 낳게 한다. 그러나 작가는 작품
마지막 부분에 이르러 다시 작가의 목소리를 통해 인간성 회복을
갈구하고 있다. 그렇게 보면 '그렁그렁 눈물이 맺힌 채 멍하니 먼
산을 쳐다보는 강아지의 텅 빈 눈동자가 내 가슴을 매섭게 질러댔
다'는 결구는 의미하는 바가 크다고 아니 할 수 없다.

(9) 「햄스터」

우리가 사는 삶의 현장에는 늘 불평등과 불공정이 공존한다.
이 같은 문제에 대해 해결이 필요하다는 것은 모두 인지하고 있
지만, 결코 쉬운 게 아니어서 지금까지도 그대로 유지되고 있다.
'나'와 '우리' 사이에는 좁히기 힘든 거리가 항상 내재 되어 있기
때문이다.

이 작품은 그것으로 인하여 발생하는 소외되거나 배제된 부류
의 삶이 어떻게 훼손되어 가며, 복원을 위해 열심을 다 하지만 결
국 그 견고한 벽을 넘을 수 없다는 것을 보여주고 있다. 그러나 작
가는 절망이나 낙담으로 작품을 끝내지 않는다. 또 다른 도전을
통해 언젠가는 그 높은 벽을 반드시 허물고 넘어갈 것을 암시하

면서 작품을 끝맺는다.

　이 작품엔 적대관계와 연대관계, 그리고 방관자가 함께 공생하는 삶의 현장이 사실적으로 전개되는데, 특히 괄목할 점은 '햄스터'를 매개체로 연결한 부분이다. 보잘것없는 조그만 동물과 주인공의 힘들고 고단한 삶을 동일선상에 놓고 서로 보완하며 서사를 풀어나간 점은 단연 압권이었다.

　인물은 모든 소설의 공통분모이다. 이는 플롯과 주제와도 상통하는 것으로 사실 흥미로운 인물이 없다면 좋은 소설은 될 수가 없다. 그렇게 볼 때 이 작품은 보따리장수처럼 일곱 번씩이나 학교를 옮겨 다닌 기간제교사라는 직업의 '나'를 사실적으로 묘사한 것뿐만 아니라 언니한테 공짜로 얻어온 싸구려 취급을 받는 '햄스터'까지 구체적으로 그렸다는 점이 강점으로 작용하고 있다. 특히 작은 글자체로 그 존재가치가 지극히 미흡하다는 것을 암시하는 '햄스터'의 울음소리와 희망이 보이지 않아도 종일 지치지 않고 쳇바퀴를 돌리는 행동을 주인공의 내면과 합치시킨 점은 이 소설이 뛰어난 작품성을 지녔다는 것을 나타내고 있다. 거기에 작품에서 보조 역할을 하는 '지훈'이라는 문제학생과의 대화도 한몫을 보태어 작품의 완성도를 꾀하고 있다.

　또 하나 이 소설의 미학은 절망에 빠진 주인공이 결말에서 절망하지 않는 의지력을 '햄스터'를 통해 보여준다는 점이다. '햄스터'를 다시 찾아가겠다는 언니에게 "못줘. 절대로." 악을 쓰듯 내

뱉고는 핸드폰의 종료 버튼을 눌러버리고, 당분간은 전화도 받지 않을 작정이라는 '나'는 이미 '햄스터'와 하나가 되었다는 것을 의미하는 까닭이다.

> "그럼 죽긴 왜 죽어? 햄스터가 그렇게 쉽게 죽을 줄 알았어? 얼마나 끈질긴 생명인데……. 지금 새끼도 낳고 잘 살고 있어."

'수·고·하·셨·어·요'라는 여섯 마디로 정식채용이 불발된 날에도 절망하지 않는 소설속의 '나'는 결국 김나영 작가가 자신의 주변에서 체험한 또 다른 '나'를 활용한 것이라고 추측되며, 그렇게 보면 체험이 곧 소설의 자양분이라는 말은 하나도 그른 데가 없는 듯하다.

3. 맺으며

세상에 발표되는 소설들이 모두 다 완벽하다고는 할 수 없다. 다만 작가들은 좀 더 완벽한 작품을 창작하기 위해 매일 열정을 불사르고 있다고 볼 수 있다. 그렇게 보면 이번 상재한 김나영 작가의 첫 소설집 『스마일맨』 역시 사회 전반에 만연한 불안정과 불평등, 불공정에 대한 갈등과 모순 등을 제시하면서 그런데도 지속

해야 하는 삶의 실존적 의지와 지나온 시간에 대한 재현, 그리고 치유 등을 비교적 긍정적 시선으로 보여주고는 있지만 완벽하다고는 할 수 없는 게 사실이다.

　이 세상에는 많은 소설가들이 존재한다. 모두가 써야 할, 쓰지 않고는 견딜 수 없는, 분명한 목적을 지닌 불굴의 소유자들이다. 그런 점에서 보면 김나영도 마찬가지이다. 쌍둥이 엄마로, 군인 남편을 둔 아내로, 교사로, 하루해가 짧을 정도로 바쁜 일상을 살면서도 지난 5년 동안 결코 적다고 할 수 없는 작품을 발표하였다. 거기에 덧붙여 몇 해 전에는 신장 이식 수술까지 받았다. 그러니까 결코 강골이라고는 할 수 없는 몸이다. 그보다는 오히려 약골이라고 해야 옳을 것이다. 그런데도 손에서 하루도 소설을 놓지 않는 그의 작가정신은 누구에게도 지지 않을 만큼 강인하다고 할 수 있다. 그렇다면 혼자 사랑의 가슴앓이를 하며 외길을 걷고 있는 그가 지금은 비록 미진한 부분이 있을지라도 머잖아 우리 앞에 또 다른 역사를 현현 시키고, 이 모순의 현장에서 분노하는 소시민들의 이야기를 담아낼 두 번째 소설집에서는 좀 더 완벽에 가까운 또 다른 작품을 펴낼 것을 기대해도 되는 것 아니겠는가. 작가란 과거형이 아니라 현재형이라고 하지 않는가.

스마일맨

초판 1쇄인쇄 2021년 9월 8일
초판 1쇄발행 2021년 9월 10일

저 자 김나영
발행인 박지연
발행처 도서출판 도화
등 록 2013년 11월 19일 제2013 — 000124호

주 소 서울시 송파구 중대로 34길 9-3
전 화 02) 3012 — 1030
팩 스 02) 3012 — 1031
전자우편 dohwa1030@daum.net
인 쇄 (주)현문

ISBN | 979 — 11 — 90526 — 46 — 3*03810
정가 13,000원

*이 책은 문화체육관광부, 한국장애인문화예술원의 후원을 받아 2021년 장애
 인 문화예술 지원사업의 일환으로 발간되었습니다.

 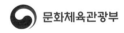 

도화道化, fool는
고정적인 질서에 대한 익살맞은 비판자,
고정화된 사고의 틀을 해체한다는 뜻입니다.